나그네가 밤에 쓰는 감회
旅夜書懷
언덕의 가녀린 풀 미풍에 나부낄 새
높이 솟은 돛단배에서 홀로 밤을 지샌다
별 드리운 평야 광활하고
달 솟아오른 큰 강물 출렁이누나
細草微風岸
危檣獨夜舟
星垂平野闊
月湧大江流

권오단 新무협 판타지
목룡야

목풍아 4

권오단 新무협 판타지 소설

초판 1쇄 찍은 날 § 2005년 6월 7일
초판 1쇄 펴낸 날 § 2005년 6월 17일

지은이 § 권오단
펴낸이 § 서경석

편집장 § 문혜영
편집책임 § 김민정

펴낸곳 § 도서출판 청어람
등록번호 § 제1081-1-89호
등록일자 § 1999. 5. 31
어람번호 § 제2-0612호

주소 § 경기도 부천시 원미구 심곡1동 350-1 남성B/D 3F (우) 420-011
전화 § 032-656-4452 팩스 § 032-656-4453
http://www.chungeoram.com
E-mail § eoram99@chollian.net

ISBN 89-5831-573-3 04810
ISBN 89-5831-506-7 (SET)

Fantastic Oriental Heroes
권오단 新무협 판타지 소설
목풍아
4
백련교주 목존자

목차

제 1 장

백련교주(白蓮敎主) 목존자(木尊者)

연자도(燕子島). 소호 안에 있는 여러 섬 가운데 가장 크고 깊은 이곳은, 예전부터 어부들이 제비가 머무는 섬이라 하여 연자도라 불렀다.

이곳 연자도에 수룡방의 수채가 있다는 것은 아는 사람은 아는 이야기지만, 이곳의 대장이 철권무적 곽도가 아니라 추풍대협 목춘망이라는 것을 아는 사람은 아무도 없었다.

미륵당에 수적 몇을 남겨놓고 수룡방의 수채인 연자도로 행차한 목풍아는 신임 방주로서 성대한 대접을 받았다.

목풍아는 방주 취임 기념으로 만독십오환을 먹은 수적들에게 해독약을 나누어 주었다. 그런데 해독약을 먹은 수적들은 그날 극심한 설사에 시달려야만 했다. 목풍아가 설사약을 나누어 준 것이다.

수적들이 목풍아에게 그 이유를 물었다.

"만독십오환의 독이 빠져나가는 것이다. 그렇지만 독성이 완전히 빠져나간 것은 아니니 열흘 후 다시 약을 나누어 주겠다. 그 약을 먹어야 완전히 해독이 되는 것이니 그렇게 알아라."

천연덕스러운 목풍아의 말에 수적들이 수긍하였으며 해독약을 얻기 위해서라도 더욱 목풍아를 존경하고 따랐다.

모든 정황을 알고 있는 일도는 내내 기가 막힐 따름이었다. 어쩌면 저렇게 머리가 잘 돌아갈까, 자신의 머리로는 아무리 따라 하려 해도 따라 할 수 없는 재주였다.

그날 저녁 곽다혜는 깨끗하게 목욕을 하고 목풍아의 시중을 들었다. 온갖 구박과 수모를 당하였지만 아버지의 목숨을 살려주었으며, 부방주로 임명하여 체면을 살려준 것이 고맙게 생각되었기 때문이다. 더구나 단 한 수에 적이 없다는 아버지를 패배시킨 무공을 보더라도 곽다혜가 반하지 않을 수 없는 사람이었다. 머리가 없다는 것이 흠이었지만 말이다.

곽다혜는 질책을 받을까 싶어 몇 번이나 목욕을 하고 화장을 한 후 뽀얀 비단옷을 입고 술병을 들고 나왔다.

"어라? 이게 누구야? 더러운 계집이 깨끗한 계집이 되었구나. 와하하하."

목풍아의 성격을 아는 곽다혜는 아무 소리 하지 않고 곱게 앉아 목풍아의 술잔에 술을 따랐다.

무서울 것이 없던 곽다혜에게 목풍아는 공포의 대상이었다. 보름 가까이 매섭게 당했던 것을 생각하면 치가 떨리는 것이 사실이었지만, 철권무적이라는 아버지를 단 한 수에 쓰러뜨렸으며, 보름 만에 수룡방을 접수한 재주를 보면 보통 사람이 아니라는 판단이 섰기 때문이다.

물론 발등 두 개가 부러져 병상에 누워버린 곽도의 충고도 있었지만 말이다.

술을 받아 마시던 목풍아가 웃으며 말했다.

"사람이 사람을 무시하면 큰 벌을 받는 거야. 알겠냐, 더러운 계집아?"

"예, 명심하겠습니다."

"와하하하. 고분고분한 암말이 되어버렸구나. 좋아, 좋아."

목풍아가 곽다혜의 엉덩이를 다독거렸다. 곽다혜는 노기가 치솟았다. 사람을 무시하지 말라며 대놓고 곽다혜를 무시하는 목풍아였다. 더구나 거리낌없이 자신을 희롱하자 다시금 화가 치솟았다.

'이 대머리 자식.'

가슴속에서 불길이 치솟았지만 미소를 머금으며 참았다.

목풍아가 곽다혜의 귀를 당겨 조용히 소곤거렸다.

"이봐, 계집아. 너는 나의 소중한 것을 보고 웃으며 놀리지 않았나? 그런데 이 정도로 화가 나면 어떡해? 그렇지 않아?"

곽다혜는 목풍아의 털 없는 거시기를 생각하곤 얼굴이 빨개져 고개를 숙이고 말았다. 생각해 보면 자신이 잘한 것도 없다. 그런 망신을 주었는데 이렇게 술잔을 받으며 이야기할 수 있는 것도 다행스런 일이었다.

정청에서 곽다혜와 술을 마시며 이야기를 나누고 있을 때, 수적 몇 명이 오괴와 독돈을 데리고 들어왔다.

목풍아의 옆에 서 있던 일도가 두 사람에게 뛰어가 소리쳤다.

"형님, 형님."

일도는 수룡방의 섬에 목풍아와 단둘이 있는 것이 가시방석이었기에 두 사람이 나타나자 좋아서 어쩔 줄을 몰랐다.

“잘 있었느냐?”

“잘 있기는요. 내 간과 심장이 저승 앞까지 다녀온 걸 생각하면……
휴…….”

일도가 가슴을 붙잡고 한숨을 내쉬었다.

두 사람은 정청 한가운데 있는 술상에 대머리 목풍아가 예쁜 계집을
끼고 희희낙락하는 것을 보고 어찌 된 영문인지 몰라 서로의 얼굴을
바라보다 성큼성큼 다가가 목풍아에게 꾸벅 인사를 하였다.

“대장, 오면서 들었습니다만, 도대체 이게 어떻게 된 일이죠?”

“대장이 수룡방을 접수하셨다니…….”

목풍아가 껄껄 웃으며 말했다.

“보고도 모르겠나? 이 추풍대협 목춘망께서 추풍신권을 발휘하여
수룡방의 수장이 되셨단 말이다.”

오괴와 독돈은 서로의 얼굴을 바라보았다. 추풍대협 목춘망이라니,
추풍신권은 또 무엇이란 말인가? 무예도 배우지 않은 목풍아가 소호에
서 악명 높은 철권무적 곽도를 한 수에 쓰러뜨렸다니? 지지층이 없는
수적들을 어떻게 휘어잡았기에 자신들이 중원에 다녀온 보름 만에 수
룡방의 방주가 되었다는 말인가. 도대체 아무리 생각해도 이해가 가지
않는 두 사람이었다.

목풍아의 옆에 있던 곽다혜가 말했다.

“저 사람들도 대장의 부하들인가요?”

목풍아가 고개를 끄덕였다.

“내 심복들이지. 두 사람 모두 무공이 출중하여 철권무적쯤은 한주
먹에 날려 버릴 수 있는 사람이지.”

“믿을 수 없어요.”

"우하하하. 나중에 네 아비의 다리가 낫거든 보여주지. 철권무적이 가랑잎처럼 날아가는 광경을 말이야. 와하하하."

목풍아가 고개를 돌려 말했다.

"그렇게 멍하니 있지만 말고 심부름을 다녀왔으면 보고를 해야지."

오괴가 말했다.

"사람들을 물러주십시오."

"오! 좋아, 좋아."

목풍아가 손을 내젓자 정청 안에 시립해 있던 수적들과 하인들이 우루루 정청 바같으로 나갔다.

목풍아는 나가지 않고 천연스럽게 앉아 있는 곽다혜를 바라보았다.

"너는 왜 안 나가?"

무안하였다. 곽다혜는 얼굴을 붉히며 말했다.

"저도 나가나요?"

"너는 뭔데? 이 계집이 밥인지 죽인지도 모르고 나서고 야단이야. 어서 나가지 못해?"

무안함에 붉게 상기된 얼굴로 곽다혜가 자리에서 일어나 정청 밖으로 뛰어나갔다.

정청 안에는 목풍아와 일도, 오괴와 독돈 네 사람이 덩그라니 남았다.

"이리 와서 술이나 하자구."

목풍아가 술상 옆으로 불렀다.

일도는 목풍아의 뒤편에 시립하고, 오괴와 독돈이 목풍아가 가리키는 손을 따라 의자에 앉았다.

"자자, 이제 이야기를 해보자구."

가만히 두 사람의 얼굴을 살피니 경직되어 있다. 더구나 독돈은 목풍아와 눈을 마주치지 못하고 좌불안석이었다.

"그럼, 오괴부터 말해 보라구. 남경에 갔던 일은 어떻게 되었어?"

"생각보다 상황이 좋지 않습니다. 남경의 황실은 차근차근 도연과 정화의 손아귀에 들어가고 있는 것 같습니다. 천자가 두 사람을 쥐고 있지만 도연은 황궁 동편에 동창(東廠)이라는 비밀 조직을 만들었습니다. 천자의 반대 세력을 색출하기 위해 만든 것 같은데, 관리들과 백성들에게 공포의 대상이 되고 있는 듯합니다."

"음. 과연…… 정화는 어떤가?"

"정화는 천자가 태감(太監)으로 승격시켜 황실 내부를 관리하게 하였다 합니다. 환관들을 손아귀에 쥐고 황궁 내에서 강력한 힘을 행사하고 있다 합니다."

"제길…… 내가 밑도 끝도 없는 일을 하는 사이에 황궁에서 쑥쑥 커나가고 있구나."

정화와 도연 두 사람과 힘의 균형을 맞추지 못한다면 황실 내에서 도태될 수밖에 없는 것이다. 정화와 도연이 가만 놔두지 않을 것은 불 보듯 뻔한 사실이었으므로.

다행히 목풍아에게는 내명부라는 강력한 내부 세력이 있다. 서 황후와 주소천, 주소희라는 강력한 후원자들을 미리 만들어놓은 것이 다행이었다.

"황자님은 뭐라 하시던가?"

"주고치 황자님께서 대장이 무사한 것을 다행으로 생각한다 하시고, 빨리 돌아와 자신을 도와달라고 당부하셨습니다."

"조기의 가게는 어때?"

“남경 제일의 기루를 인수하여 성장하는 중입니다. 이름을 풍아루(風雅樓)라 하였더군요.”

다분히 목풍아를 의식해서 만들어놓은 이름이 분명하였다.

“조기 녀석, 멀리에서도 손을 비비는 모습이 눈에 아른거리는군. 하원길은 어때? 관리 생활은 잘하고 있던가?”

“어? 그걸 어떻게 아셨습니까? 하원길은 저번 달에 치른 과거에 합격하여 호조(戶曹)에서 근무하고 있습니다. 대장이 아시는 것을 보면…….”

“와하하하. 구룡방에서 그만큼 재무에 대해 공부하였으니 응당 그만한 상을 줘야지.”

“그럼, 대장이 손을 써두신 것입니까?”

“주고치 황자님과 환관인 왕보에게 미리 말해 두었다. 정화와 도연은 생각도 하지 못하겠지. 과거를 본 관리 중에 내 심복이 있으리라곤 말이야. 하원길은 장사를 해본 경험이 있으니 몇 년 사이에 호조에서 두각을 나타낼 것이다. 나라를 경영하는 것도 돈과 밀접한 관계가 있으니 하원길의 승진은 내 힘이 커지고 있다는 말이 되는 것이지.”

오괴는 감탄을 하며 고개를 끄덕였다. 하원길을 구룡방에서 장사시킨 것이 미리 이런 미묘한 세력 구도를 생각하고 벌인 것이라니, 오괴는 다시 한 번 목풍아가 놀라울 따름이었다.

“황상께서 나에게 뭔가 보내지 않았나?”

“황자께서 보내신 것이 있는데…….”

오괴가 허겁지겁 품속을 뒤져 무엇인가를 꺼내놓았다.

목풍아가 그것을 펴보니 꿈틀거리는 용이 조각된 천룡패(天龍牌)였다.

“성은이 망극하옵니다.”

목풍아가 자리에서 벌떡 일어나 그 철패를 향해 큰절을 올렸다. 공손히 절을 마친 목풍아는 천룡패를 품속에 넣었다.

오괴가 물었다.

“대장, 그것이 뭡니까?”

“이것은 천룡패라는 것이다. 천룡패는 황제의 권위를 대신하여 집행할 수 있다는 표식으로, 마패보다 우위에 있는 철패이지. 마패가 지방 장관을 갈아버릴 수는 있어도 황제의 혈육인 친왕들을 제어할 수는 없지만, 이 천룡패는 황제를 제외한 친왕들까지 제재할 수 있는 어패이지. 황자께서 비밀리에 황제에게서 받아온 모양이구나.”

“와, 정말 대단하군요.”

“당연하지. 암행어사 목풍아가 죽었으니 마패도 용도가 다했지. 대신 황제께서 그보다 더욱 힘이 있는 천룡패를 비밀리에 주신 것이지. 이것만 보더라도 황제께서 나의 일을 얼마나 크게 생각하고 있는지 알 수 있지 않은가.”

“그렇습니다.”

“그러니 너희도 열심히 나를 도와 천하를 바로잡고 백성들을 전쟁 없는 세상에서 살 수 있도록 노력하자.”

“예, 대장.”

목풍이는 시선을 마주치지 못하는 득돈을 흘깃 바라보다가 다시 오괴에게 물었다.

“좋아. 남경의 일은 그만하면 되었고, 제갈세가와 무림의 정세에 대해서는 알아보았겠지?”

“예. 시간이 충분하지 못해서 자세히 알아보지는 못했지만, 새로운

천자에 의해 천하가 통일되고 전쟁이 종식되면서 각 지방의 무림방파
들이 전쟁에서 돌아온 제자들을 중심으로 세력을 형성하기 시작했다고
합니다."

"그럴 테지. 오랜 전쟁 때문에 나가 있던 인재들이 돌아오기 시작했
으니까 말이야. 그래서?"

"각지의 방파들을 규합하는 무림맹주를 선출하려는 움직임이 일고
있다고 합니다. 그 중심에 제갈세가가 있구요."

"제갈세가라……."

"오랜 옛날부터 무림과 관부에서 존경을 받고 있는 제갈세가이니 더
이야기할 것도 없습니다만, 최근에 제갈휘(諸葛輝)라는 자가 크게 두각
을 나타내고 있습니다. 제갈가주인 제갈휘는 십여 년 전부터 융중산(隆
中山) 일대와 양양(襄陽)에서 이름을 날렸는데, 최근에는 그 아들인 제
갈문(諸葛文)과 손자인 제갈지(諸葛智)가 명성을 날리고 있습니다."

"그 자식들이 간댕이가 부었군. 제갈공명이 남양에서 일어나 천하를
삼분하는 계책을 성공시켰지만 지금은 시기가 다른데 말이야."

"하지만 제갈세가의 명성을 이용하여 움직이고 있고, 천하 무림인들
이 제갈세가의 문턱을 자주 다녀간다고 합니다."

"하긴 열심히 공작을 하고 있겠지. 건문제가 복위한다면 제갈세가는
다시 역사에 큰 이름을 남길 테니 말이야. 좋아. 수고했다."

목풍아는 독돈에게 고개를 돌렸다.

"뭐야, 독돈? 나한테 죄지었나?"

"그, 그게……."

"흑살문은 어떻게 되었어? 소림사 중이 흑살문을 습격했다는 소문
이 세상에 퍼져 있겠지?"

"그, 그것이……."

오괴가 입을 열었다.

"대장, 흑살문이 실은 백련교의 후신입니다."

"뭐라고?"

"그렇습니다. 무림인들과 관병들에 의해 괴멸되었던 백련교도들이 흑살문을 만들어 운영하고 있었습니다."

고개를 끄덕거리며 생각에 잠겨 있던 목풍아가 고개를 젖혀 크게 웃었다.

"와하하하. 이거 독돈이 대어를 건졌군."

독돈이 목풍아를 보고 물었다.

"대장, 그게 무슨 말씀입니까?"

"하하하. 잘되었어. 하늘이 이 목풍아를 돕는구나. 처음부터 나는 흑살문과 협상을 할 생각이었는데, 일이 틀어져서 원수가 되었던 것뿐이야. 독돈이 그들과 안면이 있다면 손쉽게 흑살문의 정보망을 이용할 수 있을 테니 괴멸시키지 않은 것이 도리어 잘한 일이다."

"대, 대장."

독돈의 얼굴에 화색이 돌아왔다.

목풍아가 머리를 만지며 중얼거렸다.

"좋아. 그런데 독돈, 보름이 지났는데도 내 머리는 아직 소식이 없다."

화색이 된 독돈의 얼굴이 다시금 쭈그렁 망태기가 되었다. 마지막 희망이었던 천보환(天寶丸)을 구하려던 것이 허사가 되었기 때문이다.

천보환은 대대로 백련교의 교주가 복용하는 영단이었다. 그 영단을 머리가 나는 약으로 사용하려 하였으니 여사제인 월랑(月郎)의 반대에 부딪친 것이다.

앞으로 닥쳐올 처절한 목풍아의 복수를 생각하면 독돈은 눈앞이 깜깜하였다.

"대, 대장, 제 생각으로는 머리가 나기 위해서는 한 가지 길밖에는 없습니다."

"뭐? 머리가 난다구? 그걸 어떻게 믿어?"

"저를 믿어주세요. 방법은 하나밖에 없습니다."

평생을 무모아로 사는 것은 끔찍한 일이다. 한 가지 희망이라도 있다면 잡고 싶은 것이 목풍아였다.

"뭔데?"

"백련교의 교주가 되시는 길입니다."

"뭐라구?"

"백련교의 교주가 되셔서 천보환을 복용하시면 머리가 날 수 있습니다. 마침 지금은 여사제만 있고 교주가 없으니 대장이 교주를 하신다면 대장의 털에 좋은 소식이 있을 겁니다."

"좋은 소식이라……."

목풍아는 턱을 괴고 생각에 잠기었다.

오괴가 정색이 되어 입을 열었다.

"대장, 백련교는 무림인들이 마교라 부르는 집단입니다. 만약 백련교주가 되신다면 그만큼 불리한 제약도 많을 겁니다."

"불리한 제약이라면?"

"만일 제갈세가를 중심으로 한 무림맹이 만들어진다면 백련교는 그 적이 되는 거지요. 정파무림인들의 적이 되는 겁니다. 대장은 머리털을 얻으려다가 큰 세력을 잃게 될지도 모릅니다."

독돈이 말했다.

"그도 그렇지. 하지만 백련교와 명교가 힘을 합치게 된다면 중원의 무림맹조차도 무시하지 못할 세력이 된다는 것은 어째서 생각하지 않는 것인가? 주원장이 명교와 백련교의 세력 덕분에 천자가 되었다는 것을 잊었단 말인가?"

"흥. 지금은 마교의 세력이 약한 때야. 무림맹이 결성된다면 반드시 마교의 뿌리를 뽑으려 할 것이 분명해. 언제나 무림맹과 마교는 다투어왔으니까."

"흐흐흐. 좋지, 좋아. 나는 대장이 백련교주가 된다면 무림맹과 맞서 싸울 자신이 있지. 무림맹을 모조리 쓸어버리고, 천자를 도와 세상의 부조리를 쓸어버리고 평화로운 세상을 만들어버리겠어."

"흥. 웃기는 소리 하지 마라. 마교가 평화로운 세상을 만들 수 있다고 누가 믿겠나?"

"만들 수 있다. 모든 사람이 평등한 평화로운 세상을 위해 백련교도들은 수백, 수천 년 동안 목숨을 바쳤다. 소위 정파무림인들이 권력을 탐하고 세금을 받아들이고 있을 때, 우리는 밑바닥의 약한 백성들을 위해 싸워왔다."

"거짓말 마라. 너희는 신도들의 재산을 속박하여 세를 키우지 않았는가?"

"그런 사이비와 우리를 비교하지 마라. 너희야말로 치안 유지라는 명목으로 건달패처럼 마을 사람들에게 돈을 뜯어가며 연명하지 않았나? 너희 수입원이 무엇인가? 잘 생각해 보라구."

"흥. 그래서 백련교도들이 흑살문을 조직하여 청부 살인을 하고 있는가?”

“뭐야? 그 주둥아리 닥치지 못해?”

“너야말로 닥치지 못해?”

두 사람의 눈에서 살기가 번뜩였다. 금방이라도 싸울 듯한 긴장감이 정청을 가득 메웠다.

목풍아가 탁자를 치며 소리쳤다.

“그만, 그만.”

두 사람이 목풍아를 바라보았다.

목풍아가 진지한 얼굴로 두 사람을 바라보다가 입을 열었다.

“세상에 밝음과 어둠이 있는 것은 모두 이유가 있기 때문이다. 밝음이 어둠을 배척하고, 어둠은 밝음을 질시하지만 성인은 두 가지 모두에서 배움을 구한다. 나는 비록 성인은 되지 못하지만 밝음과 어둠의 장점을 취하여 이롭게 할 따름이다.”

오괴가 떨리는 얼굴로 말했다.

“그, 그럼……..”

“나는 백련교주가 되어야겠다. 설마 오괴는 내가 백련교주의 재질이 되지 않는다고 생각하지는 않겠지?”

“그, 그건 아니지만……..”

독돈이 득의양양한 얼굴로 오괴를 보며 웃었다.

“으허허허허. 대장이 백련교주가 되면 백련교는 머지않아 세상에 크게 명성을 떨치기 시작할 겁니다.”

오괴의 얼굴이 일그러졌다.

그때 목풍아가 소리쳤다.

“시끄러워. 나는 이미 장삼풍 진인에게 무공을 전수받았단 말이야.

그러니 네가 너무 좋아할 것도 없어."

오괴의 두 눈이 휘둥그레졌다.

"대, 대장, 그게 무슨 말씀인가요?"

목풍아는 품속에서 추풍신권을 꺼내 탁자 위에 놓았다.

"네가 소호를 떠나기 전에 주었던 책이야. 책을 읽어보니 장삼풍 진인께서 빛나는 대머리 목풍아에게 남긴 책이지 뭐야."

독돈의 얼굴빛이 흑색으로 변하였다. 이 무슨 청천하늘에 날벼락같은 소리란 말인가. 독돈이 얼른 탁자에 놓인 책을 펼쳐 보았다. 서장을 읽어보았지만, 거기에는 목풍아에게 준다는 말이 없었다.

"무, 무슨 말씀이에요? 장 진인이 대장에게 이 책을 남긴다는 말은 없는데……."

"가장 뒷면을 보라구."

독돈이 허겁지겁 제일 뒷장을 열어보니 한 줄의 시가 적혀 있다. 시를 읽던 독돈이 목풍아에게 말했다.

"대장의 이름이 적혀 있지도 않은데 뭘 그러세요."

"보면 모르겠냐? 외로운 섬의 광두아(光頭兒)가 누구겠어? 바로 나 아니냐? 장 진인께서 나를 염두에 두시고 적어놓은 거라구."

"으허허허허. 대장, 저는 그렇게 생각하지 않습니다. 이 책에 그려진 그림을 보시라구요. 머리를 묶은 무당도사가 아니라 민대가리 광두아의 모습이 그려져 있지 않습니까? 아마 석굴 속에 그려져 있던 그림을 보고 장 진인께서 지은 시일 겁니다."

말은 이렇게 하고 있었지만 독돈은 울고 싶었다. 할 수 있다면 이렇게라도 잡아떼고 싶었다. 아니, 끝끝내 우겨야만 하는 것이다. 어째서 그런가? 만약 목풍아의 말대로라면 목풍아는 장삼풍의 막내제자가 되는 것이다. 그렇다면 목풍아는 오괴에게 사형이라고 불러야 하는 것이다. 그렇게 된다면 자신은 어떻게 되는 것인가? 자신과 동급인 오괴를 부르는 호칭에 변화가 일어나야 하는 것이다. 하루아침에 오괴를 높은 사람처럼 대하는 것은 죽기보다 싫은 것이었다. 더구나 장삼풍의 제자가 백련교의 교주가 된다니, 이 얼마나 기가 막힌 일인가. 생각하기도 싫은 일이었다.

오괴가 얼른 책을 빼앗아 보더니 크게 웃으며 말했다.

"크하하하하. 과연 그렇군요. 과연…… 역시 사부님은 미래를 미리 내다보신 것이 틀림없구나. 대단환과 추풍신권은 대장을, 아니, 목풍아를 위해 만들어진 것이 틀림없다. 크하하하."

화가 치솟아 얼굴이 벌겋게 상기된 독돈이 팔을 걷으며 소리쳤다.

"뭐라구? 이 자식아, 대장을 목풍아라고 부르다니 그게 할 말이냐?"

"크하하하. 그럼 사제의 이름을 부르는 것이 잘못되었나?"

목풍아가 가만히 두 사람을 바라보니 잘못하다가는 내분이 일어날 지도 모를 일이다. 그동안 체계적이었던 서열이 분열되었다가는 완벽한 삼각 체계가 무너질 판이다.

목풍아가 탁자를 치며 소리쳤다.

"이런 빌어먹을 늙은이들. 모두 입 닥치지 못해!"

목청을 높이던 두 사람이 멍하니 목풍아를 바라보았다.

"방금 내 말을 뭐로 들은 거야? 귓구멍이 막혔나? 막혔어? 그리고 오괴, 너는 대장에게 말버릇이 그게 뭐냐? 내가 어째서 네 사제가 된단 말이냐?"

오괴가 멍한 얼굴로 말했다.

"대, 대장, 대장이 사부님에게 무공을 사사받았다면서요?"

"멍청하긴…… 방금 내가 음양에 비유하여 말한 것을 그렇게 받아들이다니…… 쯧쯧쯧. 내가 자세히 이야기를 해주지. 추풍신권의 서문을 보면 이 무공을 어디서 가져왔다고 기록하고 있나?"

"석굴의 벽에서 가져왔다고 기록되어 있습니다."

"그럼 장삼풍 진인이 만들었다는 기록이 있나?"

"그, 그건 아니지만……."

"잘 보라구. 장 진인께서는 그동안의 깨달음을 입에서 입으로 전한다고 하셨지. 한번 물어보지. 오괴 너는 장삼풍 진인께 어떻게 무공을 배웠나?"

"먼저 내공심법이 되는 구결을 외우고 무공을 직접 배웠지요."

추풍신권을 내밀었다.

"그럼 이런 책으로는 배우지 않았나?"

"그, 그건……."

"보라구. 보라구. 이 책의 서문을 잘 보라구. 어디에서도 장삼풍 진인이 만들었다는 기록은 없어. 석벽에서 가져왔다는 말은 있어도 말이야. 시에서도 분명히 나에게 준다는 의미는 있지만 제자에게 남긴다는 의미는 없단 말이야. 이것은 무엇을 의미하는 것인가? 나와 인연이 있기에 석벽에서 그림을 베껴 책으로 만들어놓았다는 말이야. 어째서 내가 임의대로 이 책에 이름을 붙였을까? 그 역시 이 책이 나와 인연이 있기 때문인 것이지. 장삼풍 진인의 의도는 바로 그것이란 말이야. 내 말이 믿기지 않는다면 서문과 끝에 있는 시를 연구해 보라구. 내 말이 참인지 거짓인지 말이야."

독돈의 얼굴에 화색이 돌았다.

"그렇네요. 대장의 말이 정말 맞네요. 만약 미래를 내다보시는 장 진인께서 대장을 제자로 삼을 요량이었다면 권보에 이름을 지어놓고 구결까지 적어놓았을 텐데 여긴 구결은커녕 그림밖에는 없잖아요. 책의 제목도 없었으니 대장의 말이 천부당만부당합니다."

오괴가 추풍신권 앞뒤의 구문을 살펴보니 목풍아의 말이 앞뒤가 맞았다.

무당파 무공은 철저하게 구두로 전하였다. 때문에 책으로 전하는 권경은 전무한 상태였다. 더구나 구결도 없는 권경은 생각할 수도 없었다. 앞부분은 장 진인이 만들었다는 기록이 없고, 뒷부분을 살펴보면 외로운 섬의 대머리를 비웃으며 준 것이니, 목풍아의 말이 틀림이 없었다. 뭔가 반박을 하고 싶었지만 반박을 할 만한 구절이 없었다. 그동안 알아왔던 치밀한 장삼풍의 성격에 비추어볼 때 너무나도 맥없는 구절이었으니 오괴도 결국 손을 들고 말았다.

"대장의 말이 맞는 것 같네요."

독돈이 오괴를 손가락질하며 말했다.

"으허허허. 대장이 사제가 되었다고 좋아하더니 꼴좋다."

목풍아는 추풍신권을 품속에 집어넣고 두 사람에게 술을 따라주었다. 술을 따르는 순간에 생각해 보니 장삼풍이 묘하게 구문을 남긴 것이 바로 이 때문이 아닐까 하는 생각이 들었다.

'장삼풍, 정말 대단한 노인장이구나. 이 목풍아의 입에서 감탄이 나게 할 정도로……. 정말 만나보지 못한 것이 한이 되는구나.'

이내 두 사람이 술을 한 잔씩 마셨다.

목풍아 역시 술 한 잔을 마시곤 정청 바깥에 파랗게 펼쳐진 가을 호수를 바라보며 입을 열었다.

"저 넓은 소호를 바라보니 공자께서 물을 말씀하신 것이 생각나는군. 군자는 물을 덕(德)에 비유하나니 두루 베풀어 사사로움이 없으니 덕과 같고, 물이 닿으면 살아나니 인(仁)과 같으며, 그 낮은 데로 흘러가고 굽이치는 것이 모두 순리를 따르니 의(義)와 같고, 얕은 것은 흘러가고 깊은 것은 헤아릴 수 없으니 지(智)와 같다. 백 길이나 되는 계곡에 다다라도 의심치 아니하니 용(勇)과 같고, 가늘게 흘러 보이지 않게 다다르니 살핌[察]과 같으며, 더러운 것을 받아도 사양치 아니하니 포용함[包]과 같고, 혼탁한 것을 받아들여 깨끗하게 하여 내보내니 사람을 착하게 변화시킴과 같다. 그릇에 부으면 반드시 평평하니 정(正)과 같고, 넘쳐도 깎기를 기다리지 않으니 법도와 같고, 만 갈래로 굽이쳐도 반드시 동쪽으로 꺾이니 의지와 같다. 이런 까닭에 군자는 큰물을 보면 반드시 바라보는 것일 뿐이다.”

목풍아는 오괴와 독돈을 바라보며 물었다.

“정치란 무엇일까?”

“그, 그건 백성들을 잘살게 해주는 것이 아닐까요?”

“그렇지. 정치란 물길을 바르게 흘려주는 것과 같은 거야. 백성들이 원하는 바를 좇아 그 길을 열어주는 거지. 그 때문에 정치(政治)나 법(法)에 물수(水) 변이 항상 따라다니는 것이야. 내가 정사(正邪)를 가리지 않고 포용할 수 있는 것은 이 물의 덕을 사모하기 때문이다. 정과 사가 나에게서 걸러져 만백성이 유익할 수 있다면 나는 무엇이든 될 수 있다. 내 앞에서 정파가 옳고 사파가 그르니, 사파가 옳고 정파가 그르니 하는 빌어먹을 탁상공론은 집어치우는 게 좋아. 나는 다만 천하 백성들을 위해 존재하는 사람이니까.”

오괴와 독돈이 숙연해지며 목풍아의 얼굴을 바라보았다. 목풍아의 말뜻을 이해하였기 때문이다.

'크다. 대장은 여전히 크구나.'

오괴와 독돈은 가슴이 찡하여 정청 바깥으로 펼쳐진 소호를 바라보았다. 정청의 탁자에 앉아 있는 목풍아가 낮은 데에 위치하여 수많은 물줄기를 받아들여 만들어진 소호처럼 생각되는 것은 무엇 때문일까. 나이를 수십 배로 먹은 자신들이 생각하지 못하는 것을 보는 목풍아가 크게만 느껴졌다.

'빌어먹을…… 부끄럽다.'

두 사람은 서로의 얼굴을 바라보며 부끄러움과 무안함을 동시에 느끼었다.

목풍아가 술잔을 탁 치며 말했다.

"이곳의 일이 끝이 나면 자운곡으로 가보지. 앞으로 해야 할 일이 많으니까 말이야."

독돈이 고개를 갸웃거리며 말했다.

"대장, 수적들에게 볼일이 있습니까?"

"이들을 양민들로 만들어놓아야겠어. 연자도에 이렇게 큰 수채도 있고, 제법 큰 건물들도 많으니 장사하는데 잘 활용하면 수적질을 하지 않아도 될 것 같아. 소호는 호수가 크고 육상으로 돌아가려면 시간이 걸리니까 소호 주변의 상단으로부터 운송을 대행한다면 수적질을 하지 않아도 공생하며 살아갈 수 있을 게다."

"그동안 벌써 그런 것까지 생각하셨습니까?"

"당연하지. 나는 추풍대협 이전에 녹봉을 먹는 조정의 관리다. 관리가 백성들의 사정을 생각하지 않으면 존재 가치가 없는 거라구. 잘못된 나라의 법이 양민들을 수적으로 만들었다면 나는 수적들을 다시 양민으로 만든다. 추풍대협 목춘망이라면 어려운 일이겠지만 천룡패의 주인인 목 대인이라면 가능한 일이지.”

목풍아는 가슴을 두드렸다.

오괴가 말했다.

“대장, 대장의 권한으로 관리들에게 힘을 쓰는 것은 어렵지 않겠지만 수적들이 양민이 되긴 쉽지 않을 겁니다.”

“수적이 되지 않으려면 자생력을 기르는 것이 관건이다. 일단 수룡방의 수적들은 물질에 익숙하니 그 장점을 바탕으로 하여 소호를 주름잡는 상단으로 만들어놓으면 문제없을 게다. 수룡방이 관군에게 쫓기는 수적이 아니라 상단으로 성장하게 되면 그와 함께 이 일대의 세력은 언제나 내 마음대로 할 수 있단 말이야. 왜냐하면 내가 수룡방의 방주거든. 나중에 큰 힘이 되겠지.”

“과연 대장입니다.”

오괴와 독돈은 엄지손가락을 치켜올렸다.

“그렇게 되기 위해서는 너희 도움이 필요하다.”

“저희 도움이 필요하다구요?”

“나와 너희의 실질적인 힘을 보여주어야만 우리가 떠나 있더라도 힘이 미칠 수 있단 말이야. 일단 두 사람의 힘으로 소호 일대의 조무래기 수적 방파들을 흡수, 합병하란 말이야. 수적들과 함께 소호를 돌아다니면서 너희 힘을 조금만 보여주면 어려운 일은 아닐 거야. 앞으로 큰일을 하려면 세력이 필요해. 수적들은 물에서의 싸움은 어떤 고수보다 강하단 말이야. 절대 놓칠 수 없는 세력이다. 앞으로 무림의 흐름이 어떻게 돌아설지 모르니 수적이라고 우습게 보아서는 안 돼. 알겠는가?”

“알겠습니다, 대장.”

"좋아. 그럼 내일부터 수룡방을 자생력있는 상단으로 만드는 작업을 시작해 보자."

목풍아는 세 부하의 술잔에 가득 술을 부은 후 잔을 들었다.

"천하 백성들의 평안을 위하여……."

소리를 치며 술을 마시는 오괴와 독돈, 일도의 가슴에 알 수 없는 뿌듯함이 느껴졌다.

다음날 목풍아는 이틀 후 사면령이 내릴 것이라고 호언장담을 하곤 독돈을 대동하고 소호를 나왔다.

가까운 마을에서 마차를 하나 빌려 타고 두 사람은 즉시 합비로 올라갔다. 그날 밤 합비의 관청으로 독돈을 들여보낸 후 비밀리에 합비지부를 목풍아가 머물고 있는 객관으로 오도록 명하였다.

합비지부는 죽은 줄 알았던 어사가 살아서 부른다는 말에 변장을 하하곤 허겁지겁 독돈을 따라 객관의 방문을 들어서니, 과연 까만 일산안경을 낀 목풍아가 교의에 앉아 있었다.

합비지부가 떨리는 음성으로 입을 열었다.

"대, 대인, 살아 계셨군요."

목풍아는 손가락으로 입을 막으며 조용히 말했다.

"일부러 죽은 척한 것뿐이야. 너무 놀랄 것은 없어."

"그런데 머리는 어떻게?"

"천자의 명이다. 이렇게 중처럼 변장을 하고 다니라는 어명을 내리셨다."

"아! 그러시군요."

합비지부가 머리를 숙였다.

“한 가지 명을 내릴 것이 있어서 이렇게 찾아왔다.”

“어떤 명입니까?”

“소호 일대의 수적들에게 사면령을 내리도록 하라.”

“예? 그, 그것이 쉽지 않은 일입니다. 소호는 끝이 없을 정도로 망망한 호수라 수적들이 끊이지 않습니다. 사면령을 내리더라도 투항하는 자들이 많지 않을 줄로 압니다.”

“빌어먹을 놈, 내 말에 토를 달아? 안 된다니? 안 된다니? 그게 지부가 된 자의 할 말이야? 양민을 수적으로 만들어놓고 이제 와서 양민으로 못 만들겠다구? 네놈은 목이 두 개 달렸느냐?”

합비지부가 바닥에 털썩 엎드렸다.

“살펴주십시오, 대인. 소호의 수적들은 뿌리가 깊어 곽도라는 자만 해도 소호에서 이십여 년을 자리잡고 행세하고 있습니다. 저희는 수군이 없고, 설사 수군이 있어도 그놈들보다 물질을 잘하지 못해 손을 대지 못하는 실정입니다. 또 사면령을 내린더라도 수적들이 투항을 해오겠습니까? 저는 다만 공연히 비웃음을 받을까 싶어서⋯⋯.”

목풍아가 빙그레 웃으며 말했다.

“걱정 말고 소호 일대의 현령들에게 사면령을 내리란 말이다. 이건 천자의 명령이다.”

목풍아는 품속에서 천룡패를 꺼내었다.

“허.”

천룡패를 보고 사색이 된 합비지부가 머리를 마룻바닥에 쿵쿵 받으며 말했다.

“어느 명이라고 따르지 않겠습니까? 당장 사면령을 내리겠습니다.”

“좋아, 좋아.”

목풍아가 흡족한 얼굴로 반짝이는 머리를 쓰다듬다가 입을 열었다.

"그리고 내일 합비의 상단 우두머리들을 이곳으로 불러주겠나?"

"예? 그것은 무슨 일로?"

"내가 잘 아는 친척 하나가 수룡방이라는 운송업체를 소호에 만들었는데, 앞으로 그곳을 이용했으면 어떨까 하구 말이야."

합비지부가 사색이 된 얼굴로 말했다.

"아뢰옵기 송그스럽습니다만 수룡방은 수적들의 방파가 아닙니까? 고양이에게 생선을 맡기지, 어느 상단에서 선뜻 그곳을 이용하겠습니까?"

"와하하하. 아직도 모르고 있었구나. 수룡방은 주인이 바뀌었다. 내 사촌 동생인 목춘망이라는 자로 말이다. 철권무적 곽도라는 자가 목춘망에게 져서 근신 중이거든. 수룡방은 목춘망에게 넘어가고 말이야. 명색이 사촌 형이 되어가지고 사촌 동생이 수적이 되는 것을 어떻게 눈뜨고 볼 수 있겠나? 안 그런가?"

목풍아의 뒤편에서 일산안경을 쓰고 근엄하게 팔짱을 끼고 서 있던 독돈은 웃음이 나오는 것을 굳게 참았다. 그리고 보니 이름을 바꾼 것은 자신을 드러내기 위한 방법이 아니라 다른 뜻이 있었던 것이다.

"예? 일이 그렇게 되었다면 제가 대인을 위해 힘을 써야겠지요."

합비지부가 손을 비비며 살살 웃었다.

"말조심해. 나를 위한 것이 아니라 백성들을 위한 거야. 이제 그대가 사면령을 내리면 소호에서는 수적들이 없어질 거야. 내 장담하지. 수룡방은 소호를 자체적으로 지키면서 상단의 교역에 도움이 되는 운송을 책임지게 될 거야. 아마 육로로 가는 것보다 수로를 이용하는 것이 상단들에도 이득이 될 거야. 소호 주변의 작은 마을에도 이득이 돌아가겠지. 교역이 이루어지는 마을은 커질 것이고 사람들이 모여들겠지. 사람들이 많아지면 세금을 낮게 징수해도 이전보다 많을 테니, 이건 누가 봐도 좋은 거라구. 안 그런가?"

합비지부가 목풍아의 말을 듣고 보니 정말로 득이 되는 일이었다. 육로를 이용하던 상단은 비싼 돈을 들여 표국에 의뢰를 해야 하였으며, 시간도 오래 걸릴 뿐 아니라, 많은 양을 이동시킬 때는 말과 수레 등 여러 가지 비용이 만만찮았다.

그 덕분에 관도에 접하는 마을은 발전되었지만 소호를 둘러싸고 있는 마을은 발전은커녕 몇십 년 동안 변함없는 작은 어촌일 수밖에 없었다. 그런데 이제 수적들이 들끓던 소호를 이용하게 된다면 파급되는 이득이 셀 수 없음은 사실이었다.

"그렇습니다. 대인의 말씀이 맞습니다."

"좋아. 알아들었으면 되었군."

"그렇지만 상단들은 아직도 수적에 대한 두려움이 있는 것이 사실입니다."

"좋아. 그렇다면 상인들이 안심할 수 있도록 소호에 수군을 하나 만들자구."

"수군을 만들자는 말씀입니까?"

"소호를 수군에게서 지킨다는 뜻으로 조그마한 명칭을 하나 만들어 주고 책임자를 임명하는 거야. 용병 개념으로 생각하면 되니 예산을 걱정할 건 없어. 상단들이 안심하면 되니까 말이야."

"누, 누구로 하면 좋을까요?"

"철권무적 곽도가 좋겠군."

"그, 그자는 악명 높은 수적 두령인데요?"

목풍아가 합비지부에게 손가락질하며 소리쳤다.

"이런 빌어먹을 놈 같으니라구. 이래서 항상 관리들이 욕을 얻어먹는단 말이야. 너는 이이제이(以夷制夷), 오랑캐로 오랑캐를 막는다는 말도 못 들어봤느냐? 천자가 몽고병들로 하여금 변방을 지키게 하는 것을 보고도 그런 소리를 하는 게냐? 소호를 잘 아는 수적 두령에게 감투를 씌워주고 소호를 지키게 한다면 어떤 수적들이 설치고 다니겠느냐 말이야. 제발 안 된다는 생각은 말고 머리를 쓰란 말이야. 머리를……."

"예, 예."

"좋아. 그럼 내일 사면령을 내릴 때, 곽도에게 소호의 수군감관(水軍監官)이라는 벼슬 하나를 내리란 말이야."

"수군감관이라는 벼슬은 들어보지 못했는걸요?"

"그런 벼슬은 없어. 감투란 때론 감당할 수 없는 호걸들을 네 손아귀에 넣을 수 있는 힘을 가지고 있단 말이다. 옛 고사를 비추어보아도 감투로써 반적들을 회유한 예는 수없이 많다. 그렇지 않나?"

"예. 그렇습니다."

"그렇지. 감투를 씌워줌으로써 수적들을 내 마음대로 다스릴 수 있고, 상인들이 안심하고 장사를 할 수 있게 해줄 수 있단 말이다. 알겠느냐? 그렇게 뻣뻣하게 머리를 굴려서야 어떻게 이 지역을 다스린단 말이야."

"하지만 나리, 법은 법대로……."

"이런 빌어먹을 자식, 누가 법을 몰라서 하는 말이냐? 때로는 법을 따르지 않아도 될 때가 있단 말이다. 아! 답답하구나. 제발 사고를 유연하게 하라구. 똑똑한 자들도 감투를 쓰기만 하면 이상하게도 머리가

돌처럼 굳어버리는 바보가 되어버린단 말이야. 참, 이상한 일이지. 이
상한 일이야."

합비지부는 얼굴을 들지 못하였다.

목풍아가 머리를 쓰다듬으며 중얼거렸다.

"이렇게 이야기를 해주었는데도 알아듣지 못하겠다면 할 수 없는 일
이지. 조정에 보고를 해서 지부를 바꿀 수밖에……."

청천벽력이었다. 창백한 얼굴의 합비지부가 빌빌 기어와 목풍아의
다리를 붙잡았다.

"대, 대인, 잘할 수 있습니다. 사고를 유연하게 할 테니 제발 한 번만
생각해 주십시오."

결사적이었다. 그 역시 천룡패의 위력을 잘 알고 있는 사람이다. 친
왕까지 탄핵할 수 있는 위력을 지닌 천룡패이니 그 한마디가 곧 천자
의 명이나 다름없었다.

목풍아가 빤히 합비지부의 얼굴을 바라보다가 입을 열었다.

"좋아. 네가 얼마나 잘하는지 두고 보겠다. 내일 사면령을 내리고
수군감관을 만드는 것도, 그리고 상인들을 만나는 일도 네가 모두 처리
하도록. 알겠나?"

"예."

"안심이 안 되지만 네 능력을 시험해 보는 것이니 알아서 잘하라
구."

"예. 맡겨만 주십시오."

합비지부는 완전히 고양이 앞의 쥐였다. 하긴 애초부터 목풍아와는
생각의 차이가 큰 까닭에 그럴 수밖에 없으리라 독돈은 생각하였다.

"좋아. 사면령과 임명장은 내일 서면으로 만들어 모레 정오에 소호

일대에 붙이도록 하라구. 알겠나?"

"예."

"좋아. 모든 일은 내가 사촌 동생인 목춘망에게 어떻게 되어가는지 들을 것이니, 그렇게 알고 가봐."

"예, 예, 대인."

혼이 빠질 정도로 당한 합비지부가 창백한 얼굴로 비틀거리며 방문을 잡았다. 이때 목풍아가 고개를 돌려 말했다.

"이봐, 지부."

지부가 재빨리 고개를 돌렸다.

"예."

"나를 봤다는 말을 하면 안 돼. 만약 그런 소리가 샜다면 너는 이거야."

목풍아는 손가락으로 자신의 목을 그었다.

합비지부는 꿀 먹은 벙어리처럼 꿀꺽 침을 삼키었다.

"여, 여부가 있겠습니까?"

"와하하하. 좋아, 좋아. 지부가 어떻게 하는지 내가 지켜볼 거야~"

목풍아가 싱겁게 웃으며 손을 흔들었다.

합비지부가 다시 한 번 침을 삼키곤 목례를 한 후에 살며시 문을 닫았다.

지부의 발자국 소리가 멀어지자 목풍아가 소리 높여 웃었다.

"와하하하하. 독돈, 이러면 되었나?"

"정말 대장은 말도 잘하세요."

"와하하하. 아는 것이 많으면 말도 잘하게 되지."

한번 몰아붙일 때면 사람의 혼을 흔들어놓는 목풍아의 언변이었다.

독돈은 상대방의 단점을 몰아붙이는 목풍아의 언변이 무엇보다도 마음
에 들었다. 쉴 틈 없이 몰아치는 언변과 틀에 박히지 않는 사고와 행동
은 사파의 자유로움을 닮았다.

'대장이라면 백련교주로 손색이 없지.'

흐뭇한 마음에 미소를 짓고 있으려니 목풍아가 갑자기 한숨을 쉬었
다.

"대장, 왜 그러십니까?"

목풍아가 귀에 손을 가져다대고 말했다.

"들리지 않나?"

"뭐가 말입니까?"

"갈보들의 지저귐이 들리지 않나?"

그러고 보니 객관 반대편에서 여인네들의 웃음소리와 수다가 어지
럽게 들려오고 있었다. 살짝 문을 열어보니 홍등이 길게 내 걸린 기루
가 위치하고 있었다.

'헉.'

한동안 뜸하던 목풍아가 다시 발작을 일으킬지도 모른다는 생각이
불현듯 뇌리를 스치고 지나갔다. 워낙 여자를 밝히는 대장이다 보니
기녀들의 웃음소리를 듣고 음욕이 동했을지도 모를 일이다. 생각하니
등줄기에 식은땀이 송송 솟아났다. 만약 기루에 갔다가 만에 하나 기
녀들에게 털에 대하여 희롱이라도 당한다면 그땐 대책이 없다. 그뿐
아니라 털에 대한 책임이 자신에게 전가될 것을 생각하면 눈앞이 깜깜
한 독돈이었다.

"나무아미타불. 제길……."

등 뒤에서 목풍아의 목소리가 들려왔다. 독돈은 이마에 식은땀이 빠

직빠직 솟아남을 느끼었다. 목풍아의 목소리가 들려왔다.

"빌어먹을 참새가 방앗간을 그냥 지나가야 하나?"

독돈이 식은땀을 흘리며 마음속으로 중얼거렸다.

'그냥 지나가야 합니다. 조용히, 아무 생각 없이 지나가야 합니다.'

목풍아가 두 손을 모아 근엄하게 합장을 하였다.

"아! 그렇군. 나는 불자이지. 나무아미타불."

독돈이 안도의 숨을 내쉬었다.

'잘 생각하셨습니다, 대장. 대장은 백련교의 교주가 될 사람. 체통 없이 기루에 드나드시면 안 됩니다. 잘하셨습니다.'

그때였다. 목풍아의 입 꼬리가 뱀처럼 올라갔다. 사악한 웃음을 지으며 독돈을 바라보던 목풍아가 말했다.

"하지만 나는 타락한 불자. 와하하하. 도저히 못 참겠다. 나는 섬에서 너무 오래 참았어. 독돈, 이 밤을 화끈하게 보내보자구. 자! 우리 함께 갈보들이 노래하며 나를 반기는 기루로 가자. 와하하하."

목풍아는 침상 위에 있던 면경을 끌어당겨 반짝거리는 머리를 쓰다듬다가 고개를 젖혀 웃고는 방문을 당당하게 나서기 시작하였다. 반짝이는 대머리를 자랑스럽게 들이밀면서…….

독돈의 눈에 앞으로의 상황이 주마등처럼 떠올랐다. 기녀들의 비웃음, 그리고 터지는 대장의 분노.

'사랑스러운 털을 앗아간 독돈. 내 털을 돌려내. 내 털을 돌려내. 빌어먹을 독돈. 미워. 미워. 미워…….'

대장의 원망어린 눈망울과 한 서린 질책. 그 끝에 몸둘 바 모르는 자신. 아! 그것은 지옥이었다. 독돈은 꺼져 나갈 듯 한숨을 쉬다가 힘없는 발걸음으로 목풍아의 뒤를 따랐다.

객관을 나와 내딛는 발걸음이 목풍아는 가벼운 반면, 독돈은 철추를 끌고 가는 것처럼 무겁기 그지없었다.

기녀들에게 놀림을 당하여 화풀이 대상이 될 자신의 모습을 생각하면 온몸의 힘이 빠지는 독돈이었다.

목풍아가 기루 앞에 멈추어 고개를 돌렸다.

"헉."

목풍아와 눈빛만 마주쳐도 기운이 빠지는 독돈이었다. 보름 동안 목풍아와 떨어져 있었던 탓에 세상 모르게 자유로움을 느꼈던 독돈에게 미륵섬에서 당한 고난은 무간지옥을 연상케 하는 것이었다. 능글맞게 신랄한 목풍아의 혀끝에 몸서리가 쳐지도록 당하였던 독돈은 지레 겁이 나서 한숨을 내쉬었다.

목풍아가 빙그레 웃으며 독돈의 어깨를 툭 쳤다.

"내 털들 때문에 주눅이 든 모양이군. 잊어버리라구."

독돈은 정신이 퍼뜩 들었다.

'이게 무슨 말인가. 대장이 돌았나? 소중한 털을 앗아간 나에게 잊어버리라니……'

목풍아가 싱글벙글 웃으며 말했다.

"독돈이 내 소중한 털을 돌려주기 위해 노력하고 있다는 것 잘 알고 있다. 생각해 보면 내 속이 좁았지. 사나이는 외모가 전부가 아니라구. 그걸 독돈에게 보여주려고 기루에 가는 것이니 너무 기죽을 필요 없어. 나는 이미 용서했으니 염려 말라구. 와하하하."

목풍아는 고개를 젖혀 웃으며 독돈의 어깨를 치곤 성큼성큼 걸음을 옮겼다.

독돈은 정신이 황망하여 자신의 볼을 꼬집곤 재빨리 홍등이 밝혀진 기루로 따라갔다.

주육림(酒肉林)이라는 현판이 끈적끈적함을 물씬 일으키는 기루 계단으로 목풍아가 성큼성큼 걸음을 옮겼다. 승려 복장을 한 목풍아였기에 기녀들과 사내들의 시선이 일시에 집중되었다.

목풍아는 가까이에 있는 기녀의 엉덩이를 철썩 때리고는 고개를 젖혀 웃었다.

"와하하하. 그동안 잘 있었느냐? 오랜만에 목존자께서 친구와 함께 오셨는데, 예쁜 계집과 술이나 준비해 보라구."

목풍아는 품속에서 일백 냥짜리 지전을 탁자 위에 올려놓았다. 점소이와 기녀들의 눈동자가 일시에 반짝거렸다.

"어서 오십시오, 목존자 어르신."

일시에 점소이와 기녀들의 목소리가 달라졌다. 엉덩이를 맞은 기녀는 갑자기 목풍아에게 달라붙어 콧소리를 내며 아양을 부렸다.

"아잉～ 왜 이제 오셨어용? 그동안 기다렸었는데……."

"와하하하. 내가 볼일이 많은 사람이라서 여기저기 다니느라 자주 못 찾았지. 간만에 친구와 왔으니 이 집에서 제일 좋은 술과 가장 예쁜 계집 다섯 명만 불러다오. 오늘 일백 냥을 모두 써버리고 갈 테니, 제대로 준비하란 말이다."

점소이와 기녀들의 눈이 휘둥그레졌다.

안겨 있던 기녀가 아양을 부렸다.

"호호호호. 알겠습니다. 목존자 대인, 저를 따라오세요."

"좋아, 좋아. 어디 따라가 볼까?"

목풍아는 헛기침을 하며 기녀를 따라 계단을 올라가 으리으리한 방으로 들어갔다.

뒤따라오던 독돈은 자신의 우려와는 달리 목풍아가 기녀들과 점소이들에게 귀빈 대접을 받는 것을 보고 혀를 내두르며 그 뒤를 따랐다.

목풍아는 기루를 운영해 본 경험이 있었으므로 돈 앞에 장사 없다는 시장의 생리를 잘 알고 있었다. 한 번도 본 적이 없는 승려이지만 큰 돈 앞에서는 즉시에 단골이 되었다. 파계승이든 살인자든, 아무리 얼굴이 추악한 사람이라도 돈이 있으면 최고의 고객으로 대우받는 것이 시장의 생리였다. 더구나 돈을 위해서라면 무엇이든 하는 기루의 생리를 무엇보다 잘 아는 목풍아이기에 독돈의 우려를 말끔히 불신시키며 점소이들과 기녀들을 고양이 앞의 쥐처럼 고분고분하게 만들어 버린 것이었다.

목풍아가 점소이와 기녀에게 안내된 곳은 커다란 침대와 넓은 탁자가 있는 으리으리한 별실이었다.

목풍아는 탁자에 있는 호피 의자에 앉아 안내한 기녀에게 말을 걸었다.

"운이 좋은 줄 알라구. 명화루가 불에 타버려 영업을 하지 않고 있어서 이리 온 것이니까 말이야."

"호호호. 명화루에 아는 기녀라도 있습니까?"

"그럼, 그럼. 수선이라는 기녀가 있었는데, 어찌 되었는지 소식을 모르겠군."

"수선이라구요?"

"내가 단골로 잡은 기녀였는데, 아쉽게 되었어. 혹시 소식을 아는가? 알고 있다면 내가 은전 세 냥을 수고비로 주지."

기녀의 두 눈이 휘둥그레졌다.

“저, 정말이십니까?”

목풍아는 허리춤에서 은전 세 냥을 꺼내 탁자에 올려놓았다.

“오늘 밤 안으로 찾아서 데려올 수 있다면 일곱 냥을 더 주지.”

기녀가 슬그머니 은전 세 냥을 챙기고는 입을 열었다.

“오늘 밤 안으로 데려오면 되는 거죠?”

“그럼, 그럼. 이 목존자 어르신은 거짓말을 하지 않는 사람이야.”

기녀가 꾸벅 인사를 하곤 빠르게 방문을 나갔다.

“대장, 수선을 찾으려면 저에게 이야기하지 그러셨어요?”

“우흐흐흐. 언제 자운곡까지 다녀올려구? 자운곡에 가면 수선이 있겠느냐? 가만히 앉아서 놀고 있으면 알아서 백련교의 수뇌부들이 모여들게 되어 있다.”

“그럼 대장은 백련교의 수뇌부를 불러들이려고 일부러 기루에 오신 겁니까?”

“흑살문이 기루를 중심으로 정보를 받아들이며 활동하고 있다면 끄나풀 하나쯤은 이곳에도 있을 거란 말이다. 더구나 내가 수선을 찾는다면, 방금 나간 기녀가 일곱 냥을 벌어들이기 위해 수소문을 할 거란 말이다. 흑살문의 끄나풀이 반드시 이 방에 들어와 나와 너의 인상착의를 수뇌부에 알릴 거란 말이다. 이미 너는 인상착의가 알려져 있으니 소식을 듣게 되면 수뇌부가 이 목존자를 만나기 위해 움직일 것이란 말이다.”

“아! 그런 것이었군요.”

독돈이 손뼉을 치며 말했다.

“시간이 없는 목 대인께서 자운곡에 직접 찾아간다면 체면이 무엇이 되겠나? 내가 아쉬울 것이 없는데, 무엇 때문에 찾아간단 말인가? 그렇지 않나?"

"그, 그렇습니다, 대장. 하지만 제 체면도 생각해 주셔야지요."

"와하하하. 독돈, 잘 생각해 보라구. 나는 단지 수선을 찾는 것뿐이야. 그런데 그들이 알아서 온단 말이야. 독돈의 체면이 깎일 일이 있는가? 더구나 그들은 나에게 빚이 있단 말이야. 이 목풍아의 소중한 털을 사라지게 한 장본인들이니, 이번 기회에 나에게 먼저 찾아와 용서를 비는 것이 도리이지. 또 내가 일부러 수선을 찾았다는 것을 알았다면 그대의 사제인 월랑이라는 여사제도 가만히 있지는 않을 거야. 만약 무심하게 움직이지 않는다면 흑살문의 정보력과 백련교 수뇌부들의 머리를 의심할 수밖에……. 사실 정보력과 머리가 없는 백련교의 교주가 되는 것은 그리 반가운 일이 아니야."

"대장, 그럼 대장은 지금 백련교의 정보력과 월랑의 머리를 시험하고 계신 겁니까?"

"그건 네가 알아서 생각해도 좋다. 분명한 건 나는 아무짝에도 쓸모없는 백련교의 교주는 하지 않는다는 말이지."

듣고 보니 목풍아가 이 기루로 찾아온 것은 노림수가 있었기 때문이다.

흑살문에 피해를 입은 목풍아가 먼저 나서기는 체면이 서지 않는 것이 사실이었다. 그렇다고 강압적으로 수뇌부를 나오라 명한다는 것도 상대방의 체면을 세우는 것이 아니다.

수선이라는 자객을 매개로 백련교를 시험하며 서로의 체면을 살리는 만남을 이끌어가겠다는 것이다.

그런 점에서 이것은 목풍아가 주도권을 쥐고 있는 시험이었다. 그 시험에 백련교가 얼마나 빠르게 이 사실을 알고 대처하는가, 그것이 관건이었다.

'어디서 저런 생각이 나올까?'

독돈은 멍하니 목풍아의 반짝거리는 머리를 바라보았다. 만약 월랑이나 아니면 그 중간 선이라도 기루를 찾아오지 않으면 백련교의 부흥은 생각할 수도 없는 일이 되어버리는 것이다.

입 안이 바짝바짝 말라오는 것 같았다. 그때였다.

방문이 열리며 산해진미와 아름다운 기녀들이 쏟아져 들어왔다. 목풍아의 입이 함지박만큼 벌어졌다.

"자, 놀자구. 우리 신나게 놀아보자구."

목풍아는 기녀들을 껴안고 신나게 놀아나기 시작하였다.

독돈은 술잔을 들어 한입에 마셨다. 화끈한 기운이 목구멍을 타고 내려가 뱃속을 화끈하게 만들었다.

"에라, 모르겠다."

독돈은 기녀 두 사람을 겨드랑이에 끼고 놀기 시작하였다. 시간이 얼마나 지났을까? 얼굴이 빨개질 정도로 술을 마시던 목풍아가 탁자를 젓가락으로 두드리며 노래를 부르기 시작하였다.

술의 연못 고기의 숲, 이름하여 주육림[酒池肉林酒肉林].

늙고 젊은 스님 두 사람이 가기들을 희롱하네[老少雙僧弄歌妓].

인생은 본래 하나의 꼭두각시놀음[人生原是一傀儡],

진공은 공이 아닌 것, 형상에 집착을 하지 않기 때문이네[眞空不空執相非].

석가세존 너에게 무엇이라 말하였나[釋迦世尊問汝何].

세상에 있으며 세상을 버리는 것이 해탈이라[在世出世卽解脫],
욕심을 따르고 끊는 것이 역시 고통이나니[徇欲絶欲亦是苦]
평소에 마음을 닦고 몸을 바로 가져야 한다네[聽吾儕善自修持].

노래가 끝나자마자 기녀들이 까르르 웃었다.

"호호호호. 젊은 스님이 정말 재미있으시네요. 평소에 마음을 닦고 몸을 바로 가지는 것이 주지육림에서 저희와 함께 노시는 거예요?"

목풍아가 기녀들의 엉덩이를 토닥거리며 말했다.

"와하하하. 내가 오늘 하나의 진리를 너에게 들려주마. 큰 깨달음을 가진 자는 산속에 들어가 있다고 생각하지만, 그것은 기이한 인간일 뿐 깨달음을 가진 자가 아니다."

"그럼 깨달음을 가진 자가 누군데요?"

"와하하하. 바로 나지. 내 말을 잘 들어보아라. 세속을 벗어나는 길은 세상살이 속에 있으니, 세상의 인연을 끊고 반드시 세상을 도피하여 살아갈 필요는 없다. 마음을 깨닫는 공부는 마음을 다하는 데 있는 것이니, 지금 우리가 구름처럼 모여들어 실컷 마시고 마냥 즐기다, 이윽고 시간이 다 되어 하나둘 흩어져 버리고, 탁상 머리에 홀로 앉아 가물거리는 촛불을 바라보며 식은 차를 마시다 보면 한없는 처량함이 밀려와 저절로 흐느낌이 복받칠 때 세상의 부귀와 영화가 이처럼 허무하다는 것을 알게 되는 것이다."

기녀들의 눈빛이 빨려 들어가듯 목풍아에게 집중되었다. 처음에 웃음을 띠던 얼굴들이 상기되어 숨을 쉬지도 못하고 목풍아를 바라보고 있는 것이다.

"너희가 그런 생각이 들게 되면 마땅히 삶에 대해 진지하게 생각하게 될 것이고, 마음의 재계가 서게 되어 진심으로 열심히 살아가야 하는 것의 소중함을 알게 될 것이다. 시간은 자신이 모르는 사이에 화살처럼 지나가나니, 어느 날 거울 앞에서 허옇게 세버린 백발을 빗으며 지나 버린 덧없는 과거를 회상할 때면, 너희는 이미 너무 많은 것을 잃어버렸을지도 모르니까 말이다.”

“…….”

독돈마저도 목풍아의 이야기를 멍하게 듣고만 있었다. 머리가 없는 목풍아의 머리에서 부처님의 머리에서 나온다는 찬란한 광배(光背)가 쏟아지는 것 같은 느낌이 들었다. 그때였다. 방문에서 인기척이 들려왔다.

“들어가도 되겠습니까?”

목풍아가 독돈을 바라보다가 소리쳤다.

“들어와도 좋다.”

이내 방문이 열리며 한 노파와 아름다운 여인 하나가 들어와 목풍아에게 인사를 하였다. 월랑과 그의 제자인 설연(雪然)이었다.

독돈의 얼굴에 화색이 돌았다. 이로써 목풍아의 시험에 월랑이 통과를 한 셈이다.

월랑이 가볍게 목례를 하며 말했다.

“실례가 되지 않는다면 기녀들을 물려주시면 감사하겠습니다.”

“와하하하. 그럼, 그럼. 이제 놀 만큼 놀았는데 그만 물려야지.”

목풍아는 품속에서 은전 다섯 냥을 꺼내 탁자 위에 올려놓았다.

“설법을 들었으니 내가 시주를 받아야겠지만 그동안 우리와 재미있게 놀아주었으니 그 상이다.”

기녀들이 공손하게 합장을 하며 은전 한 냥씩을 가지고 방을 나갔다.

월랑이 미소를 지으며 말했다.

"인사드리겠습니다. 저는 백련교의 여사제로 있는 월랑이라고 합니다. 옆에 있는 아니는 제 제자로 설연이라고 하지요."

"그렇소? 나는 목풍아라고 하오. 머리가 찬란히 빛이 나는 사람이 되어 납의를 입고 있으니 목존자라 불러도 무방하오."

"재미있는 분이시군요. 저번에 수선을 시켜 대인을 궁지에 빠뜨린 것은 정말 죄송하게 생각하고 있습니다. 저희 업에 최선을 다하다 보니 대인에게 해를 끼쳤습니다."

"와하하하. 그 피해가 상당히 심각했지요. 내 사랑하는 털들이 모두 떠나 버려 돌아올 생각을 하지 않으니 말입니다. 물론 얻은 것도 있지만……. 그 덕분에 독돈이 마음 고생이 심했죠."

독돈은 털 이야기만 나오면 가슴이 쿵쾅거렸다. 그런데 목풍아가 이렇게 이야기를 해주니 마음이 그나마 편안해지는 것이다.

월랑이 미소를 지으며 말했다.

"그 점에 대해서는 책임을 통감하고 있습니다. 반드시 조치를 취하여 대인의 털을 본래대로 돌려놓겠습니다."

"아이구, 그렇게 해주시면 고맙지요. 그것이야말로 삼생의 덕을 쌓는 일이 아니고 무엇이겠습니까?"

"그렇지요."

"그렇게만 된다면 후일에 부처님을 찾아뵙거든 반드시 공덕을 말씀드리겠습니다. 사무치게 그립던 목풍아의 털을 자라나게 한 공덕이 크니, 즉각 서방정토로 보내달라고 말입니다."

"호호호. 감사합니다, 대인."

마침내 월랑도 웃음을 터뜨리고 말았다.

눈썹이 없는 우스꽝스러운 얼굴로 태연하게 말을 하는 목풍아의 모습에 웃음이 나왔던 것이다.

독돈은 웃음이 없는 월랑을 쉽사리 웃게 만드는 목풍아의 재주가 부러울 따름이다.

'어쩌면 저렇게 말을 잘할까?'

목풍아의 혀끝에서 사람들이 쉽게 움직이고 있었다. 처음 만나는 사람을, 그것도 백련교의 일인자라 할 수 있는 월랑을 한순간에 친근하게 만드는 화술은 보통 사람이 가질 수 있는 재주가 아니다. 그 점은 월랑도 느끼고 있을 것이 분명하였다.

그때 월랑이 빙그레 웃으며 말했다.

"정말 말씀을 잘하시는군요."

"와하하하. 과찬이십니다."

"본의 아니게 바깥에서 대인의 시와 말씀을 들었습니다. 독왕에게 듣던 것보다 더욱 대단하신 분 같네요."

"별말씀을…… 저는 다만 술과 여자를 좋아하는 호색한 광두아일 따름입니다. 입만 살아서 마구 지껄인 것이니 과찬할 것까지는 없습니다. 와하하하."

목풍아가 목을 젖혀 웃었다.

월랑의 옆에 있던 설연이 방긋 미소를 지었다.

목풍아의 눈이 번쩍 뜨였다. 한눈에 확 들어오는 절세미인이었기 때문이다. 늘씬한 키에 잘록한 허리를 가진 소녀는 인형같이 아름다운 얼굴에, 머리가 약간 갈색 빛을 띠고 있어 이국적인 느낌이 들었다.

그때 월랑이 조용히 미소를 지으며 말했다.

“대인의 말씀을 듣고 보니 깨달은 것이 많습니다. 독왕에게 미리 들은 것처럼 대단한 힘이 느껴지는군요. 지금의 천자를 황제의 자리에 올린 것도 목 대인의 공이라는 것을 알겠습니다.”

“하하하. 천만의 말씀이죠. 천하의 일은 한 사람이 좌지우지할 수 없습니다. 특히 천하가 바뀌는 데에 저 한 사람의 공을 따질 수 있겠습니까? 수많은 장수들과 참모들, 그리고 덧없이 죽어간 이름 모를 병정들의 피가 없었다면 지금의 천자란 있을 수 없는 것이죠. 저는 다만 대세를 보는 눈과 운이 좋았을 뿐입니다. 비유하자면 천리마 꼬리에 붙은 똥파리라고나 할까요? 와하하하.”

월랑이 포권을 취하며 말했다.

“대인은 겸손하시군요. 자신을 똥파리라고 비유하는 것은 보통 사람으로서는 가능한 일이 아니지요.”

“하하하하. 그렇습니까? 그렇게 봐주시면 감사합지요. 자, 자. 그렇게 계시지 마시고 이리로 자리하시지요.”

목풍아가 옆 자리로 월랑을 안내하였다.

월랑이 공손하게 자리에 앉으며 목례를 하였다. 그 옆 자리에 설연이 앉는 것을 보곤 목풍아가 월랑에게 말했다.

“궁금한 것이 있습니다. 수선은 어찌 되었습니까? 저는 그 아이의 신상에 별일이 없었으면 하고 바라고 있습니다.”

월랑은 얼굴을 찡그리며 말했다.

“수선은 대인이 죽음을 가장하고 떠나신 날부터 흑살문에 대한 정보를 캐기 시작했습니다. 부득이 저희는 수선을 자운곡에 있는 뇌옥에 가둘 수밖에 없었습니다.”

“저런…… 모두 제 불찰입니다. 죽지는 않았겠지요?”

“그럼요. 저희는 수선의 마음을 돌리게 한 대인의 능력을 높이 생각
하고 있습니다. 수선은 비록 무공은 크게 뛰어나지 않지만 아름다운
외모와 총명한 머리 덕에 흑살문에서는 장래를 기대하고 있는 아이였
습니다. 그런 수선을 한순간에 저희와 등을 돌리게 하셨으니 대인의
사람을 다스리는 능력이 부러울 따름입니다.”

“아닙니다. 저는 다만 대의가 무엇인가 수선에게 이야기해 주었을
뿐 특별히 사람을 설득한 적은 없습니다. 그것은 여사제님께서 저를
높이 보신 것입니다.”

월랑이 빙그레 웃으며 말했다.

“아닙니다. 그렇지 않아도 수선을 불러들이게 하였습니다. 아마 대
인을 다시 뵙게 되면 마음을 돌리게 되겠지요.”

“이런, 이런. 수선을 데려오면 일곱 냥을 마저 준다고 기녀에게 약속
을 하였는데, 이제 수선이 돌아오면 꼼짝없이 일곱 냥이 날아가게 생겼
습니다. 와하하하.”

월랑은 유쾌하게 웃고 있는 목풍아를 바라보며 생각에 잠기었다. 칠
십 평생을 살아왔지만 이렇게 말을 잘하고 영리한 사람은 만나본 적이
없었다. 독돈의 말을 듣고 간교한 사람이라 생각하였지만 자신을 다치
게 하였던 수선을 생각하는 것을 보면 인간적인 냄새가 다분히 풍겼다.
더구나 자신을 칭찬하는 말은 한마디도 없으며 모두 남을 칭찬하는 이
야기 일색이다.

사람을 웃게 만들고, 이야기 속으로 빠뜨리는 화술 역시 그동안 만
났던 문객들과 비교가 되지 않을 정도였다. 마음속에서 생각이 하나둘
가닥이 잡혀가기 시작하였다.

‘이 사람은 정말로 인물이다.’

하지만 이런 술자리의 몇 마디 말로 백련교를 맡길 결심을 선뜻 할 수 없는 월랑이었다. 목풍아의 인품을 있는 그대로 믿을 수도 없는 노릇이었다. 몇 가지 시험이 더 필요하다 생각하였다.

"설연아, 대인께 술을 따라 드리거라."

설연이 공손히 목풍아의 잔에 술을 따랐다.

"아이구, 이렇게 고마울데가……."

목풍아는 단번에 화주를 들이켰다. 이상한 것은 예전 같았다면 벌써 취기가 올라 몽롱해지거나 쓰러져 잠이 들어야 하건만 지금은 독한 술을 마셔도 쉽게 취하지 않는다는 것이었다. 대단환과 오독계를 먹은 탓인가 생각하며 목풍아는 잔을 내려놓았다.

월랑이 미소를 지으며 말했다.

"대인, 오늘 대인의 늠름한 모습을 보고 인사를 드렸으니 저희는 이제 물러가겠습니다. 일간 자운곡에 찾아주셔서 자세한 이야기를 할 수 있게 되길 바라겠습니다."

"좋소. 지금 벌인 일이 끝이 나면 반드시 찾아갈 테니 기다려 주시오."

월랑이 자리에서 일어나 독돈에게 말했다.

"독왕은 나올 필요 없으니 대인의 곁에서 시중이나 잘 드시오."

독돈은 자신의 머리를 긁적거렸다.

"그, 그래야 히니?"

"그럼 즐거운 시간 되십시오."

월랑은 문 앞에서 설연과 함께 꾸벅 인사를 하고 문을 나섰다.

기루의 계단을 내려가던 설연은 피식 웃음을 터뜨렸다.

"설연아, 뭐가 우습니?"

"훗. 두 사람의 모습을 보니 웃음이 나왔어요. 머리가 없는 것 하며 눈썹이 없는 것까지, 어쩌면 두 사람이 그렇게 닮았을까요?"

월랑도 미소를 지으며 말했다.

"하긴 그렇더구나. 머리와 눈썹이 없이도 잘만 노는 모습은 영락없이 부자지간 같더구나. 천하에 무서울 것 없던 독왕이 그렇게 목 대인을 아끼는 이유를 알 것도 같았다."

월랑은 잠시 지나간 세월을 반추하다가 설연과 함께 천천히 계단을 내려갔다.

한편 독돈은 월랑과 설연이 방을 나가자 목풍아에게 물었다.

"대장, 어떻습니까?"

"과연 흑살문, 아니, 백련교의 정보망은 쓸모가 있어. 월랑이라는 노파가 아니었다면, 백련교가 이렇게 성장할 수 없었을 거야. 월랑이 백련교의 후계자 문제로 고심하는 이유를 알 것도 같아."

"대장은 이제 한 번 만나보고 모든 것을 짐작할 수 있단 말입니까?"

"내가 보기에 월랑도 독돈처럼 나이가 많다는 데 문제를 인식하고 있을 거야. 똑똑한 수뇌부가 들어서지 않는다면 월랑이 일궈놓은 백련교가 일시에 무너져 버릴 수 있기 때문이지. 옛 속담에 이루기는 어렵고 망하기는 쉽다 하지 않던가."

"그럼 대장은 백련교주를 수락하실 겁니까?"

"하하하. 아직 청하지도 않은 백련교주를 어떻게 수락한다는 거야? 내가 시간을 두고 방문하겠다는 것은 소호의 수적들을 양민으로 만들고 난 다음 이야기야."

"다음 이야기라구요?"

　"월랑은 잠시 동안 몇 마디 말로 나를 시험하였단 말이야. 내가 우두머리가 될 능력이 있는가 하고 말이야."

　"언제 그런 말을 했습니까? 저는 듣질 못했는데?"

　"하하하. 머리가 좋은 고수들끼리는 말 한마디만 해도 말의 골자를 알아들을 수 있지. 월랑이 나를 칭찬한 말의 이면에는 내 마음가짐을 떠보는 속셈이 있었지. 사람은 칭찬에 약하기 마련인데 과연 우두머리의 능력이 있겠습니까 하고 말이야. 나는 어물쩍 내 스스로를 똥파리로 낮추고 말았지. 자신에 대한 최고의 자랑은 자신을 낮추는 것만한 것이 없어. 왜냐면 바다는 가장 낮은 곳에 위치하여 가장 큰 포용력을 가지고 있기 때문인지. 초면에 자기 자랑을 너무 하면 건방지게 보이고, 신뢰를 쌓기 어렵거든……. 그리고 털 하나 없는 황량한 몰골에 자기 자랑을 너무 하면 사람이 주책없어 보인다구……."

　독돈은 얼굴을 둘 곳을 몰라 탁자에 놓인 빈 술잔을 홀짝 마시는 척하였다.

　목풍아가 빙그레 웃으며 독돈의 잔에 술을 따라주었다.

　"하하하. 너무 신경쓸 것 없어."

　독돈이 술을 마시곤 입을 열었다.

　"그럼 수선의 이야기는 왜 한 것입니까?"

　"하하하. 말의 골자를 곧이곧대로 이야기하면 그 역시 너무 체신이 없으니 나는 수선의 이야기를 끼내어 월랑에게 되물은 거야. 나는 당신의 부하까지 생각하는 사람이라고 말이야. 하긴 수선 고것이 예쁘기는 하지. 히히히히."

　목풍아는 돼지고기를 뜯어 질겅질겅 씹다가 입을 열었다.

　"병법에 장수의 조건이 다섯 가지가 있지. 첫째로 이(理)라는 것인데,

이것은 많은 군사들을 한 덩어리로 뭉치게 하여 집단적인 역량을 발휘하는 것이지. 둘째는 비(備)라는 것으로 한 번 출진한 이상, 도처에 적이 있다는 각오로 예비하는 습관을 가지는 것이지. 셋째로 과(果)는 적을 상대할 때는 살아야 한다는 생각을 버리는 것이고, 넷째로 계(戒)라는 것은 싸움에 이기더라도 초전의 긴장감을 풀지 말 것. 다섯째는 약(約)이라는 것으로 형식적인 모든 규칙과 절차를 간소화하는 것이다. 내가 수선을 배신하게 한 것은 이비과계 네 가지 능력을 보여준 거야. 수선을 내 편으로 만든 것은 첫 번째와 두 번째 능력이고, 내가 죽었다는 소문이 나도록 그녀를 이용한 것이 세 번째, 명화루를 습격하고 자운곡을 공격한 것이 네 번째, 그리고 월랑을 어렵지 않게 불러들여 이야기를 나눈 것은 다섯 번째 능력이지. 그간의 사정을 너에게 들었을 테니까 아마 머리 좋은 월랑도 짐작은 하고 있겠지."

독돈은 머리를 쓰다듬었다.

"무공의 고수들처럼 머리 좋은 고수들에게도 보이지 않는 곳에 심후한 암투가 존재하고 있군요."

"와하하하. 그렇지. 강호의 무림은 싸움이나 비무로 승부를 내기 때문에 간단한 편이지만, 황실과 같은 관부에서는 보이지 않는 음모와 계략이 난무하기 때문에 강호인들이 질색을 하는 것이지. 아무리 무공이 출중하더라도 계략에 당해낼 재간이 없기 때문이야. 강호인들이 관인들을 싫어하는 것이 바로 그 때문이지. 힘이 있는 자들은 머리가 없고, 머리가 있는 자들은 힘이 없으니 관부와 무림이 갈라지는 것은 당연한 일이야. 그런 것으로 보자면 신은 참으로 공평하단 말이야."

"대장, 그럼 힘과 머리가 좋은 자들은 뭡니까?"

“빌어먹을 놈들이지.”

“으허허허. 그럼 대장이야말로 빌어먹을 놈 아닌가요?”

“와하하하. 나는 머리는 좋다고 생각하지만 힘은 있다고 생각지 않거든. 잔머리를 굴려야만 싸워 이길 수 있으니, 에구…… 내 신세 처량하구나.”

“으허허허허. 대장은 어쩜 그렇게 말을 재미있게 하시나? 으허허허.”

“잔말 말고 술이나 먹자구. 백련교주가 되기 위해서는 멋지게 소호의 일을 마무리한 후에나 가능하다구. 월랑이 수적을 내 손아귀에 넣은 것을 보면 두말 않고 나에게 교주를 해달라고 청할 거란 말이야. 이미 내 능력을 알고 보았는데 더 망설일 이유가 없겠지. 더구나 나에게 너와 오괴라는 고수들까지 있으니 말이야.”

“과연 그렇군요. 역시 대장은 머리가 좋습니다.”

“제길. 머리가 좋다면 머리칼이 났겠지.”

독돈이 순간 찔끔하였다.

“자, 자. 우리끼리 마시니 재미가 없다. 어서 계집을 불러들여라.”

목풍아가 탁자 위에 올라가 두 손을 입에 대고 바깥에 들릴 정도로 소리를 질렀다.

“어이, 어서 예쁜 계집들을 불러다오. 목존자님은 돈을 쓰고 싶다아~”

말이 끝나기 무섭게 문이 털컥 열리며 기녀 하나가 뛰어들어 왔다. 소리를 지르던 목풍아의 몸이 나무처럼 굳고 말았다.

수선이었다. 화장을 하는 둥 마는 둥 옷을 대충 입고 온 것 같은 수선이 멍하게 탁자 위에 서서 두 손을 입에 가져간 목풍아를 바라보았다.

"모, 목 대인…… 살아 계셨군요."

수선의 두 뺨에 눈물이 주르르 흘러내렸다.

'제길…… 쪽팔려.'

목풍아는 슬그머니 탁자에서 내려와 의자에 앉기 무섭게 고개를 푹 숙였다.

독돈이 속으로 생각하였다.

'쯧쯧쯧. 예쁜 여자만 보면 순식간에 돌변하는군. 정말 못 말려.'

잇달아 문을 박차고 기녀들이 떼거지로 몰려들었다. 돈을 물 쓰듯이 쓴다는 목존자의 이야기가 기루에 널리 퍼졌기 때문이다.

하지만 수선을 앞에 둔 목풍아는 고개를 들지도 않고 침울한 표정으로 앉아 있을 따름이다.

수선은 목풍아에게 다가와 미소가 가득한 눈물 맺힌 얼굴로 입을 열었다.

"저, 저는 대인께서 돌아가신 줄 알았어요."

수선은 눈물을 닦고 목풍아를 사랑스러운 눈빛으로 바라보았다.

"그런데 대인께서 살아 있다는 말을 잠시 전에 전해 듣고 화장도 하는 둥 마는 둥 달려왔지 뭐예요. 정말 다행이에요."

수선은 목풍아의 얼굴을 뚫어지게 바라보았다.

진한 사향 내음을 풍기는 기녀들의 역한 화장과는 달리 수선은 수선화처럼 자연스럽고 아름다운 미인이었다.

목풍아가 침울한 음성으로 말했다.

"다행스럽게 간신히 살아나기는 했지만 네 덕분에 나는 이런 몰골이 되고 말았지. 휴~"

"모두 제 잘못입니다, 대인."

"아니야. 이것이 누구의 잘못이겠느냐? 모두 인연의 업보 때문이 아니겠느냐? 그동안 보고 싶었다."

"저도 보고 싶었습니다, 대인."

수선은 흐느끼듯 목풍아의 품에 안기었다.

목풍아는 수선의 등 뒤로 독돈과 기녀들에게 나가라는 모양으로 손을 흔들었다.

'재주도 좋다.'

독돈은 입맛을 다시며 자리에서 일어나 기녀들을 좌우에 끼고 문을 나서며 조용히 말했다.

"자, 너희는 독돈존자님과 함께 놀자꾸나."

기녀들은 돈을 물 쓰듯 쓴다는 목존자와 함께 즐길 수 없게 된 것을 아쉽게 생각하였으나 버젓하게 임자가 생겼으니 할 수 없는 일임을 깨닫고 순순히 독돈을 따랐다.

기녀들과 독돈이 나가자 목풍아가 수선에게 말했다.

"설마 오늘도 독침을 가지고 오지 않았겠지?"

"호호호. 걱정 마세요. 오늘은 독침이 아니라 수선의 사랑침을 가지고 왔으니까요. 오늘 밤은 수선이 그대에게 진 빚을 이자까지 쳐서 갚고 말겠어요."

수선은 밝게 비소를 지으며 목풍아의 품으로 파고들었다.

다음날 목풍아는 독돈과 함께 수선을 대동하고 소호로 향하였다. 마차에 올라 느긋하게 남쪽으로 길을 가고 있으려니 좌우에 펼쳐진 논에 수확이 끝이 나서 쓸쓸하기 그지없다.

가을걷이가 끝난 논에 풍성한 수확과 농민들의 웃는 모습을 짐작할 수 있지만, 그 모습을 보면 왠지 자신의 머리를 보는 것 같았기 때문이다. 가을바람을 맞는 쓸쓸한 들판을 바라보던 목풍아는 길게 한숨을 내쉬었다.

이내 목풍아는 주눅이 든 독돈을 바라보며 말했다.

"미안하다, 독돈. 잊어버리려고 하지만 쉽지가 않구나."

"대장, 대장의 마음 잘 알고 있습니다. 기다려 보십시오. 좋은 수가 나겠지요."

"그렇게 되기를 바란다."

수선이 목풍아를 애처롭게 바라보다가 방긋 웃으며 말했다.

"목 대인, 제게 좋은 방법이 있어요."

"어떤 방법이냐?"

"두건을 쓰시면 되잖아요."

"그거야 나도 알지만 내 눈썹이 문제잖니."

"호호호. 그건 걱정 말아요. 화장 붓으로 살짝 눈썹을 그리면 되니까 말이에요."

"그런 방법이 있었느냐?"

"그럼요."

독돈이 히쭉히쭉 웃으며 물었다.

"대장이 모르는 것도 있습니까?"

"비웃지 마라. 나도 사람인데 어찌 다 알 수 있겠느냐? 모르는 것 빼고는 다 안다고만 알아두라."

"허허허. 저는 아는 것 빼고는 다 모르는데, 그럼 대장과 내가 아는 것이 비슷한가요?"

"와하하하. 그럴지도 모르지."

"그럼 차이가 없겠군요."

"그건 아니지. 나는 모르는 것을 빼고 아는 것을 써먹을 줄 아는 사람이지만, 너는 모르는 것을 빼고 아는 것이라도 효과적으로 써먹을 줄 모르지 않느냐. 사람들이 한평생 배운 것이 얼마나 많겠느냐만 실제로 머리를 쓰지 않으니 지혜로운 사람은 하나를 알아 두 개로 사용하는데, 어리석은 사람은 열 개를 알아도 하나를 제대로 쓸 줄 모르니 거기서 부터 사람의 차이가 생겨나는 것이다."

독돈은 할 말이 없기에 입맛을 다셨다. 처음부터 대장의 상대가 되지 않는다는 것을 알면서도 말로 싸움을 거는 것이 잘못이었다.

수선이 입을 가리며 밝게 웃었다.

"호호호. 목 대인께서는 말씀도 잘하셔."

목풍아는 아무렇지도 않은 듯 수선에게 고개를 돌려 말했다.

"수선아, 털이 없다는 것은 정말로 슬픈 일이다. 아니, 눈썹이 없다는 것만도 참으로 슬픈 일이다. 눈썹이 없다면 사람이 졸지에 사람같이 보이지 않으니 나는 거울을 볼 때면 내가 아닌 사람을 만나게 되고 언제나 한숨을 짓게 된단다. 제발 나를 사람으로 만들어다오."

"호호호. 대인께서 이렇게 부탁을 하시는데 제게 맡겨주세요."

수선은 가지고 온 짐에서 화장품이 든 화갑을 꺼내었다. 수선은 그것에서 삭은 붓을 꺼낸 후에 눈썹 자리에다 눈썹을 질하기 시작하였다.

흔들리는 마차 안에서도 능숙하게 작은 붓이 몇 번 움직이자 목풍아의 눈썹이 그럴듯하게 그려졌다.

호기심 어린 눈으로 바라보던 독돈의 눈이 휘둥그레졌다.

"와! 정말 감쪽같구나."

"그렇지요?"

수선은 화갑에 달린 면경을 보여주었다. 목풍아가 면경을 바라보니 검은 눈썹이 그려진 것이 제법 사람다워 보였다.

"아! 좋군, 좋아."

목풍아는 거울로 자세히 얼굴을 바라보다가 이번에는 독돈에게 말했다.

"독돈, 이거 괜찮은 것 같은데? 너도 한번 해보지."

"저도요?"

"눈썹 없는 사람은 그리 좋은 몰골이라 할 수 없지. 나를 보라구. 눈썹 하나 그렸을 뿐인데, 그럴듯한 사람으로 돌아왔지 않은가?"

"허허허. 그럼 그전에는 사람이 아니었습니까?"

"외로운 미륵섬에 있을 때는 오독아(烏毒兒)라고 생각했었지. 깃털 빠진 오독아."

깃털 빠진 오독계의 머리에 목풍아의 머리가 겹쳐 떠올랐다. 절로 웃음이 나왔다.

"으허허허. 그렇네요."

"하하하. 털이 없으면 임시방편으로나마 그리면 될 것을 어째서 생각을 못했던고? 와하하하."

목풍아와 독돈은 고개를 젖혀 크게 웃었다.

그날 오후 무렵에 마차는 처음에 출발했던 마을에 도착하였다. 마을 입구에서부터 오괴와 일도, 그리고 수룡방의 수적들이 기다리고 있다가 목풍아를 반가이 맞이하였다.

"잘 다녀오셨습니까? 헛."

마차를 여는 오괴와 일도의 두 눈이 휘둥그레졌다.

눈썹이 생긴 목풍아와 독돈이 위엄있는 얼굴로 앉아 있었던 것이다.

일도가 번갈아 두 사람의 모습을 바라보다 어리둥절한 얼굴로 물었다.

"대장, 드디어 털이 난 겁니까?"

"묻지 마라. 괴롭다."

목풍아는 근엄한 얼굴로 마차에서 내렸다. 독돈이 그 뒤를 따르고 수선이 그 뒤를 따라 내렸다.

"사면령이 내렸더냐?"

"네. 대장의 말씀대로 얼마 전에 사면령이 내려졌다는 방문이 깔렸습니다. 그리고 철권무적 곽도에게 소호를 감독하는 수군감관이라는 벼슬이 내려졌습니다. 수적들이 대장의 이야기대로 된 것을 놀랍게 생각하며 완전히 복종하는 분위기입니다. 그리고 언제 소식을 들었는지 이른 아침부터 합비와 소호 일대의 상단에서 연통이 왔습니다. 대장과 이야기를 하고 싶다고 말입니다. 지금 수적들과 소호 일대의 사람들은 이 소문을 듣고 흔들리는 분위기입니다."

"호호호. 좋군, 좋아."

목풍아는 고개를 돌려 맑은 하늘을 바라보다 일산안경을 쓰며 말했나.

"가볼까?"

오괴와 독돈, 일도가 재빨리 일산안경을 쓰고 그 좌우를 따르니 수적들의 대열이 일제히 갈라지며 그 뒤를 허둥지둥 따르기 시작하였다. 처음 보는 까만 안경을 쓴 네 사람의 위풍당당한 모습은 수적들이 주눅 들기에 부족함이 없어 보였다.

> *구슬은 하나, 용은 두 마리[一介寶珠, 兩介龍].*
> *북쪽의 용이 구슬을 가졌네[北方龍是, 取寶珠].*
> *구슬은 하나, 용은 두 마리[一介寶珠, 兩介龍].*
> *북쪽의 용이 큰바람을 탔네[北方龍是, 乘太風].*

동네 아이들이 골목에서 부르는 노래가 바람결에 들려왔다. 이미 천하가 연왕의 손에 들어오고 석 달이 지났는데, 아이들의 입에서 불려지고 있는 것이다.

'천하는 넓다.'

알 수 없는 감회가 목풍아의 마음에 스며들었다. 그도 가만히 보자면 천하의 수많은 사람 중 하나에 불과하다. 그런데 그 사람들 가운데 일어나 천하의 주인이 되게 만들고, 이제 천하 백성들을 위해 일을 하는 사람이 되었다. 모든 일이 마음먹은 대로 되고 있었으나 문득 아이들의 입에서 흘러나오는 소리를 듣고 목풍아는 자신을 다시 한 번 채찍질하였다.

어쩌면 자신이 알지 못하는 사이에 교만한 마음이 찾아들어 있을지도 모를 일이다.

이제 자신이 지은 노래가 소호 일대에 퍼진 것을 들으며 목풍아는 자신을 경계하였다.

자신의 마음이 사욕에서 벗어나 진실하게 백성들을 위해 있는 것인가? 만약 그렇지 않다면 자신의 일은 모래 위에 지은 집일 뿐이라고 생각하는 목풍아였다.

목풍아가 수룡방의 새 주인임을 아는 마을의 노인들이 길 밖으로 나와 굽실거리며 목풍아에게 인사를 하였다.

"대협, 저희 마을을 굽어 살펴주십시오."

아마 수룡방의 방주에게 했던 것처럼 틀에 박힌 인사인지도 모를 일이다.

목풍아는 인자하게 웃으며 말했다.

"마을 사람들에게 전하라. 이제부터 열심히 살면 된다고 말이다. 앞으로 소호에 수적들은 더 이상 존재하지 않을 게다. 일거리도 많아질 테니 돈도 많이 벌 수 있을 거라고 전하라."

노인들이 서로의 얼굴을 바라보다가 포권을 취하였다.

"대협, 저희는 대협만 믿겠습니다."

사람들의 인사를 받으며 나루로 다가가니 나루터 앞의 주막 앞에 상단에서 나온 상인들이 도열하여 있었다. 그리고 그 앞에 곽다혜가 예쁜 옷을 입고 방긋 웃으며 서 있었다.

그녀는 목풍아의 옆에 있는 수선을 보고 잠시 상기된 얼굴로 목풍아를 바라보다가 고개를 숙여 읍하였다.

"대협, 오셨습니까?"

목풍아는 곽다혜의 인사를 받는 둥 마는 둥 상인들의 곁으로 다가가 입을 열었다.

"내가 추풍대협 목춘망이오. 나를 기다리셨소?"

상인들이 서로의 얼굴을 바라보다가 목풍아에게 머리를 조아리며 말했다.

"합비지부상공으로부터 이야기를 듣고 아침 일찍 부랴부랴 찾아왔습니다."

"와하하하. 그럼 따로 이야기할 것도 없겠군. 수상교통을 이용하면 얼마나 많은 이득이 얻어질 것인가는 말하지 않아도 잘 알 테니 앞으로 좋은 거래를 해보자구."

"예. 하지만 아직까지 수적들이 완전히 소탕되지 않은 것으로 알고 있습니다만……."

"염려하지 말라구. 수룡방은 소호에서 가장 큰 방파였고, 이제는 관의 비호를 받고 있으니 누가 건드릴 수 있겠나? 작은 수적 방파는 물론이거니와 소호에서 배를 가진 어민들까지 수룡방이 끌어들여 일을 시킬 것이니 염려 말고 운송을 맡겨도 좋다."

"아! 그렇군요. 앞으로 잘 부탁드리겠습니다."

"좋아, 좋아. 앞으로 엿새 후부터 일을 시작할 것이니 그리 알고 물건들이나 준비들하게."

"예."

상인들이 일제히 머리를 굽혔다.

수로를 통한 운송은 상인들에게 큰 이득이었다. 이제껏 육로를 통해 움직이던 물건들이 소호를 통해 장강으로 빠져나갈 수 있으므로 두 배가 넘는 운송비가 줄어드는 효과가 있었다. 상인들이 열 일을 제쳐 두고 수룡방과 교역을 트고자 하는 것은 모두 잇속 때문이었다.

목풍아가 그런 상인의 마음을 모르는 것이 아니다. 더구나 상인들이 합비지부에게 목춘망이라는 이가 조정의 큰 끈을 가지고 있다는 말을 들었고, 이제 수적의 괴수였던 곽도가 그 끈에 의해 수군감관이라는 벼슬까지 얻게 된 마당이니 상인들로서는 더 잴 것도 없었다.

상인들과의 일을 일단락한 후 목풍아는 부하들과 마을 사람들에게 수룡방이 운송 상단이 되었으며, 곽도가 수군감관이 되어 수적들을 토벌할 것이라는 소문을 널리 알리도록 하였다.

그런 후에 목풍아는 수룡방의 배에 올라 연자도로 향하였다.

뱃전에 앉아 멀어져 가는 작은 마을을 바라보며 목풍아는 미소를 지었다. 작은 호숫가 마을의 활기가 눈에 들어오는 듯하였기 때문이다.

거래가 시작되면 상단에서 창고를 짓기 시작하고, 교역하는 물건이 마을로 들어오게 되면 그와 함께 사람들도 부유해질 것이다. 마을은 점점 커질 것이고, 일이 생긴 사람들은 수적질을 그만두고 바른 일에 종사할 수 있을 것이다. 생각만 해도 흐뭇한 일이었다.

"대장."

오괴의 목소리를 듣고 고개를 돌렸다.

"무슨 일이야?"

"대장은 언제쯤 수적들을 소탕하실 겁니까?"

"소탕이라니?"

"대장께서 사흘 전에 말씀하셨지 않습니까? 저와 독돈이 힘을 합쳐 소호 일대의 조무래기 수적 방파들을 흡수, 합병하라고 말입니다. 수적들과 함께 소호를 돌아다녀 보았습니다만, 수적들을 찾아볼 수 없었습니다."

"와하하하. 수룡방은 현재 소호에서 가장 큰 방파인데, 작은 방파가 피해 다니는 것은 당연한 일이지. 이삼 일 이곳저곳을 찔러놓은 데다가 수적들의 사년 소식과 수룡방의 이야기가 퍼진다면 그늘도 마음이 흔들릴 것이 분명해. 아마 지금부터 엿새 안에 소호의 작은 군소 수적들이 연자도로 찾아올 것이다. 그때 너희 힘을 조금만 보여주면 될 거다."

"대장은 어떻게 그것을 미리 짐작하시는 겁니까?"

"사람은 천성적으로 빛을 좋아하지 어둠을 좋지는 않는다. 수적들 역시 세상의 악법이 만든 것이다. 부자가 수적이 되지는 않는다. 먹고 살기 어렵게 되고 세상에 불만이 가득하니 수적이 되어버린 것이지. 이제 열심히 일하면 부자가 될 길이 열렸고, 수적질을 하다가 곽도에게 토벌을 당할 판이 되었다면 그들이 어떤 길을 선택하겠는가?"

"그렇군요. 대장의 명성을 듣고 수룡방에 투항하는 길밖에 없군요."

"그렇지. 내 부하가 되면 이득이 생긴다는 것은 소문만 들어도 짐작할 수 있을 것이니, 그들이 백기를 들고 찾아오는 것은 당연한 이야기."

"하지만 군소 우두머리들 중에 반골들도 있을 것 아닙니까?"

"하하하. 그들은 무공의 우위로 굴복을 시켜야지. 아마 일자리를 빼앗긴 것에 불만을 품고 표국에서 무사들이 도전해 올지도 모르지. 그럴 때 오괴와 독돈, 너희 두 사람이 나서서 그들을 모두 포용시키면 소호 안팎으로 내 지배력이 커지게 되겠지."

"아! 그런 것까지 생각하신 겁니까?"

"물론, 그렇게만 되면 엿새 안에 소호는 수룡방이 완전히 접수하게 되는 것이지. 수적질을 하던 배는 상단의 교역품을 수송하는 상선이 될 것이고 말이야. 표국의 무사들은 곽도의 휘하로 끌어들여 수송선의 안전을 책임지게 하고 수룡방의 세를 확장시키는 데 이용하면 내 힘도 커지고 사람들에게도 얼마나 유익한 일인가? 그렇지 않은가?"

"그렇습니다, 대장. 으허허허."

오괴와 독돈은 서로의 얼굴을 바라보며 흐뭇한 미소를 지었다. 자신들이 목풍아를 믿고 세상에 나온 보람이 느껴졌기 때문이다.

그때였다. 일도가 목풍아의 귀에 대고 소곤거렸다.

"대장, 곽다혜가 수선을 보는 눈이 심상잖은데요?"

살짝 고개를 돌려보니 뱃전에 서 있는 곽다혜가 팔짱을 끼고 수선을 노려보는 눈빛이 암고양이처럼 매섭다.

목풍아가 일산안경 너머로 곽다혜를 바라보다가 피식 웃었다.

"놔두라구. 일부러 수선을 데려온 것이니까."

일도가 물었다.

"수선을 일부러 데려왔다구요?"

"그럼, 내가 할 일 없이 수선을 데려왔겠느냐? 수룡방과 소호를 완전히 내 것으로 만들기 위하여 곽다혜의 기를 완전히 꺾을 필요가 있다. 곽다혜는 미인이긴 하지만 객관적으로 보아도 수선보다 나은 것이 없어. 수선은 어려서 풍파를 겪은 까닭에 세상을 아는 아이야. 거기에 비하면 곽다혜는 우물 안의 철부지이지. 곽다혜가 지금은 암고양이처럼 눈을 부라리고 있지만 수선을 보면서 점점 자신을 알아가게 되겠지."

독돈이 말했다.

"으허허허, 그렇다면 곽다혜를 염두에 두시고 데려온 것이군요. 으허허허."

목풍아가 독돈에게 고개를 돌렸다. 까만 일산안경을 쓴 둥근 돼지머리가 '바람둥이 목춘풍, 역시 그럴 줄 알았다' 하며 비웃고 있는 것 같았다. 목풍아가 씨익 웃으며 말했다.

"예전부터 빨랐던 건가? 요즘 들어 눈치가 빨라진 거야?"

"으허허허. 대장을 따라가기 힘들지만 저희도 강호에서 제법 이름을 날린 백전의 노장들입니다. 저희가 세상에 나와 대장을 따라다닌 지가 벌써 사 년째인데, 그 정도 눈치가 없어서야 어찌 심복이라고 할 수 있겠습니까? 으허허허. 그렇지 않니 오괴야?"

오괴가 팔짱을 끼며 말했다.

"흥. 버릇없는 독돼지. 겨우 대장의 의도 하나를 짐작한 것을 가지고 으스대긴……."

"뭐라구? 이 자식, 네가 항상 궁금한 건 대장의 의도였잖아. 내가 맞춘 것이 부럽냐?"

"대장의 심복쯤 되면 말을 하지 않아도 짐작할 수 있는 거지. 더구나 방금 전에 대장이 수선을 데려온 이유까지 말하지 않더냐? 다 들어놓고 그런 말도 안 되는 이야기를 꺼내다니, 대장이 우릴 어떻게 보겠냐? 졸개들처럼 티를 내는 것 하며……."

오괴가 설레설레 머리를 내저었다. 목풍아가 이야기를 들어보니 오괴가 마치 자신이 목풍아의 의도를 더 많이 알고 있는 것처럼 이야기하고 있다.

'묵은 생강이 맵다더니 두 사람 모두 바보들은 아니군.'

목풍아는 목을 젖혀 웃었다.

"와하하하. 오괴가 한술 더 뜨는군. 좋아, 좋아. 모두 내 심복들이니 그 정도는 항상 생각하고 있어야지. 항상 머리 속에서 꾸준하게 생각하는 습관을 들이란 말이야. 두 사람 모두 나이가 많은 것을 감안하면 노망에 걸리지 않는 좋은 방법이 될 테니까 말이야. 와하하하."

오괴와 독돈이 서로의 얼굴을 보았다. 입으로는 당할 수 없는 목풍아였다. 나이의 차이를 극복하고 서로가 거리낌없이 이야기할 수 있는 것이 즐거운 오괴와 독돈이었다. 이미 세 사람은 주종의 관계 이전에 같은 길을 가는 동료라는 의식을 같이하고 있음인지도 모를 일이다.

오괴가 말했다.

"대장, 곽도를 관원이 되게 한 의도는 뭡니까? 수적들로 수적들을 제압한다 하더라도 곽도에게 벼슬을 주는 것은 그리 탐탁지 않습니다."

"모르는 소리. 곽도는 이십 년간은 소호의 대장으로 이름을 날리던 사람이다. 20년 간을 우두머리질을 할 수 있는 사람이라면 뭔가가 있는 사람이다. 힘만 가지고는 오랜 시간을 우두머리 노릇을 할 수 없단 말이다."

일도가 말했다.

"대장, 대장은 곽도가 수적들에게 배신을 당할 것이라고 했잖아요."

"와하하하. 배신의 빌미는 내가 제공했으니 당연히 그리될 수밖에……. 아무리 대단한 사람이라도 친혈육이 납치를 당하게 된다면 마음이 흔들리기 마련이지. 나는 그 점을 이용했던 것뿐이야."

독돈이 말했다.

"그렇다면 대장은 곽도를 수중에 넣기 위해 관원이 되게 한 거군요."

"그렇지. 소호에 내 한 팔을 또 만들어놓기 위해서 그렇게 한 거지. 아마 모르긴 몰라도 곽도는 머지않아 기꺼이 나의 충실한 부하가 될 거다."

오괴와 독돈이 서로의 얼굴을 바라보았다. 목풍아가 이렇게 공을 들이는 것을 보면 곽도 역시 보통은 아니라는 말이었다. 가는 곳마다 괜찮은 인물들을 사신의 부하로 만드는 목풍아였다. 그가 그렇게 마음을 먹었다면 반드시 앞일을 바라보는 포석이 깔려 있다는 것을 짐작하는 두 사람이었다.

그때 목풍아가 갑판에 서 있는 수선과 곽다혜를 가리키며 말했다.

"말이 나온 김에 우리 오랜만에 내기 한번 할까? 나는 수선이 이긴

다에 걸겠다. 오괴, 독돈 나와 내기 한번 하지."

오괴와 독돈은 고개를 설레설레 내저었다.

"뻔히 질 내기는 하지 않을랍니다."

"좋아. 그럼 내가 곽다혜에게 걸지. 그래도 하지 않을 건가?"

오괴가 고개를 저었다.

"지피지기면 백전백승. 대장과 사 년을 함께한 노부들이외다. 알 것은 다 아는 우리라구요."

팔짱을 끼고 하늘을 바라보던 독돈이 넌지시 물었다.

"그런데 지는 사람에게는 무슨 벌칙이 있습니까?"

"지는 사람은 빨가벗고 연회장에서 춤추기다."

독돈이 즉시 고개를 돌려 말했다.

"대장과는 죽어도 내기를 하지 않을랍니다."

"그래? 그렇다면 하는 수 없는 일이지."

목풍아는 턱을 괴고 수선과 곽다혜를 바라보았다.

한편 곽다혜는 선루에서 목풍아가 부하들과 웃으며 이야기를 나누는 것을 보다가 뱃전에 기대 있는 수선에게 다가갔다.

"이봐, 넌 누구야?"

수선이 천천히 곽다혜의 아래위를 살피다가 망망한 호수를 바라보았다.

"이게 날 무시해?"

곽다혜가 눈을 부라리는 순간 눈앞에 날카로운 바늘 하나가 번쩍거렸다. 수선이 머리를 묶은 비녀를 뽑아 곽다혜의 눈앞에 겨눈 것이다.

"이, 이 계집애가……."

놀란 곽다혜는 뒷걸음질쳐서 단도를 빼 들었다.

수선은 곽다혜를 보지도 않고 비녀를 다시 잡아 흐트러진 머리를 묶으며 중얼거렸다.

"흥. 못난 계집. 어디 한번 칼을 휘둘러 보시지. 목 대인이 잘 볼 수 있게 말이야."

곽다혜는 얼른 비수를 칼집에 넣고 목풍아를 흘깃 바라보았다. 목풍아는 부하들과 웃고 즐기기에 여념이 없었다. 그러나 까만 안경을 쓰고 있어 시선이 어디에 있는지 짐작할 수 없다.

"이, 이 썩을 계집……."

"호호호. 그런 말을 하다니 정말 웃기는 아이군. 네가 곽다혜인가?"

"그렇다."

"호호호. 목 대인께서 어젯밤에 나와 한침상에 누워 어떤 더러운 계집 이야기를 해주시더군. 성은 잘 모르겠는데, 이름이 다혜라고 하던가? 호호호."

곽다혜는 화가 치밀어 올라 어쩔 줄을 몰랐다. 한침상에서 밤을 보내고 함께 동행할 정도라면 목춘망이 총애하는 여인이 틀림없을 것이다. 다정하게 침상에 누워 자신을 욕보인 이야기를 하면서 웃고 있을 두 사람을 생각하니 가슴 가득 부아가 치밀었다.

당장 달려들어 수선의 머리채를 뜯어놓고 싶지만 목춘망에게 자신을 멀리하는 빌미를 제공할 뿐이다. 그렇지 않아도 자신을 싫어하는데, 물불을 가리지 않는 염치없는 계집이라고 가까이하지 않으면 자신만 손해이다.

열흘이 넘게 씻기지 않고, 간악한 간부라고 칼을 씌워 모욕을 주었던 목춘망의 잔인함이 무섭기도 하였다.

곽다혜는 이를 악물고 참다가 마침내 선미로 가버리고 말았다.

목풍아는 이야기 도중 두 사람의 모습을 보다 곽다혜가 화를 내며 물러가 버리는 것을 보고 소리쳐 웃었다.

"보라구. 와하하하. 곽다혜는 수선의 상대가 아니야."

독돈이 입맛을 다시며 말했다.

"그렇네요. 그럴 줄 알았다면 수선에게 걸 걸 그랬네요. 대장이 빨가벗고 춤을 추는 장관을 보게 말입니다. 으허허허."

"지금이라도 늦지 않았다구. 나와 내기를 하자구."

"허허허. 미쳤습니까? 대장이 어떤 계책을 쓸지 모를 판인데…… 으허허허. 그렇지 않나. 까막아."

"그렇다, 돼지야."

오괴가 팔짱을 낀 채 고개를 끄덕끄덕하였다.

"와하하하. 까마귀와 돼지가 나와 상대를 하지 않으려 하니 나는 누구와 상대를 해야 하나?"

일도가 손가락으로 수선을 가리켰다.

"대장 무슨 걱정입니까? 예쁜 수선이와 함께 놀면 되겠네요."

"와하하하. 네 말을 듣고 보니 그렇네. 늙은 짐승들은 재미가 없어 못 놀겠어. 파릇파릇한 미인에게 가볼까나."

목풍아가 성큼성큼 수선에게 내려가니 오괴와 독돈이 일산안경을 벗으며 일도를 노려보았다.

"이 자식이, 짐승 맛을 한번 볼 테냐?"

일도는 두 사람의 눈에 타오르는 살기를 느끼고는 자신의 입을 막았다.

"형님들, 왜 그러세요. 저는 그냥……."

오괴가 말했다.

"흥. 놀고 있네. 우리가 짐승이면 너는 뭐냐."

독돈이 입술을 삐죽 내밀며 중얼거렸다.

"이놈의 주둥이를 어떡하지? 찢어버릴 수도 없고 꿰매 버릴 수도 없고……."

겁에 질린 일도가 뒷걸음질치다가 난간을 붙잡으며 소리쳤다.

"형님들은 제가 화풀이 대상입니까? 왜 저만 가지고 그러세요?"

"너만 가지고 그러도록 만들잖아."

"그래, 이 자식아. 네가 형님들을 짐승으로 만든 벌이다."

오괴와 독돈의 말이 끝나기 무섭게 두 사람이 일도의 멱살을 움켜잡았다. 순간 일도의 몸이 허공으로 날아올랐다.

"까울~"

짤막한 비명을 남기며 고추잠자리처럼 허공으로 날아간 일도의 몸이 푸른 소호 속으로 빠져들었다.

"사람 살려~ 사람 살려~"

물속에서 허우적거리는 일도가 떠나가라 비명을 질렀다.

"어라, 비명을 지르네. 우리는 네가 사람인 줄 몰랐다. 으허허허."

오괴와 독돈이 손뼉을 치며 소리 높여 웃었다.

저녁 무렵에 배는 연자도에 도착하였다. 그런데 이날 나루 앞에 발등에 부목을 감고 있던 철권무적 곽도가 의자에 앉아 목풍아를 기다리고 있었다. 그 역시 사면령과 함께 합비지부가 자신에게 수군감관이라는 버슬을 내렸다는 것을 들었던 터다. 그 모든 것이 목춘망의 힘에 기인한 것임을 알고 있기에 끝끝내 목풍아를 마중하러 나왔던 것이다.

목풍아가 배에서 내리자 곽도가 부하들의 부축을 받으며 의자에서 일어섰다.

목풍아는 눈이 휘둥그레져 물었다.

"부상이 완치되지 않았는데, 왜 나왔나?"

곽도가 고개를 꾸벅 숙이며 말했다.

"대장이 돌아오셨는데, 부하가 어찌 나오지 않을 수 있겠습니까?"

나루에 모인 수적들이 서로의 얼굴을 바라보았다.

고집쟁이처럼 완고한 철권무적 곽도였다. 그런 사나이가 진심으로 목춘망에게 복종하고 있는 광경을 자신들의 눈으로 목도한 수적들은 상기된 얼굴로 서로의 얼굴을 바라보았다.

이십여 년간 수룡방을 이끌던 대장, 곽도를 이겼던 대장, 세력의 판도가 하루아침에 바뀐 탓에 곽도의 눈치를 살피며 적응을 하지 못하던 수적들이었다. 그들이 곽도의 돌연한 행동을 보았으니 놀랄 만도 하였던 것이다.

곽도가 고개를 숙인 채 목풍아에게 말했다.

"대장께서 저를 양민으로 만들어주시고, 다시 관원으로 만들어주신 은혜를 생각하면…… 무엇으로 이 은혜를 갚아야 할지 모르겠습니다. 갚을 길 없는 은혜에 저는 대장에게 충성을 다하는 마음을 보여주려고 이렇게 마중을 나온 것입니다."

목풍아는 빙그레 웃으며 곽도의 어깨를 두드렸다.

"알아주었으면 되었다. 호걸들이 시기를 만나지 못하여 뜻을 펴지 못한 예는 많다. 이제 네가 나를 만나 양지(陽地)로 나왔으니, 이것이야 말로 호랑이가 날개를 단 일이 아니고 무엇인가. 그렇지 않나, 곽도?"

"네, 그렇습니다, 대장."

"와하하하. 좋아, 좋아. 오늘은 잔치를 벌여야겠다. 수룡방의 호걸들이 사면령을 받아 양지로 나온 날이고, 또 소호의 상권이 우리 손으로 들어왔으니, 이제는 우리 졸개들도 예쁜 부인을 맞이하여 떳떳하게 살아갈 수 있는 날이 왔으니 반드시 잔치를 벌어야겠다."

수적들이 환호성을 질렀다.

"와! 목춘망 대장 만세. 만세. 만세."

수적들에게 둘러싸여 주인공이 되는 것이 나쁘지는 않았다. 만세는 백성들에게 천자가 불리어지는 소리이지만, 이 작은 섬에서 수적들이 저희 마음대로 부르겠다는데 말릴 수도 없는 노릇이었다.

오괴와 독돈, 일도는 목풍아가 배 안에서 했던 이야기가 기가 막히게 들어맞게 되자 감탄을 금치 못하였다.

이렇게 되면 목풍아가 일을 벌인 지 한 달이 되기도 전에 이십여 년의 역사가 있는 수룡방을 내부에서부터 완전히 말아먹었다는 말이 되는 것이다. 큰 전투가 벌어진 것도 아닌, 단 한 번의 싸움만으로 말이다. 실로 목풍아의 능력이 존경스러운 세 사람이었다.

그날 목풍아는 소와 돼지를 닥치는 대로 잡아 연자도가 떠나갈 정도로 잔치를 벌였다. 수적들이 배가 터지듯 먹고 마시며 여흥으로 밤을 지새우는 사이에 목풍아는 오괴와 독돈, 일도를 대동하고 곽도의 방으로 찾아왔다.

침상에 누워 있던 곽도는 때 아닌 대장의 방문에 몸을 일으켰지만 목풍아가 만류하여 침상에 앉아 있도록 하였다.

"무, 무슨 일로 이렇게 늦은 밤에 저를 찾아오셨습니까?"

목풍아는 진중한 얼굴로 말했다.

"오늘 낮에 네 이야기를 듣고 나 역시 진실을 이야기할 때가 되었다 생각하였다."

"그게 무슨 말씀입니까?"

오괴와 독돈이 눈을 부라리며 말했다.

"듣기만 하라."

목풍아가 빙그레 웃으며 말했다.

"내 원래 이름은 목풍아이다. 나는 천자의 밀명을 받고 파견된 암행어사였다. 얼마 전 합비에서 살해되었다는 어사가 바로 나다."

곽도의 얼굴이 상기되었다.

"그, 그런……."

"내가 천자의 밀명을 받고 있는 신분이기 때문에 너희의 사면령과 네 관직을 만들어줄 수 있었던 것이다. 선비는 그를 알아주는 사람을 위해 죽는다 하였다. 네가 진정으로 나를 대장으로 섬기는 것은 나를 알아주는 것과 같다. 나 역시 너를 믿기에 벼슬을 내린 것이니, 우리 두 사람은 서로를 믿을 수 있는 사람이 된 것이다. 곽도, 앞으로 나와 함께 천하 백성들이 편하게 살 수 있는 세상을 만들어보자."

목풍아는 곽도의 손을 잡았다. 곽도는 얼굴을 들지 못하다가 마침내 고개를 들었다. 그의 두 눈에서 굵은 눈물이 흘러내리고 있었다.

그 역시 어릴 적에는 큰 뜻이 있었다. 그러나 그가 갈 곳이 없었다. 세상은 험난하고 글을 모르는 인재는 받아들여지지 않았다. 세상에 반감을 가지고 굴러 들어온 것이 소호였다. 하릴없이 수적질을 하며 늙어가다 덧없는 생을 마감하는 것이 두려운 곽도였다. 그런 곽도를 알아주는 단 하나의 사람이었다. 입을 굳게 다물어 눈물을 참으려 하였지만 눈물이 그치지 않았다.

곽도는 목풍아의 따스한 체온을 느끼고 눈에 힘을 주어 눈물을 참으며 목풍아에게 말했다.

"이 곽도 평생을 사람답지 못하게 살았습니다만, 마음속에 한 점 의리(義理)는 가지고 있다고 자부하고 있습니다. 이 곽도 목숨을 바쳐 대장의 견마지로(犬馬之勞)를 다하겠습니다."

그 눈빛에 한 치의 사심도 없었다. 무인다운 눈빛에 목풍아는 마음이 흐뭇하여 빙그레 웃으며 말했다.

"좋아. 그렇게 되려면 몸이 먼저 회복되어야겠지. 무리하지 말고 안정을 취하길 바란다."

"예, 대장."

목풍아는 곽도의 귀에 입을 대고 소곤거렸다.

"다른 사람에게는 비밀이다. 이곳에서 나는 추풍대협 목춘망이니 그렇게 알고 있으라고."

"네, 알겠습니다, 대장."

곽도가 미소를 지었다. 이제 목풍아와 비밀을 공유하는 사이가 되었으니 곽도는 마음이 뿌듯하였다.

"그럼, 몸조리하라구."

목풍아는 곽도의 어깨를 두드리곤 방을 나섰다.

징청에서 왁자지껄한 수직들의 웃음소리와 떠드는 소리를 듣다 고개를 들었다. 만두 같이 생긴 달이 중천에 걸려 밝은 빛을 뿌리고 있었다.

"밝구나. 이제 소호가 비로소 평화를 찾게 되었군."

목풍아는 터벅터벅 뜰을 향해 걸음을 옮겼다. 목풍아의 뒷모습이 오늘따라 크게만 느껴지는 오괴와 독돈이었다.

두 사람은 목풍아의 뒤를 따라가며 서로 흐뭇한 미소를 짓다 누가 먼저랄 것도 없이 엄지손가락을 치켜들었다. 완전히 자신의 사람을 만들고도 확실하게 확인을 시키는 목풍아였다. 사람을 자기편으로 만드는 데 있어 도저히 인정하지 않고는 못 견딜 만큼 완벽한 재주를 가진 목풍아였다. 그렇게 자랑스럽고 사랑스러운 목풍아의 뒷모습을 바라보며 당장이라도 달려가 껴안아주고 싶은 두 사람의 얼굴에 중천에 뜬 달과 같이 흐뭇한 미소가 걸려 있었다.

다음날부터 목풍아의 지휘에 따라 수룡방은 수적에서 상단으로 변하였다.

기존에 있던 목책은 방비를 위해 그대로 놓아두고, 배를 댈 수 있는 나루와 커다란 창고 몇 개를 더 지었으며, 가정을 꾸미고 살 수 있도록 섬 주변에 집도 여러 채 지어놓았다.

수적들이 아는 목수들과 대장장이들이 들어오고 소문을 들은 사람들이 일거리를 찾아 들어오면서 연자도는 활기를 띠기 시작하였다.

변두리의 작은 수적들도 하나둘 투항하기 시작하였다. 이미 철권무적 곽도의 힘을 아는 수적들은 그를 완전히 꺾어놓은 추풍대협 목춘망의 휘하에 들어가길 바랐으며, 목풍아는 그들을 순순히 받아들여 삽시간에 거대한 상단이 되어버렸다.

몇 명은 마을을 빈번하게 오가며 운반할 물목을 받아왔으며, 거기에 맞추어 수적들을 다섯 개 조로 나누었다.

큰 배는 화물을 선적한 상선으로 쓰고, 작은 배 여러 척을 나누어 호위 선단으로 정하고, 연자도 부근에서 몇 차례 연습을 하였는데, 물질을 잘하는 수적들이라 하는 일이 능숙하여 연습을 할 것도 없었다.

일주일 후 목풍아는 배를 몰고 약속한 마을로 향하였다. 배가 들어오자 마을에 생기가 넘치기 시작하였다. 그사이에 마을에도 많은 변화가 일어나고 있었다. 나루 주변에 큰 창고들을 짓고 있었으며, 짐을 옮기는 사람들이 나루로 꾸역꾸역 모여들었다.

생기가 도는 마을과 사람들을 바라보며 목풍아는 뿌듯함을 느꼈다. 일이 있으면 돈이 생긴다. 돈이 생긴다는 것은 희망이 생긴다는 말이다. 가족들의 배를 불릴 수 있고, 돈을 모아 집도 사고 땅도 살 수 있으니 사람들이 하나둘 모여들어 안집할 수 있을 것이다.

배가 나루에 닿기 무섭게 상인들이 물목을 적은 종이를 가져와 상선의 우두머리에게 보이고 짐을 싣기 시작하였다.

일꾼들이 나루에 쌓아놓은 짐을 나르기 시작할 때였다. 갑자기 마을 뒤편에서 박도를 든 사나이들이 뛰어나와 짐꾼들을 막고 소리쳤다.

"목춘망이란 자가 누구냐?"

목풍아에게 목록을 보여주던 상인들이 놀라 눈을 휘둥그레 뜨며 뒷걸음질쳤다.

"저, 저런…… 표국의 무사들이 어째서?"

목풍아가 빙그레 웃으며 말했다.

"여러분은 걱정할 것이 없습니다. 저희는 강도들에 대비하여 철저하게 훈련이 되어 있으니까요."

목풍아가 손을 번쩍 쳐들었다.

그러자 소선에 타고 있던 사내들이 밀물처럼 뭍으로 올라가 일사불란하게 그들을 둘러싸기 시작하였다. 일시에 새까만 수적들이 몇 겹으로 사내들을 둘러싸 버렸다.

목풍아의 뒤편에 서 있던 독돈이 조용히 물었다.

"대장, 피를 보기 전에 제가 처리할까요?"

오괴가 콧방귀를 뀌며 말했다.

"흥. 위아래도 모르는 돼지."

"이 무당까마귀 자식이?"

독돈이 인상을 찌그러뜨리며 오괴를 노려보았지만, 오괴는 팔짱을 끼고 콧방귀를 뀌면서 먼 하늘을 바라볼 뿐이다.

목풍아가 인상을 찌그러뜨리곤 두 사람 사이로 파고들어 조용하게 중얼거렸다.

"이런 바보들, 닥치지 못해. 수적으로 우리가 많은데 싸울 일이 어디 있어? 너희는 가만히 보고만 있으란 말이야."

목풍아는 품속에서 일산안경을 꺼내 쓰더니 무사들에게 말했다.

"내가 목춘망이다. 나에게 무슨 볼일이 있나?"

중년의 무사 하나가 소리쳤다.

"네놈이 수적들을 선동하여 우리의 밥그릇을 뺏어가고도 무사할 줄 알았나?"

"와하하하. 나는 무슨 소리를 하는지 모르겠다. 너는 네 밥벌이만 알고 다른 사람의 밥벌이는 생각지 못하는 바보로구나."

"뭐라구? 바보라구?"

"바보 같은 놈들아, 잘 생각해 보거라. 너희가 수레로 실어 나르는 짐이 얼마나 되느냐? 이 배 한 척이면 너희가 호위하는 짐수레 오십 개를 한꺼번에 실을 수 있다. 거기다가 호송하는 말이나 소에 드는 비용, 너희에게 들어가는 비용을 빼면 상인들이 뭐가 남겠는가? 상인들도 이문이 남아야 장사를 할 것이 아니냐? 너희는 상인들의 물건을 보호한

다는 명분으로 육로를 종횡하여 돈을 벌어들이고 있지만 시장의 원리
는 이와는 다른 것이다. 상인들이 눈앞의 이득을 보고도 손해 막심한
너희와 거래를 해야겠느냐?”

“…….”

“너희의 사정을 짐작은 하고 있다만, 그 덕분에 이 마을 사람들과 소
호 주변의 사람들이 활기를 띠고 있다. 먹는 장사를 하는 사람들도 많
이 늘어났고, 객관도 하나둘 늘어나고 있다. 수로를 이용하면 상인들
도 좋고 이 지역 사람들도 일거리가 생겨나 모두 좋은데, 육로를 이용
하면 너희 몇 놈들 배를 불리는 것밖에 더 되겠는가? 사람은 함께 살아
가는 것이다. 너희 밥그릇만 생각하지 말고 다른 사람들도 생각하는
마음을 가져보란 말이다.”

막상 목풍아에게 이러한 이야기를 들으니 말이 막히는 무사들이었
다. 표국의 무사들이 대꾸를 하지 못하고 서로의 얼굴을 바라보는 것
을 보고 목풍아가 재빨리 입을 열었다.

“정 앞날이 불안하다면 내 밑으로 와도 좋다. 앞으로는 수룡방에서
도 경험 많은 무사들이 많이 필요할 테니 말이다.”

말을 했던 무사가 주변을 둘러보았다. 새로운 희망에 들떠 있던 수
적들과 마을 사람들이 한 덩어리가 되어 무사들을 노려보고 있었다.
그들에게 표국의 무사들은 부자가 되려는 꿈을 깨는 존재들일 뿐이
나.

사람들의 눈빛에서 증오와 살기를 느낀 무사는 전의를 상실하고 박
도를 떨어뜨렸다. 함께 있던 무사들도 체념을 한 듯 창과 박도를 떨어
뜨렸다.

처음부터 상대가 안 되는 싸움이었다. 이미 표국의 무사들은 수룡방

과 싸워봐야 손해라는 것을 잘 알고 있다. 왜냐하면 수룡방의 우두머리였던 곽도가 관원이 되었으니, 수룡방과의 싸움과 동시에 그들은 범죄자가 되어버리는 것이다. 그뿐 아니라 이미 인심이 수룡방에 건너가 있어 수적들은 물론이거니와 마을 사람까지 한편이 되어버렸으니 소용이 없는 노릇이었다.

목풍아는 두 팔을 펼치며 말했다.

"소호 일대의 표국은 수룡방과 관계를 맺으면 된다. 소호에서 장강까지는 먼 길이고 수룡방은 앞으로 인재가 많이 필요하니 너희를 받아들일 수 있다. 뜻을 펼치고 싶은 자, 가족을 풍족하게 부양하려는 자 언제든 오너라. 환영하는 바이다."

"개소리 마랏."

무사들 가운데서 검은 신형 하나가 화살처럼 날아들었다. 그 신형은 가로막은 사람들을 훌쩍 뛰어넘어 나루에 서 있던 사나이의 머리를 밟고 순식간에 목풍아가 서 있는 배 위로 뛰어올랐다.

"받아랏."

사내의 검이 흔들리며 무수한 잔영이 목풍아를 향해 날아들었다. 목풍아가 피식 미소를 짓는 순간, 그 좌우에서 오괴와 독돈의 두 팔이 화살처럼 뻗어 나왔다.

독돈의 손이 무수한 잔영으로 변화하는 은빛 장검 끝을 붙잡았다. 동시에 오괴의 뻗어나간 손목이 사내의 손목을 치며 순식간에 멱살을 잡아 허공에서 빙글빙글 돌리기 시작하였다.

"흥. 돼지 녀석, 이래서 넌 나한테 안 된단 말이야."

무당 최고의 고수라고 할 수 있는 오괴가 콧방귀를 뀌며 독돈을 비웃었다. 허무하게 칼을 쥔 독돈이 이를 갈며 중얼거렸다.

"빌어먹을 무당까마귀 자식, 내 공을 빼앗다니……."

독돈은 선수를 빼앗긴 것이 분하여 발을 동동 구르다가 들고 있던 장검을 두 손으로 부러뜨려 버렸다.

땅—

은빛 장검이 맥없이 바닥으로 떨어졌다.

이내 독돈이 번쩍 고개를 들어 수적들에게 갇힌 표국의 무사들을 노려보며 중얼거렸다.

"이 자식들, 감히 우리 대장을 공격해?"

말이 끝나기도 전에 독돈의 신형이 까마귀처럼 허공으로 솟구쳤다. 가볍게 땅을 찬 신형은 거구가 무색할 정도로 가볍게 허공으로 날아 사람들의 띠를 훌쩍 넘어 표국 무사들 앞에 내려앉았다.

단 두 번만에 십 장이 넘는 거리를 날아왔으니 실로 절정의 경신술이었다. 무사들이 지레 겁을 먹고 뒷걸음질쳤다.

"으허허허. 이 자식들, 감히 우리 대장을 노려?"

독돈은 누런 이를 드러내며 씨익 웃었다. 오괴에게 공을 빼앗긴 분풀이를 할 심산이었다. 독돈이 고개를 좌우로 움직이더니 어깨를 앞뒤로 굴신하였다.

우드드득—

온몸의 뼈가 이완되는 듯한 소리가 들려왔다.

"아이구 시원하다. 으히히히. 이 자식들 꼴 민났다."

두 팔의 소매를 천천히 걷으며 독돈이 다시 한 번 씨익 웃었다. 그 눈빛에서 뿜어져 나오는 살기에 표국의 무인들은 모골이 송연해지는 것을 느꼈다.

"얼마나 실력이 좋은지 시험해 볼까?"

독돈의 신형이 흔들리며 순식간에 앞에 있던 두 명의 무인 앞에 서 있었다.

"헉."

놀란 무인들이 주먹을 뻗기도 전에 독돈의 두 손이 그들의 어깨를 하나씩 잡았다.

"아아악—"

어깨를 잡힌 두 사람이 주저앉으며 비명을 질렀다.

"으허허허. 뭐야 이거. 장난하는 거야? 대체 이 실력을 가지고 뭣들 하자는 거야. 죽으러 온 거야? 그런 거야? 으허허허."

안하무인으로 목을 젖혀 웃던 독돈이 갑자기 웃음을 멈추고 고개를 돌려 말했다.

"괘씸하게 우리 대장을 노린 벌이다. 모두 다 한 팔씩 내놓아. 으허허허."

독돈이 쾌활하게 웃으며 성큼성큼 걸음을 옮겼다. 무겁게 내리누르는 듯한 중압감. 그 모습은 공포 그 자체였다.

"으어억."

무사들이 겁에 질려 양 떼처럼 뒷걸음질치기 시작하였다. 커다란 덩치에서 뿜어져 나오는 기운에 겁을 집어먹은 무사들은 반항은커녕 고양이 앞의 쥐처럼 지레 겁을 먹고 물러나기 시작하였다. 그러나 사방이 수룡방의 사람들로 막혀 있어 도망칠 곳도 없었다. 이미 싸움은 끝이 나버린 것이다.

"독돈, 그만."

목풍아의 목소리에 독돈이 나가려던 걸음을 멈추고 뒤를 돌아보았다.

손을 펼쳐 도리질을 하는 목풍아와 그 옆에 서 있는 오괴가 축 늘어진 사내 하나의 멱살을 잡고 서 있었다.

"왜 그러세요, 대장."

"쓸데없이 싸우지 말아. 다친 사람의 어깨나 원상태로 만들어주고 돌아와라."

"싫은데요?"

목풍아가 민머리를 쓰다듬으며 눈을 부라렸다.

"금방 뭐라 하였나?"

"하면 되잖아요."

금세 꼬리를 내리고 어깨를 맞춰주는 독돈이었다.

"빌어먹을 무당까마귀."

두 사람의 어깨를 바로잡아 주곤 구시렁거리며 배 위로 돌아오니 오괴가 코웃음을 치며 독돈에게 말했다.

"독돈, 노망이 들었냐?"

"이 까마귀 자식이?"

목풍아가 다시금 눈을 부라렸다.

"망령이라도 든 거야? 한 번 더 공을 가지고 다툰다면 가만있지 않겠다."

독돈이 넌지시 물었다.

"어쩌실 건데요?"

"오괴를 기녀들이 가득한 방에 가두어놓고 온갖 쾌락으로 밤을 지새우게 하고, 독돈은 그 방 앞을 지키도록 하겠다."

두 사람의 얼굴이 삽시간에 창백하게 변하였다. 오괴는 동자공을 배워 여자를 가까이하지 못하는 사람이다. 그런 오괴에게 가장 큰 고통은 아리따운 젊은 기녀들의 추파를 견뎌야 하는 것이다.

독돈은 오괴가 기녀들과 즐거운 밤을 보내는 것을 밤새 들어야 할 것을 생각하면 지옥이 따로 없었다.

목풍아가 배시시 웃으며 말했다.

"생각있다면 언제고 기루에 함께 가자구. 즐거운 밤을 보내면 기분이 상쾌해질 것이 아닌가."

오괴와 독돈은 서로의 얼굴을 바라보았다. 밝히길 좋아하는 대장이니 마음만 먹는다면 언제라도 기루에 가서 말한 바대로 할 것이다.

두 사람 모두 생각하기도 싫은 상황이었다.

"대장, 저는 공을 다툰 적이 없습니다. 독돈이 앞서 나간 게 문제죠."

독돈이 오괴를 노려보다가 목풍아를 보고 피시식 웃으며 말했다.

"으허허허. 내가 언제 대장의 말을 듣지 않은 적이 있던가요? 나는 그저 저놈들이 대장을 노리기에 분한 마음에…… 으허허허."

"알았으니 그만 해도 좋다."

목풍아는 빙그레 미소를 지었다. 보통 때는 대종사다운 듬직함이 묻어나는 두 사람인데, 이럴 때는 철부지 아이로 돌아가는 것 같았다. 늙으면 아이가 된다는 옛말이 실감나는 목풍아였다.

목풍아는 고개를 돌려 오괴가 사로잡아 무릎을 꿇려놓은 젊은 사내를 바라보았다.

"신법이 대단하더군. 무예 실력도 출중한 것 같고 말이야. 그런데 상대를 잘못 짚었어."

사내는 목풍아를 노려보다가 고개를 팩 돌렸다.

"나를 왜 죽이려고 하였지? 표국의 우두머리가 시키던가?"

“말할 수 없다.”

“말하지 않아도 알 수 있는 수가 있으니 하기 싫으면 말하지 않아도 좋다.”

목풍아가 오괴에게 귓속말을 하였다. 오괴가 훌쩍 배에서 내려 중년의 표국 무사 하나를 데리고 왔다.

“이자의 이름이 무언가?”

“진관임(陳冠任)이라 합니다.”

“가족을 봉양하고 사는가?”

무사가 두 눈을 휘둥그레 뜨고 물었다.

“예? 그걸 어떻게 아셨습니까? 홀로 된 할머니와 밑으로 어린 동생 두 명이 있습니다.”

“좋아. 그럼 가봐도 좋다.”

목풍아는 고개를 돌려 진관임에게 말했다.

“표국의 대장이 나를 죽이라고 시키던가?”

“…….”

“바보 같은 녀석, 네 녀석은 마음속으로 의리를 지키기 위해서라고 자신하고 있겠지. 하지만 네가 굳게 지키는 의리를 배신한 것이 표국의 대장이라는 사실을 명심하라.”

진관임이 고개를 치켜들었다.

“표국의 대장이 의리를 배신했나고? 말도 안 되는 소리 하지 마라.”

“바보 녀석. 내 이야기를 들어보라. 네가 그에게 가진 의리는 그동안 신세를 진 것에 대한 고마움의 표시가 아닌가?”

“그렇다.”

“바보 녀석. 그동안 신세를 졌다 하면 네가 표국에서 일을 하지도 않고 받은 대가가 많았단 말이겠구나? 만일 네가 표국에서 일을 하고 그 대가로 돈을 받았다면, 너는 표국의 대장에게 신세를 졌다고 할 수 있겠느냐?"

"그렇다."

"돌머리 자식이군. 그렇다면 이렇게 생각해 보자. 표국의 대장이 너에게 이 일을 시켰을 때, 네 가족을 부양해 주겠다고 하였겠지? 의리로써 말이다. 그런데 집안의 실질적인 가장인 너를 사지에 몰아넣고, 만일 네가 죽었을 경우 그가 확실하게 네 가족을 부양해 줄 것이라고 너는 믿느냐?"

"그렇다."

"와하하하. 정말 타고난 바보가 틀림없구나. 그렇다면 네가 이 일을 실패하여 허무하게 죽고 난 다음에 슬퍼할 집안 사람들은 생각해 보았느냐? 아니면 네가 살인자가 되어 남은 집안 식구들이 살인자의 가족이라고 괄시를 당할 것은 생각해 보았느냐?"

"……."

"내가 보기에 너에게 이 일을 시킨 표국 대장은 의리있는 사람이 아니다. 어째서 그런고 하면, 대장은 부하들을 무조건적으로 희생시켜서는 아니 되기 때문이다. 그는 가족이 있는 무사들에게 이 일을 시키지 아니한다. 왜 그런고 하면, 그들은 가족이 있기 때문이다. 나이 든 사람은 가정을 생각하기 때문에 위험한 일을 시킬 수 없다. 하지만 너는 혈기가 넘치는 아이. 집안의 뒷일을 생각 못하는 나이라고 생각하기 때문에 너에게 시킨 것이다. 하지만 너는 집안의 가장이고, 네 집안을 일으켜야 할 막중한 책임이 있다. 그런 책임이 있는 사람을 사지로 몰아낸 것을 보면 그는 잇속에 밝은 자이지 의리있는 자는 결코 아니야.

내가 너를 바보 같다고 하는 이유가 바로 그 때문이다. 의리없는 자를 위해 목숨을 걸고 의리를 내세우려 하다니…… 바보 같은 녀석. 쯧쯧쯧."

목풍아는 혀를 차다가 입을 열었다.

"자, 그럼 내가 어째서 죽을 수 없는가를 말해 주마. 너 같은 놈은 기껏 집안의 몇 사람을 책임져야 하지만 나에게는 딸린 식구가 너무나 많아. 배에 타고 있는 수많은 사람들과 그의 가족들, 그리고 저기 바깥에서 짐을 실어 나르는 일꾼들과 그 가족들의 생계가 내 손에 달려 있다. 네가 나를 죽이는 것은 수천 명이 넘는 사람들과 그에 딸린 가족들의 생계를 꺾어놓는 짓이다. 사람을 이롭게 하지도 못하는 아무짝에도 쓸모없는 의리 하나만 가진 네가 이런 나를 죽일 수 있겠느냐?"

진관임은 고개를 숙였다. 바닥을 짚은 손에 눈물이 뚝뚝 떨어졌다. 목풍아는 진관임을 일으켜 세우며 말했다.

"네 가족을 보아 용서해 준다. 일어나라."

"……."

너희 대장에게 가서 전하라. 표국 전체를 몰살시켜 버리기 전에 당장 달려와 용서를 구하라구. 만일 그렇게 하지 않으면 공포가 무엇인지 보여주겠노라고…… 알겠나?"

"네."

"그리고 너는 앞으로 다른 일을 찾기 마란다. 수룡방으로 와서 일을 하는 것도 나쁘지 않으니 말이다. 진정한 의리가 무엇인지 생각해 보고 네 미래를 결정하거라. 알겠느냐?"

"감사합니다, 대인."

진관임이 꾸벅 인사를 하고 배에서 내려갔다. 이내 길이 열리고 표국의 무사들이 떠나가기 시작하였다.

다시금 일꾼들이 부지런히 움직이며 나루에 생기가 돌기 시작하였다. 부지런히 움직이는 개미 같은 사람들을 바라보다가 마을 뒤편으로 멀어져 가는 무사들을 보곤 목풍아가 중얼거렸다.

"모든 사람을 즐겁게 한다는 것은 참으로 어려운 일이구나."

독돈이 물었다.

"대장도 어려운 것이 있나요?"

"나 역시 사람이니 어찌 어려운 것이 없겠는가? 한편이 좋으면 한편이 나빠지니, 천하를 경영하는 일이란 말처럼 쉬운 일이 아니다. 과연 처음의 생각대로 천하 백성들을 행복하게 만들 수 있을까 생각하면 마음이 답답하구나. 아! 실로 갈 길은 멀기만 하다."

자신이 있기만 하던 목풍아가 한숨을 내쉬는 것을 바라보며 두 사람의 마음도 좋지만은 않다. 그러나 한편으로 완벽할 것만 같은 목풍아에게 이런 인간적인 모습을 발견하고 오괴와 독돈은 목풍아에게 더욱 마음이 끌리는 것이다.

잠시 소호를 바라보던 목풍아가 갑자기 고개를 번쩍 치켜들고 소리쳤다.

"제길, 골치 아픈 생각 하면 술이 나오나 계집이 나오나? 그렇지 않나?"

오괴와 독돈, 일도가 동시에 대답했다.

"그럼요."

"좋아. 희망을 가지고 살아가자구. 내가 희망이 있어야 백성들도 희망을 가질 것이 아닌가? 그렇지 않나?"

"그럼요, 그럼요."

"와하하하. 너희 세 사람, 이 목풍아를 믿나?"

"네."

"내가 할 수 있을 것 같나?"

"당연한 말씀."

"좋아. 그럼 이번 일이 끝나면 자운곡으로 출발이다. 떠나보낸 털들을 다시 찾을 수 있는 희망의 계곡으로~"

세 심복은 목풍아의 밝은 얼굴에 서로의 얼굴을 바라보며 주먹을 불끈 쥐었다.

상단의 물품을 장강까지 이송해 주는 첫 번째 일이 무사하게 끝나자 목풍아는 수룡방에 다시 한 번 잔치를 벌여 그동안의 노고를 치하해 주었다.

이튿날부터 작은 수적들이 투항해 오면서 수룡방은 더욱 큰 상단이 되었으며, 일 역시 눈 코 뜰 사이 없이 바빠졌다.

표국의 무사들이 일거리를 찾아 수룡방으로 흡수되면서 이제 수룡방은 목춘망을 중심으로 확실하게 기틀이 잡히게 되었다.

소호 일대에 수적들은 자취를 감추게 되었으며, 덩달아 소호 일대가 풍요롭게 변하기 시작하였다.

사람들이 늘어나면서 목풍아는 일도를 구룡방으로 보내어 믿을 만한 깡사치를 데려오도록 하였다.

이런저런 일 처리를 하는 동안 보름이 순식간에 지나갔다. 이 무렵 다리의 상처가 아물기 시작한 곽도가 운신을 하기 시작하였다. 수룡방이 조직을 재정비하게 되면서 인재들을 끌어 모으고 작은 수적들이 흡수된 까닭에 곽도가 할 일은 없었다. 원래 장사에 대해 잘 모르던 곽도는 수군감관의 직함에 맞게 상선의 운송과 호휘의 책임을 맡는 것으로 임무를 다하였다.

곽도가 목풍아의 수하로 제법 위세를 가지고 임무를 하게 되자 곽다혜는 목풍아의 수발을 드는 데 매달렸다. 매일 아침마다 예쁘게 화장을 하고 손수 세수할 물을 받아오고, 차를 가져오는 등 수선의 할 일을 도맡아 하는 것이었다.

수선의 의자매가 되어 동생처럼 수선의 말을 따르며 목풍아의 시중을 드는 것으로 보아 곽도에게 무언의 이야기를 들은 것이 틀림없었다.

목풍아는 그날 수선과 차를 마시다가 차를 따르고 있는 곽다혜에게 말했다.

"제법 사람이 되어가는구나."

곽다혜가 생긋 웃으며 말했다.

"대인께서 저를 사람으로 만들어주셨지요. 저는 대인의 은혜에 감사할 따름입니다."

목풍아가 눈을 휘둥그레 뜨고 고개를 돌려 수선을 바라보았다. 수선이 싱긋 웃으며 차를 마셨다.

"수선아, 곽다혜에게 무슨 일이 있느냐?"

"저는 잘 모르겠습니다."

수선은 미소를 지을 따름이다.

목풍아가 잠시 생각하다가 수선에게 말했다.

"수선아, 서방님의 어깨를 주물러 줄 테냐?"

수선이 찻잔을 내려놓고 몸을 일으키려 하였다. 그때 곽다혜가 재빨리 목풍아의 뒤편에 가서 수선에게 말했다.

"언니, 제가 할 테니 쉬고 계세요."

수선이 고개를 끄덕이며 자리에 앉으니 곽다혜가 목풍아의 어깨를 주무르기 시작하였다.

"아이구, 시원하구나."

흘깃 수선을 바라보던 목풍아가 곽다혜에게 은근한 목소리로 말했다.

"다혜야, 내가 좋으냐?"

어깨를 주무르던 곽다혜의 손이 파르르 떨리었다.

"……."

목풍아가 씽긋 웃으며 말했다.

"여자에겐 남편이 항상 옆에 있어주는 것이 행복이란다. 그런 점에서 보면 나는 훌륭한 남편 감은 될 수 없지. 너에게 못되게 굴었는데, 뜻밖에 나에 대한 마음이 조금이라도 있다니 고맙기는 하다만 너는 나의 배필이 아니다."

곽다혜의 눈에 눈물이 글썽거렸다.

수선이 창백한 얼굴로 목풍아를 바라보았다. 목풍아는 수선을 바라보았다.

"수선아, 너 역시 나를 소유한다거나 그런 마음을 품어서는 안 된다. 나는 천하 백성들을 위해 존재하는 사람. 너와는 깊은 인연을 맺게 되었지만 교만해지거나 분수를 잊어버려서는 아니 된다."

"네."

수선이 정색하고는 다소곳하게 고개를 숙였다. 한동안 연자도에 머물면서 그러한 생각을 하지 않은 것은 아니지만, 일침을 맞은 것처럼 정신이 번쩍 드는 듯하였다. 돌이켜 생각하면 수선은 목풍아에게 바라는 바가 없다. 원수를 원수로 생각하지 않고 깊은 사랑을 주었던 목풍아에게 무엇을 바랄 수 있겠는가. 서운함보다는 목풍아의 마음 씀씀이가 자신을 깊게 생각하는 것만 같아 입가에 미소가 절로 머금어졌다.

그때였다. 독돈이 방문을 열고 성큼 들어와 말했다.

"대장, 뭍에서 사람이 왔습니다."

"어떤?"

독돈이 곽다혜를 흘깃 보곤 입을 열었다.

"아시잖습니까? 자운곡이요."

"벌써 왔는가? 빠르기도 하군."

"허허허. 그렇지요?"

목풍아는 자리에서 일어나 일산안경을 쓰고 정청으로 성큼성큼 걸어 들어갔다.

정청 안으로 들어가니 가운데에서 기다리던 흑의 사내 다섯 명과 백의를 입은 예쁜 소녀가 인사를 하였다.

일산안경에 숨은 목풍아의 두 눈이 휘둥그레졌다. 이 우라지게 예쁜 이국적인 미녀가 누구인가? 월랑의 제자인 설연(雪然)이 아닌가. 가끔씩 할 일이 없을 때 눈앞에 삼삼하게 떠오르던 설연을 눈앞에 놔두고 체통을 지키려 본 척 만 척 그녀를 스쳐 지나가 정청에 있는 교의에 앉으려 하니, 바로 옆에 오괴가 일산안경을 쓰고 팔짱을 낀 채 뚱하게 서 있다. 바로 옆에 서 있는 독돈의 웃는 얼굴과 상반되는 모습이었다.

"오괴, 똥 씹었나?"

"흥. 아뇨."

오괴는 고개를 돌렸다.

목풍아가 백련교의 교주가 되는 것이 심드렁한 모양이었다. 그러고 보면 정파와 사파의 고수 두 사람은 얼굴뿐 아니라 행동도 많이 바뀌었다. 지금은 오괴를 흑면독왕이라 하여도 무방할 듯 보였으며, 독돈은 마음 좋은 소림사의 스님 정도로 보아도 상관없을 것 같았다.

씽긋 미소를 짓던 목풍아가 고개를 돌려 설연에게 말했다.

"오랜만이로구나. 그동안 잘 있었느냐?"

"네."

"그래, 무슨 일이냐?"

"사부님께서 대인을 청해오라는 명이 있었습니다."

설연은 준비한 쟁반에 흰 비단 두루마리 서신을 목풍아에게 공손하게 내밀었다.

목풍아가 두루마리를 펼쳐 보니, 대인을 맞이할 모든 준비가 끝이 났으니 시일을 알려주면 좋겠다는 내용이었다.

"시일 끌 것 없으니 바로 출발하겠다. 가서 준비하고 있거라. 나는 잠시 할 일을 하고 바로 돌아가겠다."

설연이 고개를 꾸벅 숙여 인사를 하였다.

"그럼, 저는 곧바로 돌아가 사부님께 말씀을 전하겠습니다."

"오냐, 오냐."

설연은 함께 온 다섯 명의 흑의무사와 함께 정청을 빠져나갔다.

독돈은 그들이 시야에서 사라지자 씨익 웃으며 말했다.

"으허허허. 대장, 급하기도 하시네요."

"아하하하. 그렇게 보였니? 외히히히."

오괴가 팔짱을 끼고 콧방귀를 뀌며 말했다.

"흥. 대장의 털이 새로 날 수 있다면야 좋은 일이지만 자운곡의 수괴가 되는 일은 천하를 위해 원대한 심려는 아닌 듯합니다."

목풍아가 고개를 돌려 오괴를 바라보다가 곽도를 불러오라고 명한 후 사람들을 물렸다. 정청에 시위하던 무사들과 사람들이 썰물처럼 빠져나간 후 목풍아가 물었다.

"어째서 그렇게 생각하는 거지?"

"정파와 사파는 물과 기름의 관계입니다. 대장이 털 때문에 교주를 하시는 것이라면 저는 말리고 싶습니다."

"털 때문이라구? 와하하하. 너는 아직도 모르고 있는가? 나는 바람이야. 바람은 어디에도 막힘이 없는 거라구. 그러므로 네 생각은 틀렸다."

"저는 그렇게 생각하지 않습니다."

"납득이 가지 않는다면 한 가지 예를 들어주랴?"

"네."

"너희 두 사람을 보라. 정파와 사파의 거두들이 나를 중심으로 같은 길을 가지 않는가. 천하 백성들의 안위를 위해서 말이다."

"그, 그건……."

"와하하하. 사람들은 자신의 눈으로 세상을 바라보려 한다. 자신과 다르면 배척하려는 속성이 매우 강하지. 자부심이 있는 자라면 말이야. 하지만 문제의 속성을 깊이 통찰한다면 그런 것이 얼마나 보잘 것 없는 것인가 알게 될 것이다. 이 일산안경을 끼고 있는 것처럼 말이야."

목풍아는 일산안경을 벗어 수건에 닦으며 말했다.

"어릴 적 사마천의 사기(史記)를 구해다 읽은 적이 있다. 열두 살 때로 기억이 나는군. 열전(列傳)의 첫째 장은 백이열전(伯夷列傳)이고, 마지막 장은 화식열전(貨殖列傳)이었지. 백이와 숙제는 의(義)에 관한 이야기지만 화식 열전은 이(利)에 관한 이야기이지. 화식열전을 항간에

서는 이욕에 눈이 먼 시정잡배들의 잡설이라고 비난하는 사람이 적지 않은데, 나는 가만히 생각을 하였다. 어째서 사마천은 처음과 끝을 이렇게 기술한 것일까? 한 달간이나 궁구하던 나는 마침내 그 이유를 알아낼 수 있었지."

독돈이 둥근 얼굴을 들이밀며 물었다.

"그 이유가 뭡니까?"

목풍아가 배시시 웃으며 말했다.

"이유가 있나. 모두 하나인데 말이야. 두 개의 다른 것은 큰 하나에 속하게 마련인 것이지. 크고 작은 여러 개의 강물들이 하나의 큰 바다로 들어가는 것처럼 의와 이가 모두 중요하다는 말이지. 그렇게 보자면 백이 열전과 화식열전은 위정자(爲政者)의 좋은 공부라는 말이지. 어느 것 하나 백성들을 위해 빠뜨릴 수 없는 중요한 수단이라는 말이지."

독돈이 말했다.

"저는 잘 모르겠습니다, 대장."

오괴가 머리를 갸웃거리며 말했다.

"이(利)를 밝히는 자는 고래로 사람들이 소인이라 하였습니다."

"와하하하. 백성들은 창고가 차야지 예절을 안다 하였다. 너희는 강태공을 아는가?"

독돈이 얼른 말했다.

"예. 위수(渭水)에서 문왕(文王)을 기다린 강태공 말이지요."

"그렇지. 위수에서 십여 년간 삼천육백 개의 낚싯대를 꺾으며 때를 기다리던 강태공의 직업이 무엇이었는지 아는가?"

"선비 아니었습니까?"

"와하하하. 당치 않은 소리. 그는 문왕과 만나기 삼십여 년 전에 조가(朝歌)라는 곳에서 소를 잡아 팔았으며, 맹진(孟津)이라는 곳에서 식당을 경영하던 상인이었다. 그런 자가 무왕을 도와 천하를 통일하였다니 놀랄 만한 일이 아닌가?"

독돈이 머리를 끄덕거렸다.

"그렇네요."

"세상에서는 그가 하는 일 없이 때만 기다렸다고 우러러 보고 있지. 상술에 능한 사람임을 모르고 말이야. 기가 막힌 일이 아닌가? 그렇다면 제나라 환공을 패자로 만든 관중의 직업은 또 무엇이었나?"

"또 상인이었습니까?"

"와하하하. 그렇지. 독돈이 잘 알고 있네. 예악(禮樂)에 물든 선비는 마치 일산안경을 쓴 사람과 같아서 한편만을 고집하지. 하지만 이 목풍아는 책만 읽는 고루하게 막힌 선비가 아니고, 그것을 벗어난 사람이란 말이다. 사마천이 열전의 앞뒤에 상반된 이야기를 집어넣은 것은 선비의 고루한 습성에 물들지 말고 천하 백성을 위해 넓은 시각으로 바라보라는 의미가 있었기 때문이란 말이다. 내가 어려서부터 주루를 경영한 이유가 바로 그 때문이었으며 장사와 재물을 중시하는 이유가 바로 그 때문인 것이다. 나는 천하 백성들을 위해 사람들이 질시하고 조소하는 일까지 할 수 있는 사람이다. 왜냐? 모두 내 것으로 만들 수 있기 때문이지. 그런데 이제 내가 사파의 마두가 되는 것이 무슨 상관인가. 사파의 마두가 되어 천하 백성들을 유익하게 할 수 있으면 그것이 좋은 것 아닌가. 내 심복이 되려면 한쪽으로 치우치는 생각은 하지 말길 바란다. 그것은 비루한 선비들이나 고집쟁이들이나 하는 생각이니 말이다."

독돈이 손뼉을 치며 웃었다.

"으허허허. 대장의 말이 천 번 만 번 지당합니다. 으허허허."

오괴는 고개를 수그러뜨렸다. 말로서는 당해낼 수 없는 목풍아였다. 아니, 목풍아의 말은 이치를 거스르지 않았으므로 오괴로서도 수긍할 수밖에 없었다.

천하인(天下人). 목풍아는 천하인이 틀림없었다. 돌이켜 생각하니 자신이 명문 정파라는 허울에 빠져 다른 면을 못 보고 있는 것이 아닌가 하는 생각이 들었다. 자신이 쓰고 있는 일산안경처럼·말이다. 문득 나이가 아깝다는 생각이 들었다.

목풍아와 같은 길을 가려면 무엇보다 자신의 시선을 천하인답게 가지는 것이 중요하다 생각하였다. 그때였다. 정청 안으로 덩치 좋은 곽도가 성큼성큼 걸어 들어왔다.

"대장, 부르셨습니까?"

걸걸한 목소리로 인사를 하곤 곽도가 고개를 들었다. 이 무렵 곽도의 상처가 아물어 수군감관의 직책을 맡아보던 참이다.

"그렇지 않아도 내일 볼일이 있어 멀리 떠나게 되었다. 몇 가지 당부할 일이 있어 급히 오라 하였다."

"무슨 일로?"

"연자도를 상단으로 만드는 일 때문이다. 연자도가 이제 수적의 때를 벗고 상단으로 모습을 갖추었지만, 아직도 모자란 것이 많아. 앞으로는 운송의 일 외에도 장사를 할 수 있는 상단의 역할도 해야 할 것이야. 내가 가고 난 후에 일도가 상인을 데려올 것이니 그들과 상의를 해보란 말이다. 머물러 있으려 하면 퇴보하기 마련이야. 애벌레는 나비가 되려고 간절히 원할 때 비로소 나비가 될 수 있단 말이다."

"예. 명심하겠습니다."

"좋아. 소호 일대를 사람이 행복하게 살 만한 곳으로 가꾸어보라구. 이번에 가면 오래 걸릴지도 몰라서 말이야. 연락은 자주 하겠지만……."

곽도는 상기된 얼굴로 목풍아를 바라보며 말했다.

"저, 사실 다혜가 대장님을 사모하고 있습니다. 대장이 멀리 나가신다니 아버지 된 마음에 두고 볼 수가 없어서……."

자식 앞에는 철권무적 곽도도 여린 사람일 수밖에 없었다. 목풍아는 곽도의 수줍어하는 얼굴을 보고 입을 열었다.

"다혜가 예쁘고 사랑스러운 아이지만 나의 짝이 될 수는 없네."

"그, 그게 무슨 말씀이십니까?"

"내가 다혜와 혼인을 한다면 너와 나의 관계가 엉망이 되어버리게 된단 말이다. 부하를 장인으로 삼아야 한다니 그게 말이나 되는가?"

"저, 저는 그런 것을 바라지 않습니다. 대장은 첩이 수십여 명이 넘어도 상관없는 지위에 있다 들었습니다. 다만 제 딸이 행복해지기만을 바랄 뿐입니다."

"나는 다혜를 행복하게 해주지 못할지도 모르는데……."

그때였다. 수선이 하녀들과 함께 허겁지겁 뛰어와 말했다.

"대, 대인, 다혜 아가씨가 목을 매었습니다."

"뭐라구?"

목풍아가 자리에서 벌떡 일어났다.

"저희가 빨리 발견해서 목숨은 건졌습니다만, 침상에서 눈물만 흘리고 있습니다."

수선은 한숨을 쉬며 목풍아를 바라보았다. 좀 전에 수선의 방에서 한 말 때문에 곽다혜가 목을 맨 것이 틀림없었다.

수선의 원망하는 듯한 얼굴을 보고 있으려니 한숨이 절로 나왔다.

곽도가 목풍아에게 말했다.

"대장, 제 딸이 상처를 입지 않도록 대장께서 보살펴 주실 수 없겠습니까?"

곽도의 눈에 물기가 어리어 있었다.

목풍아가 고개를 돌려 오괴와 독돈에게 물었다.

"어떻게 해야 할까?"

오괴가 말했다.

"한 사람도 행복하게 못하면서 천하 백성들을 행복하게 해줄 수 있겠습니까?"

독돈이 고개를 끄덕였다.

"사람 하나 살리는 셈치고 대장이 잘하서."

목풍아는 자신의 머리를 두드리다가 독돈에게 말했다.

"설연에게는 내일 떠난다고 말하게. 나는 내일 떠날 거라고 말이야."

"네. 그렇게 전합죠."

"나는 다혜에게 가보도록 하지. 모두 일어나 보도록 해."

목풍아는 사람늘을 돌려보내고 수선을 따라 곽도와 함께 곽다혜의 방으로 들어갔다. 방 가운데 있던 들보에 목을 매었던 노끈이 걸려 있었다. 들보 아래에 있는 침상에 곽다혜가 이불을 뒤집어쓴 채 흐느끼고 있었다.

"다혜야, 내가 왔다."

곽도가 풀이 죽은 모습으로 곽다혜의 이불을 끌어당겼다. 곽다혜의 뽀얀 피부가 드러났다. 흐느끼고 있는 곽다혜의 흐트러진 머리 아래로 사슴같이 뽀얀 목이 드러나 있었다.

고개를 들어보니 굵은 노끈이 들보에 걸려 있다.

곽도는 옆에 있는 목풍아를 원망스러운 눈으로 바라보다 성큼성큼 바깥으로 나가 버리고 말았다.

'이거 심하게 부담되는데…….'

딸 때문에 마음이 흔들려 목풍아의 계교에 빠졌던 곽도였기에 때 아닌 자살 소동은 다된 밥에 코를 빠뜨린 것이나 다름없었다.

곽도가 만에 하나 앙심을 품고 마음을 돌리면 어렵게 만들어놓은 수룡방이 예전으로 되돌아갈 염려도 있었다.

목풍아는 한동안 곽다혜를 바라보다가 고개를 돌려 말했다.

"수선을 제외한 모든 사람들은 이 방에서 나가거라. 내가 긴히 할 말이 있으니 절대 방 안으로 들어와서는 안 된다."

하녀들이 꾸벅 인사를 하고 바깥으로 나갔다.

"수선아, 어찌하면 좋겠느냐?"

수선이 한숨을 쉬며 말했다.

"제 생각으로는 대인께서 다혜를 취하심이 좋을 듯합니다. 수룡방을 완전하게 대인의 수중에 넣기 위해서도 반드시 필요한 과정 같습니다."

"너는 그렇게 생각하느냐? 고얀 것."

목풍아는 갑자기 수선의 팔을 끌어당겨 침상으로 밀었다.

"어맛."

수선이 곽다혜에게 포개지자 목풍아가 히쭉거리며 말했다.

"호호호. 수선은 정말 머리도 좋구나. 나를 감쪽같이 속이다니……
네가 꾸민 짓이냐?"

수선이 미소를 머금으며 말했다.

"호호호. 대인은 정말 대단하시군요. 어떻게 아셨습니까?"

"일을 꾸미려면 제대로 해야지. 목에 멍든 자국 하나 없이… 나를
너무 쉽게 생각한 것 아닌가?"

"호호호. 저는 다만 목 대인을 생각하여 꾸민 일이랍니다. 부디 이
해하여 주십시오."

목풍아가 목을 젖혀 크게 웃었다.

"와하하하. 나를 속인 벌이 얼마나 무서운지 아느냐?"

침상에 누워 목풍아를 바라보던 곽다혜가 갑자기 울음을 터뜨렸다.

"대인, 잘못했습니다. 수선 언니가 꾸민 일이에요. 저에게 다시는
무서운 벌을 주지 마세요."

목풍아는 오들오들 떨고 있는 곽다혜를 바라보았다. 예전의 일로 곽
다혜에게는 미안한 마음이 있던 목풍아였다. 수선의 계교 덕에 오괴와
독돈의 여자 밝힌다는 소리도 무마가 된 마당이다. 곽도의 마음을 확
실하게 잡아둘 명분도 생겼으며, 곽다혜 역시 기다리던 일이 틀림없었
다. 수선은 미묘한 수룡방 내부의 흐름을 확실하게 잡아주길 바라고
있었던 것이다. 일이 이렇게 발전되었으니, 그렇다면 이제는 거칠 것
이 없었다. 목풍아는 허연 이를 드러내어 크게 웃었다.

"와하하하. 너희에게 무서운 벌을 내리리라. 목 대인의 혈기를 건드
렸겠다. 이리 오너라. 와하하하."

목풍아는 수선과 곽다혜가 앉아 있는 침상으로 뛰어들었다.

　다음날 정오 무렵, 목풍아는 연자도를 나왔다. 선창에서 손을 흔드는 수선과 곽다혜의 얼굴이 해맑았다. 그리고 목풍아가 타고 있는 배 옆에서 갑옷을 입고 배를 진두지휘하는 곽도의 얼굴은 어느 때보다 상기되어 있었다. 목풍아와 한식구가 되었다는 자긍심 때문인지도 몰랐다. 아침 식사 때에 곽도는 목풍아를 위해 목숨을 기꺼이 바칠 수도 있다고 다짐을 하였다. 어젯밤 곽다혜와 신방을 차린 일로 곽도는 목풍아에게 충성을 다시 한 번 다짐한 것이다.

　목풍아는 곽도에게 수선과 곽다혜를 맡기고 연자도를 떠나왔다. 멀어져 가는 연자도를 바라보다가 곽다혜와의 어젯밤을 생각하니 갑자기 코끝이 찡— 하였다.

　순간 독돈의 두 눈이 휘둥그레졌다.

　“대장, 코피 난다.”

　“뭐라구?”

　손으로 코밑을 비비니 붉은 피가 묻어났다.

　“제길.”

　목풍아가 코를 막으며 머리를 젖혔다.

　“으허허허. 젊은 혈기도 좋지만 여자들을 너무 가까이하면 몸이 남아나지 않는답니다.”

　“나도 알아. 어제 너무 무리를 했나?”

　오괴가 팔짱을 끼며 말했다.

　“흥. 무리야 매일 하는 거 아닙니까?”

　“시끄러워. 여자도 모르는 도사 주제에…….”

　“으허허허. 그죠. 알지도 못하는 게 왜 저렇게 나서는지 모르겠어요? 그죠? 으허허허.”

“이 자식이?”

“까마귀야, 너 여자가 어디로 아이를 낳는지 아느냐? 어떻게 아이를 만드는 줄 아느냐? 알면 말해 보라구. 으허허허.”

“흥.”

오괴가 무안하여 콧방귀를 뀌며 고개를 돌렸다. 목풍아는 연자도에 남겨놓은 수선을 생각하고 미소를 지었다. 백련교의 여사제가 칭찬할 만큼 머리가 좋은 수선이었다. 목풍아는 아침 식사 때에 자신의 부재 중에 상단의 일을 수선에게 일임하였다. 수선에게 맡긴다면 최소한 손해는 나지 않으리라 판단했기 때문이다.

연자도는 목풍아가 주인이라 할 수 있지만 오랫동안 우두머리로 지배해 오던 곽도의 힘을 무시할 수 없었다. 곽도가 목풍아에게 패하여 몸을 굽혔지만, 그는 의리보다 가족을 중시하는 사람이기 때문에 지배력을 확실히 굳히기 위해서는 곽다혜를 취하지 않으면 안 되는 수순이었다.

목풍아는 수선에게 당한 후부터 여자들과의 관계가 꼬이는 것이 그리 달갑지만은 않았다. 하지만 목풍아가 천하의 일로 오랫동안 연자도를 비웠을 경우 일어날 수 있는 변화를 생각했을 때 수선의 계교는 일리가 있었다.

어젯밤 곽다혜와 신방을 치른 일로 목풍아는 완전히 수룡방의 지배권을 얻었으며, 수선은 곽다혜의 언니로서 수룡방 내부에서 확실한 권한을 가지게 된 것이다.

수선은 곽다혜를 위해 계책을 내주었으며 신방을 마련해 주었으니, 곽다혜가 수선에게 신세를 진 것이다. 곽도 역시 수선에게 빚이 있다고 생각하고 있었으니, 수선으로서는 목풍아를 완벽하게 이용한 것이라 할 수 있었다. 이제 누가 그녀를 굴러온 돌이라 할 것인가. 수선은 일거에 곽도와 곽다혜의 환심을 사서 수룡방 수뇌부의 일을 맡기는 데 무리가 없도록 만들어 버린 것이다.

한 번에 여러 가지 효과를 만들어낸 계책으로 미루어 수선은 물건이 틀림없었다. 하긴 천하의 목풍아를 무모아로 만들어 버린 수선이니 더 말해 무엇하겠는가?

목풍아는 거울을 들어 자신의 얼굴을 바라보았다. 이른 아침 정성 들여 눈썹을 칠하여준 수선과 곽다혜의 얼굴을 생각하고, 예쁘게 그려진 눈썹을 보니 미소가 절로 일어났다.

"예전에는 이렇게 털이 소중한 줄을 몰랐는데, 없어지고 보니 털의 소중함을 알겠구나. 미루어 생각하면 이 세상에는 우리가 고마워해야 할 존재가 얼마나 많은가."

목풍아는 다시 거울을 바라보았다. 햇살에 반짝이는 머리를 힐끔 바라보다가 중얼거렸다.

"이름난 장인에게 가발을 맡겨봐야 되겠다. 이래서는 천하의 일을 한다거나 여자를 만나 수작 걸기가 뭐하잖아."

독돈이 웃으며 말했다.

"으허허허. 대장의 바람기는 식을 줄을 모르네."

"나는 본능에 충실한 사람이라구. 거짓없이 진실한 나를 아직도 모르겠나?"

"으허허허. 부럽습니다. 대장, 저도 본능에 충실하게 살고 싶지만 대장처럼 수단이 없다 보니 부럽기만 합니다. 으허허허."

"와하하하. 수단이랄 게 있나? 내 몸에서 느껴지는 천하의 기운을 여인네들이 감지했기 때문이겠지. 와하하하. 안 그런가, 오괴?"

“흥. 흥. 흥흥흥.”

“그렇지 않아도 오늘 아침부터 기운이 끓어올라 미치겠더라구. 와하하하.”

“흥, 흥.”

등을 돌리고 있던 오괴가 기가 차서 콧방귀를 연신 뀌었다. 어쩌면 저리도 얄밉게 말을 잘할까? 오괴도 독돈처럼 기름을 칠한 듯한 목풍아의 혓바닥이 부럽기만 하다. 아마 춘추전국 시대에 태어났다면 소진과 장의 같은 세객들과 어깨를 나란히 하는 유세객(遊說客)이 틀림없겠다 생각하였다.

“재미있는 이야기를 하시나 봅니다.”

고개를 돌려보니 하얀 비단옷을 입은 설연이 타박타박 누각 위로 올라와 인사를 하였다.

목풍아가 얼른 거울을 치우고 근엄한 얼굴로 고개를 끄덕거렸다.

설연은 이국적인 얼굴로 목풍아를 힐끔 바라보았다. 처음 만났을 때보다 달라진 것 같은 느낌이 들었기 때문이다. 자세히 살펴보니 눈썹이 있다.

눈썹이 있을 때와 없을 때가 천양지차로 달라 까만 일산안경 위에 있는 눈썹 하나 때문에 사람이 달리 보이는 것이다.

“눈썹이 났군요.”

목풍아는 얼굴이 달아오르는 것을 느끼고 헛기침을 하며 밀했다.

“헛, 헛. 눈썹이 난 것이 아니라 그린 것이란다.”

털이 없다는 것은, 더구나 예쁜 미인에게 그런 소리를 듣는 것은 반가운 이야기만은 아니다. 더구나 목풍아는 이제 백련교의 교주가 되어야 할 상황이니 설연과 농담이나 하고 있을 때가 아니다.

목풍아가 이상하게도 몸이 화끈 달아올라 근엄하게 부채질을 하고 있으려니 설연이 웃으며 말했다.

"눈썹이 있으니 정말 잘생긴 얼굴이에요."

설연이 반달 같은 눈으로 웃고 있는 모습을 보자 가슴이 벌렁벌렁 뛰었다. 콧구멍으로 은은한 여인의 향기가 감지되자 아랫도리에 저도 모르게 힘이 들어갔다.

'빌어먹을 바람기. 참아야 하느니라.'

목풍아는 눈을 지그시 감고 마음속으로 예기(禮記)를 외우며 손을 내저었다.

"오냐. 고맙구나. 나는 잠시 생각할 것이 있으니 그만 물러가 보거라."

"예? 예."

설연이 고개를 갸웃거리며 인사를 하려 하자 목풍아가 재빨리 몸을 돌려 물었다.

"자운곡에서 내 소문이 어떠하냐?"

설연이 빙그레 웃으며 말했다.

"네. 엄청나신 분이라고 소문이 퍼졌답니다. 문무 겸전하여 수룡방의 곽도를 일합에 쓰러뜨리고, 흑면독왕을 수하로 거느리셨으며, 수적의 무리를 양민으로 탈바꿈시켰다고요. 자운곡의 지도부 내부에서도 대인께 크게 기대를 하고 있답니다."

"음. 알겠다. 그만 물러가 보거라."

"네."

설연이 살포시 인사를 하고 누각 아래로 내려갔다. 슬쩍 고개를 돌렸다. 살랑거리는 엉덩이를 바라보니 아랫도리가 아파왔다. 이내 코에서 툭— 하는 소리가 들리더니 콧구멍 두 군데에서 피가 흘러나왔다.

“제길.”

목풍아가 수건으로 쌍코피를 막고 있으려니 독돈이 목풍아의 아랫
도리를 보곤 깜짝 놀라 고개를 젖혀 크게 웃었다.

“으허허허. 젊구나. 젊음은 좋은 것이구나. 으허허허. 바지가 제멋
대로 일어났네.”

오괴가 독돈의 시야를 따라 내려갔다가 콧방귀를 뀌었다.

“흥. 바람둥이.”

과연 바지 가운데가 맹렬하게 고개를 들고 있었다.

목풍아가 부끄러워서 부채로 가운데를 가리며 중얼거렸다.

“제길. 갑자기 왜 이러지? 어제까지는 괜찮았는데 오늘 아침부터 시
도 때도 없이 고개를 드네.”

머리를 갸웃거리던 독돈이 오괴에게 말했다.

“혹시 대단환 때문이 아닐까?”

목풍아가 물었다.

“대단환 때문이라구?”

“제 생각입니다만…….”

오괴의 얼굴이 갑자기 상기되었다.

“생각해 보라구. 수십 년의 공력이 있는 대단환을 먹었으니 그럴 만
도 하죠. 색을 심하게 밝히는 대장이니까 젊은 혈기와 어우러져 상기(上
氣)된다면 그럴 수도 있지 않을까요?”

“대단환 때문일 가능성이 있단 말이지…….”

목풍아가 코를 막은 채 오괴를 노려보았다.

오괴는 침을 꿀꺽 삼키었다. 독돈의 이야기는 일리가 있었다. 양기(陽

氣)가 충만하면 힘이 뻗치다 못해 시도 때도 없이 코피가 터지는 수도 있었다. 목풍아의 몸속에 흡수되었던 대단환이 젊은 혈기와 어울려 약효가 퍼진다면, 더구나 머리를 많이 쓰고, 밝히기 좋아하는 목풍아가 음흉한 생각에 기운을 위로 끌어올렸다면 충분히 일어날 수 있는 일이었다. 그러나 만에 하나 대단환 때문이라고 자인한다면 이것은 오괴에게 심각한 일이 아닐 수 없었다.

오독계를 먹여 털을 몽땅 날려 버린 죄로 독돈이 얼마나 시달렸던가. 이제 여자만 보아도 그 부분이 일어난다면 목풍아는 두 가지 고통에 시달리게 되는 것이다. 머리가 빠진 것도 모자라 시도 때도 없이 선다면 이것은 실로 처참한 형벌이나 다름없었다. 그 화가 자신에게 퍼부어진다고 생각하니 오괴는 등줄기가 서늘하였다.

"독돼지. 말 같지도 않은 소리는 하지 말라구. 어제까지만해도 괜찮던 그곳이 갑자기 말을 듣지 않는다는 것이 어째서 대단환의 위력 때문인가? 대장의 바람기 때문이지."

독돈이 머리를 두드리며 중얼거렸다.

"피로해서 그런 것도 아니고, 힘이 남아도는데 코피가 나는 것도 그렇고, 여자의 향기만 맡았는데 갑자기 불끈불끈 솟아나는 것도 그렇고……."

"아니라니까?"

"으허허허. 내 생각에는 대장의 몸속에 흡수되었던 대단환의 진기가 대장이 음심을 품으면 부지불식간에 발동을 하는 것 같은데…… 으허허허."

"이 자식아, 대단환이 흡수된 게 언젠데 그딴 소릴 하는 거야. 헛소리하지 말아."

“으허허허. 내 생각이라구. 그런데 한번 생각해 보라구. 자운곡에
가서 백련교의 무리 앞에서 이야기를 하다가 설연이나 설연이 같은 예
쁜 여자를 보고 이렇게 된다면 사람들이 대장을 어떻게 볼까? 색골이
교주가 되었다고 소문이 나면 어떡하지? 으허허허.”

독돈의 웃음에 목풍아는 가슴이 섬뜩하였다. 생각하기도 싫은 일이
었다. 개망신도 이런 개망신이 어디 있는가? 백련교주 목모는 색골이
라서 여자 냄새만 맡아도 일어선다는 이야기가 세상에 알려지면 백련
교의 위신이 땅바닥에 떨어질 뿐 아니라, 자신의 체면도 심하게 손상될
것이다. 그건 정말 생각하기도 싫었다.

목풍아가 울상이 되어 말했다.

“그럴 리가…… 어제까지만 해도 괜찮았단 말이야.”

“으허허허. 대장은 오늘 아침부터 힘이 뻗치더라면서요? 곽다혜와
신방을 차린 이후부터 생긴 현상이 아닙니까?”

“그, 그럴지도 모르지.”

“맞다구요. 제 생각에는 대단환 때문이라니까요.”

오괴가 버럭 소리를 질렀다.

“빌어먹을 독돈, 대단환 때문이 아니라니까.”

“대단환 때문이든 아니든 대장의 증상을 한번 시험해 볼까?”

목풍아가 얼른 고개를 끄덕였다.

“좋아.”

독돈이 목풍아에게 말했다.

“대장, 마음을 가라앉히고 눈을 감으세요.”

목풍아가 눈을 감았다.

“대장, 어젯밤의 일을 생각해 보세요. 다혜의 가슴가리개를 벗기니

무엇이 나오던가요?"

갑자기 코에서 툭 하는 소리와 함께 바지 가운데가 불끈 일어났다. 두 콧구멍에서 붉은 피가 튀었다.

독돈의 두 눈이 휘둥그레졌다.

"이런 또 쌍코피가 터졌네. 으허허허. 보라구. 내 말이 맞잖아. 으허허허."

목풍아는 붉게 물든 수건으로 코를 막으며 뻣뻣해진 다리를 엉성하게 꼬았다. 그리고 오괴를 바라보다 하늘을 바라보며 소리쳤다.

"이런 제길…… 신이시여, 어째서 저에게 이런 불행을 자꾸만 가져다 주는 거냐구요?"

오괴가 재빨리 말했다. 잘못하다가는 모든 책임이 자신에게 돌아올지도 모르는 판이었기 때문이다.

"벌받았죠. 그렇게 밝히더니만……."

"뭐, 뭐라구?"

"생각해 보라구요. 이건 모두 대장의 색욕 때문이라구요. 대장이 음심을 품으니까 상기가 되어 코피가 나고, 그곳이 시도 때도 없이 고개를 드는 거라구요. 그렇지 않나, 독돈?"

독돈이 고개를 끄덕이며 말했다.

"생각해 보니 그 말이 일리가 있군. 보통 백련교에서도 영약을 먹게 되면 사람이 없는 연공실에 앉아 차분히 운기조식을 하여 내력을 키우거나 무공을 연마하게 마련인데, 대장은 운기조식은커녕 주색잡기에 매일매일 천하 일로 머리를 굴리고 있었으니 기운이 상기(上氣)될 수밖에……."

"그렇죠, 그렇죠."

　오괴가 맞장구를 쳤다. 이로써 오괴는 자신의 책임을 목풍아에게 떠넘겼다.

　목풍아가 힘없이 말했다.

　"모두 내 탓이란 말이군. 하지만 생각해 보라구. 나는 충분히 자격이 있단 말이야. 천룡패주는 정삼품의 품계가 있는 암행관직이란 말이야. 정삼품이라면 삼처사첩쯤은 문제 될 것 없다구. 돈 많은 부농들과 장사꾼들도 서너 명의 첩을 두는 세상에 왜 나만 문제가 되냐구. 안 그래?"

　오괴와 독돈이 목풍아를 한심한 듯 바라보았다.

　"그래서요?"

　"방법이 없을까?"

　독돈이 말했다.

　"대장의 기운을 가라앉히는 수밖에 없을 것 같은데요?"

　"어떻게 하면 기운을 가라앉힐 수 있을까?"

　오괴가 말했다.

　"무당심법을 배우면 어떨까요?"

　독돈이 손을 내저으며 말했다.

　"까마귀야, 아서라."

　"어째서?"

　"만일 대상이 내공심법을 배웠다면 심화가 머리에까지 미치기 때문에 주화입마의 상태가 되기 쉽단 말이야. 대장은 무공에 대해 잘 모르는 초자란 말이야. 만에 하나 네가 대장에게 내공심법을 가르치고 대장이 심법대로 내공을 운용하다가 음심(淫心)을 품게 되면, 그 후에 일어날 상황은 어찌하겠느냐?"

“그도 그렇군. 워낙 밝히는 대장이니 내공심법을 가르치는 것도 문제군.”

오괴가 팔짱을 끼며 중얼거렸다.

목풍아가 엉덩이를 뒤로 빼며 울상이 되어 말했다.

“좋아하는 여자를 생각할 수도 없다면 나보고 죽으라는 말이잖아. 방법이 없을까?”

“원기가 왕성해서 일어난 일일 수도 있으니 한동안 기다려 보죠. 만약 자꾸만 이런 일이 생겨난다면 심각하게 생각해 봐야겠는데요.”

목풍아가 바지 가운데를 바라보다가 말했다.

“아직도 살아 있는데?”

오괴와 독돈이 불룩한 바지를 바라보며 머리를 내저었다.

“음. 심각한데요?”

“이런 제길…… 신은 나에게 왜 이런 엄청난 형벌을 주시는 거란 말이냐.”

목풍아는 고개를 푹 숙였다.

“자운곡엔 언제쯤 도착하지?”

“내일 정오 무렵에는 자운곡에 도착할 겁니다.”

“만에 하나 설연을 보고 바지가 선다거나 쌍코피를 다시 터뜨린다면 어쩌지?”

오괴와 독돈이 서로의 얼굴을 바라보고 큭큭거리고 웃다가 짠 듯이 말했다.

“그건 대장의 문제죠. 일시적인 현상일지도 모르니 기다려 보죠.”

목풍아는 아직도 죽지 않고 머리를 쳐든 바지를 내려다보다가 자신의 머리를 붙잡으며 절규하였다.

"크아아악. 싫다, 싫다. 이런 중요한 때에 어쩌자고 이런 일이 나에게 일어나는 거냐구. 빌어먹을…… 신이시여, 왜 하필 저에게만 이런 시련을 주시는 겁니까?"

눈앞이 깜깜하였다. 바로 내일이면 백련교의 교주가 될 판에 무슨 수를 내지 않고서는 안 되게 생겼다.

백련교의 교주가 시도 때도 없이 일어서는 색골이라는 소리를 들을 수는 없는 노릇이었다.

무거운 자리에는 무거운 처신이 필요한 법이다. 젊은 사내가 불끈불끈 일어나는 것이 흉이라 할 수는 없지만 앞으로 감당하게 될 자리가 자리인지라 무리 사이에서 자신의 단점을 감출 만한 수단이 필요하였다.

그때 독돈이 입을 열었다.

"염불을 외어보는 것은 어떨까요? 불경을 외다 보면 음욕이 가실지 모르지요. 으허허허."

"불경?"

목풍아는 순간 묘안이 떠올랐다.

다음날 목풍아는 붉은 가사를 걸치고 자운곡에 당도하였다. 갑자기 목풍아가 스님의 행색을 하고―머리는 본래 스님의 머리였으니 궁합이 잘 맞는다―자운곡에 도착하지 미리 출발하여 입구에서 목풍아의 마차를 맞이하는 설연이 목풍아를 보고 고개를 갸웃거리며 물었다.

"대인, 갑자기 스님의 행색을 하셨습니까?"

목풍아는 설연의 향기를 맡기 무섭게 아랫도리가 묵직해져 옴을 깨달았다. 오괴와 독돈이 힐끔힐끔 그곳을 바라보며 저희끼리 웃음을 지었다.

'빌어먹을……'

가사를 구하여 입은 것이 다행이라 생각하며 목풍아는 상기된 얼굴로 설연에게 말했다.

"설연아, 이 옷이 어떠냐?"

"그렇게 붉은 금란가사를 입으시니 대단한 법력이 있는 분 같아요."

"그렇게 보이지?"

"예. 그래서 옷이 날개라는 옛말이 있잖아요."

"그럼 내가 이 옷을 입지 않았다면 그저 그런 사람같이 보인단 말이냐?"

"그건 아니고…… 그렇게 입으신 것을 물어보시니 저는 그냥……."

"하하하. 알았다. 알았어. 네 마음을 알았다. 이왕 이렇게 차려입었으니 너는 지금부터 나를 목존자라고 부르도록 하거라."

"예? 목존자라구요?"

목풍아는 고개를 끄덕였다.

목존자는 언젠가 합비의 기루에서 흥에 겨워 떠들어대던 말이었으나 부득이한 사정으로 스님의 차림을 하게 되고 나니 훗일을 생각하여 붙인 이름이었다.

목풍아는 설연의 귀를 끌어당겨 귓속말을 하였다.

"내 정체에 대해 다른 사람에게 말하면 안 돼. 내가 관리라는 것은 더 더욱 밝히면 안 된단 말이다. 이건 너와 나만의 비밀이다."

설연이 상기된 얼굴로 고개를 끄덕끄덕하곤 조심스레 물러갔다. 독돈이 웃으며 말했다.

"으허허허. 대장, 젊음이 좋긴 좋네. 대장, 작업 들어가신 겁니까?"

"빈정대지 말라구. 나도 괴로우니까. 미인과 이야기하는 것이 지금 나에게 얼마나 고통스러운 일인지 알겠나? 내 분신이 죽지를 않으니 아파죽겠다구."

목풍아는 눈물이 찔끔찔끔 고인 것을 손으로 가리켰다.

오괴는 팔짱을 긴 채 콧방귀를 뀌면서도 내심 걱정이 되었다. 목풍아를 아끼기에 목풍아의 불행이 남의 일처럼 생각되지 않기 때문이었다. 혈기 때문에 일어난 일이라 생각하였지만 시간이 지날수록 대단환의 효력이 아닐까 하는 의문이 들었다. 그리 보면 자신의 책임이 없다고는 하지 못하였다.

스승인 장삼봉은 죽을 때까지 동자공을 지킨 사람이었고, 대단환을 복용하면 반드시 연공실에서 혼자 수련을 하였던 반면, 목풍아는 반대의 경우였기 때문이다. 그 때문에 상기(上氣)가 되어 조금의 음욕이 일어나도 발기가 되는 것인지도 모른다.

잠시 목풍아의 발기력을 떨어뜨리는 방법을 생각하던 오괴는 눈앞에 무인들이 좌우로 나열한 것을 보고 생각을 접었다.

월랑이 만반의 준비를 해놓았음인지 자운곡 입구에서부터 무인들이 대열을 맞추어 목풍아를 맞이하고 있었다.

독돈이 기분이 좋은지 싱글거리며 말했다.

"이거, 월랑이 대장의 체면을 세우기 위해 신경을 많이 쓴 것 같은데? 으허허허."

흑의를 입은 무인들이 좌우로 도열한 자운곡으로 난 길을 목풍아가 탄 마차는 유유히 지나갔다.

천길 구름다리 앞에서 마차가 멈추자 마차의 문이 열리며 오괴와 독

돈이 내리고, 그 뒤로 붉은 금란가사를 입은 목풍아가 근엄하게 내려섰
다.

좌우에 시립한 흑의인들의 시선이 금란가사를 입은 목풍아에게 집
중되었다.

공석으로 비워두었던 백련교의 교주가 될 사람이니 눈길이 가지 않
을 수 없었다.

수룡방의 곽도를 일합에 제압한 사내라는 이야기를 들었던 그들은
젊은 무인을 생각하고 있었으나, 뜻밖에 창연한 가사를 입은 하늘하늘
한 젊은 스님이 마차에서 내려서자 영문을 몰라 침을 꿀꺽 삼키었다.

대단한 능력을 지녔다는 소문과는 다르게 단정한 학승 같은 모습이
그들의 마음을 끌었다.

금박으로 연꽃 무늬가 선연한 붉은 가사가 햇빛에 비쳐 환한 법광을
일으키는 것 같았다.

목풍아는 나무같이 굳어 있는 흑의인들에게 공손하게 합장을 하였
다. 흑의인들 몇몇이 손을 모아 합장을 하다가 정신을 퍼뜩 차리고 원
래의 모습으로 돌아갔다.

먼저 출발하여 구름다리 앞에서 기다리고 있던 설연이 다가와 목풍
아에게 공손하게 인사를 하였다.

“목존자님, 이 다리를 건너시면 됩니다.”

야릇한 향기에 아랫도리가 또다시 고개를 쳐들기 시작하였다.

‘빌어먹을······.’

울고 싶었다. 이 자리에서 코피라도 흘린다면 무슨 망신이란 말인
가.

“알겠다.”

목풍아는 근엄하게 고개를 끄덕이며 마음속으로 불경을 외웠다. 어젯밤 급하게 공수한 불경을 외우는 수밖에는 도리가 없었다.

목풍아는 다른 생각을 하며 천천히 구름다리 앞으로 걸었다. 앞에서 사뿐사뿐 걷고 있는 설연의 뒷모습을 보니 얼굴이 붉게 달아올랐다. 아랫도리가 아파왔다.

갑자기 코가 시원해지며 뭔가가 흘러나오는 것이 느껴졌다.

'이런 씨발.'

목풍아는 갑자기 합장을 하듯 두 손으로 코를 막으며 추룡보를 밟기 시작하였다.

목풍아의 신형이 가볍게 설연을 스쳐 지나가 구름다리 가운데를 빠르게 나아가기 시작하였다.

"와!"

설연이 목풍아의 모습을 보고 탄성을 질렀다. 합장을 한 채 위태롭게 흔들리는 구름다리를 걷는 것처럼 갈 수 있는 것은 백련교 내에서도 신법이 상승의 경지에 오른 사람만이 가능한 것이었다.

'과연 무공이 대단하신 분이구나.'

설연이 이런 생각을 할 때 좌우에서 바람 소리가 일어나며 눈앞에 두 명의 신형이 구름다리를 건너고 있었다. 오괴와 독돈이었다.

절정의 고수답게 두 사람은 다리를 지탱하는 흔들리는 외줄을 하나씩 밟으며 빠르게 목풍아를 따라가고 있었다. 한 사람이 지나갈 만한 구름다리 위에서 세 사람이 함께 가고 있었으니, 실로 놀라운 광경이 틀림없었다.

구름다리 좌우에서 교주를 맞이하려던 교인들이 이 모습에 놀라 탄성을 질렀다.

목풍아가 코피 때문에 무작정 구름다리로 오른 것처럼 오괴와 독돈
은 목풍아가 코피가 터졌다는 것을 직감하고 그의 뒤를 따랐던 것이다.

목풍아는 사람들이 볼 수 없는 구름다리 가운데에서 걸음을 멈추었
다.

코를 막아 쥔 손을 살며시 펼쳐 보니 붉은 피가 묻어 나왔다.

'이런 제길…….'

욕이 마구 튀어나왔다. 빨간 가사 밑단으로 코피를 닦고 보니 눈앞
에 만장 같은 벼랑이다. 숨이 탁 막혔다.

휘이이잉~

차가운 바람이 얼굴을 때리고 지나갔다. 구름다리가 벼랑 사이에 걸
려 위태롭게 흔들리고 있었다. 벼랑 사이를 지나가는 강한 바람 때문
이다. 코피 때문에 신경 쓰지 못했던 목풍아가 얼른 두 개의 줄을 잡았
다.

이때였다. 앞뒤에서 두 개의 신형이 가볍게 내려섰다.

"대장, 괜찮습니까?"

앞에 서 있는 이는 오괴요, 뒤에 서 있는 이는 독돈이다.

목풍아가 울상을 지으며 말했다.

"미치겠다. 시도 때도 없이 피가 솟구치는데 어쩌지?"

독돈이 웃으며 말했다.

"으허허허. 그러게 여색을 너무 가까이하더라."

오괴가 말했다.

"설연과 가까이하지 마십시오. 큰일나겠습니다."

목풍아는 한숨을 내쉬었다

세상의 반이 여자인데 여자를 가까이하지 말라면 목풍아의 한 가지

인생의 낙이 줄어드는 것이다. 천하 백성의 안위를 빼곤 지금에 와서 미인을 만나는 것은 목풍아 인생의 전부인지도 모를 일이다. 생각하니 한숨이 절로 나왔다.

"코피는 멎었습니까?"

목풍아가 고개를 끄덕였다.

"터지기도 잘하더니 멎기도 잘해. 으허허허. 그러고 보면 대장이 붉은 금란가사를 입은 것은 타고난 선택 같네요. 피도 지혈하고 우뚝 서는 것도 감춰주고 말입니다."

"농담하지 말라구. 내가 금란가사를 입은 것은 그런 자잘한 이유도 있지만 더 큰 뜻이 있다구."

"무슨 뜻이 있는데요?"

"말하지면 수상개화(樹上開花)의 계책이라고나 할까?"

"그게 뭡니까?"

"수상개화(樹上開花)란 나무 위에 꽃을 피운다는 뜻으로 남의 병력을 빌려 적을 굴복시키는 책략이지. 사람은 상대방의 겉모습만 보고 판단하는 경향이 있다. 그러나 사람 속을 누가 알겠는가? 웬만큼 주의 깊게 관찰하지 않고서는 쉽사리 판단할 수 없는 일이지. 수상개화는 다시 허장성세와 금상첨화의 두 가지로 나누는데, 후자는 실제 드문 편이지만 내가 소호에서 이룬 것을 보고 허장성세라 이야기하는 자가 있겠는가?"

"그건 그렇군요."

"그렇지. 나는 어제 설연에게 대답을 통해 백련교의 정보망이 이미 소호에서 일어난 일을 속속들이 수뇌부뿐 아니라 교인들에게도 퍼진 것을 알았지. 하긴 내가 처음에 백련교에 흥미를 가진 것이 바로 그 정보망 때문이었으니 말이야. 이미 소호의 수적들을 평정하면서 그들을 부하로 만들었으며, 그것은 부인할 수 없는 사실이니, 이참에 그 위세를 이용하여 백련교의 교인들을 일거에 복종하도록 수작을 꾸미는 것이 바로 수상개화의 계책이라고 할 수 있지. 본의 아니게 중 노릇을 하게 생겼지만, 백련교가 미륵불을 모시던 종파였으니 이렇게 차려입은 것이 차라리 호감을 살 수도 있겠지.”

오괴가 고개를 끄덕였다.

“그렇군요. 그곳도 가리고 지혈도 하고, 백련교인들의 마음을 사는 여러 가지 책략이 있었군요.”

“이미 월랑이 내부에서 손을 써두었으니 내가 할 것이 있겠느냐만 이렇게나마 겉으로 위엄을 보여줘서 신비감도 주고, 백련교의 결속을 다지기도 하고 얼마나 좋은가. 상황에 따라 변화무쌍한 임기응변. 그것이 다른 환경에 있는 사람을 잡는 지름길이지. 발기와 코피가 문제라서 그렇지.”

독돈과 오괴가 고개를 끄덕였다. 사고가 굳은 사람이라면 자신의 뜻대로 고집을 부린다. 오괴는 목풍아가 상황에 따라 천변만화로 변화하는 사고를 가지고 있어 알아갈수록 더욱 그 속을 짐작하기 어렵다 생각하였다. 다행인 것은 자신이 목풍아의 측근으로 그 속마음을 들을 수 있다는 것이었다.

“발기하고 코피 문제를 해결하지 않고서는 대장의 일이 쉽게 풀리지 않겠는걸요?”

“제길. 머리 나는 것이 지상 최대의 과제였는데, 이젠 또 다른 문제가 생기다니⋯⋯.”

“그러게 말입니다.”

독돈이 구름다리를 건너오는 설연을 보곤 목풍아에게 말했다.

"대장, 설연이 오고 있는데요?"

"뭐라구? 빨리 건너가자. 그런데 내가 무슨 정신으로 여기까지 온 거지?"

오괴가 말했다.

"신법이 대단하던데요?"

"아!"

목풍아는 부지불식간에 몸에 익은 추룡보를 펼친 것을 생각하곤 재빨리 오괴에게 말했다.

"어서 가자구. 내가 따라갈 테니……."

오괴가 제운종을 전개하여 빠르게 나아가자 목풍아는 추룡보를 밟으며 그 뒤를 빠르게 달려가기 시작하였다. 흔들리는 구름다리에서도 흔들림이 없는 경신술이었다.

구름다리를 건너니 월랑이 비단옷을 입은 무인들과 함께 목풍아를 맞이하였다.

"대단한 경신술입니다. 문무 겸전하셨다는 말을 듣긴 하였지만 사실 저는 믿지 않았습니다만, 이제 대인의 모습을 보니 진실로 믿어지는군요."

"과찬의 말씀입니다."

'코피가 터진 일이 뜻밖에 득이 되었구나. 장 진인에게 배운 무공이 요긴하게 쓰이는군.'

목풍아는 주위에 둘러선 백련교의 수뇌부들을 바라보면서 안도의 숨을 내쉬었다. 그때 사박거리는 발자국 소리와 함께 설연이 다소곳하게 월랑의 옆에 섰다.

"대인께서 빨리 가시는 바람에 이제야 건너왔습니다."

부는 바람에 설연의 은은한 향기가 코끝을 스치기 시작하였다. 힐끔힐끔 목풍아를 바라보며 미소를 짓는 설연의 얼굴을 보고 있으려니 아랫도리에서 다시금 힘이 솟아나기 시작하였다.

'이런 제길…… 하필이면 이때에…….'

눈물이 핑 돌았다. 기가 막힌 일이었다.

어찌 되었든 백련교의 수뇌부들이 모인 곳에서 코피를 터뜨릴 수는 없는 노릇이다.

목풍아가 울그락불그락 얼굴을 붉히고 있으려니 월랑이 안내하였다.

"오늘은 신임 백련교주가 취임하는 날이라 백련교의 정예가 모두 모였답니다."

절벽 앞의 너른 공터에는 수많은 흑의인과 백의인, 청의인과 홍의인들이 질서 정연하게 모여 있었다.

월랑을 따라 걸음을 걸으니 아랫도리의 고통이 수그러들었다. 목풍아는 설연의 뒷모습을 볼까 두려워 주변의 경관을 살피는 것처럼 눈을 돌렸다. 목풍아가 이 위기를 벗어나는 길은 설연을 보지 않는 길밖에는 없었다. 그러나 사방의 경관이 보일 리가 없었다. 발기와 코피라는 난제 때문에 다른 생각을 하느라고 건성으로 지나쳐 새로 지은 누각으로 올라가니 마침내 고개를 들고 있던 물건이 수그러들었다.

'다행이다.'

목풍아가 안도의 숨을 내쉬며 전각 앞을 바라보았다.

"흠."

목풍아의 두 눈이 휘둥그레졌다.

전각 앞 너른 공터에 대오를 맞추어 서 있는 사색의 백련교인들은 건장한 사내들인데 반해, 그 앞에 대열을 이루어 서 있는 이들은 하늘거리는 비단옷을 입고 뽀얀 분을 바른 미인들이었기 때문이다.

옆친 데 덮친 격이었다. 사향 냄새가 바람에 실려 목풍아의 콧구멍을 자극하였다.

흑단 같은 눈을 들어 목풍아를 바라보는 미인들의 시선을 확인하기 무섭게 콧구멍에서 두 줄기 피가 주르르 터져 나왔다.

'신이시여……'

목풍아가 마음속으로 절규를 하는 사이에 미인들의 입에서 어마─ 하는 탄성이 흘러나왔다. 전각 아래에 모인 수천여 백련교도들의 시선이 분산되기 시작하였다.

월랑의 옆에 있던 설연이 목풍아의 코피를 보고 재빨리 말했다.

"대인의 코에서 피가……."

'또 시작했군.'

뒤편에 있던 오괴와 독돈이 목풍아의 좌우로 다가왔다.

"됐어."

목풍아자 재빨리 두 손을 들어 두 사람의 동작을 저지하였다. 이왕 이렇게 된 것 이제는 이판사판이었다. 코피쯤으로 당황하는 모습을 보여준다면 백련교도들의 마음을 빼앗을 수 없다.

목풍아는 진기를 끌어 모아 크게 소리쳤다.

"백련교의 교도들이여……."

커다란 음성이 절벽에 메아리쳤다.

전각 아래 모인 백련교도들이 붉은 가사를 입은 목풍아를 바라보았다. 크게 부릅뜬 눈과 코에서 흐르는 두 줄기 피가 우스꽝스러우면서도 비장한 광경을 연출하였다.

목풍아는 두 손을 번쩍 쳐들고 소리쳤다.

"우리는 오랜 시간 동안 이유없이 박해받았다. 그렇지 않은가?"

"그렇습니다."

커다란 목소리가 자운곡을 울렸다.

목풍아는 전각 앞에 도열한 교도들을 고개를 돌려 찬찬히 둘러보다가 소리쳤다.

"오랜 시간 동안 음지에서 숨어 지낼 수밖에 없었던 그대들을 보니 끓어오르는 피를 주체할 수 없구나."

목풍아는 붉은 가사를 입은 소매로 슬쩍 코피를 슥 닦았다. 그리고 아무렇지도 않은 듯 전각 아래 도열한 백련교도들을 바라보며 소리쳤다.

"달은 차면 기울기 마련. 이제 세상은 바뀌었다. 마교라는 오명 아래 음지에서 핍박받던 시대는 지났다. 이제 백련교는 마교의 때를 벗고 밝은 빛을 찾을 때이다."

"그렇습니다."

교도들이 환호하며 소리쳤다.

목풍아는 주먹을 불끈 쥐며 소리쳤다.

"가자. 이제 백련교는 밝은 자비의 빛을 천하에 뿌리는 종교가 되어야 한다. 연화정토의 세상. 사랑과 자비가 가득한 세상. 행복이 충만한 살기 좋은 세상을 만들기 위해 백련교가 일어서야 할 때가 왔다. 오랜 시간 잘 참아왔다. 이제 그 분노와 원한을 밝은 빛으로 환원하여 나와 함께 가지 않을 테가?"

교인들이 격앙된 목소리로 손을 쳐들고 소리쳤다.

"함께 가겠습니다."

그 목소리들이 자운곡을 쩌렁쩌렁하게 울리었다.

목풍아는 두 손을 번쩍 들고 크게 소리쳤다.

"가자. 나와 함께 가자. 그리하여 오욕과 탐욕으로 가득한 이 세상을 미륵불의 자비로 충만한 연화정토의 세상으로 만들어가자."

"와……."

백련교도들이 주먹을 번쩍 들고 환호성을 질렀다.

목풍아의 말은 희망이었다. 천자와 무림인들의 핍박에 오랫동안 숨어 지낼 수밖에 없었던 백련교에게 목풍아의 말은 꿈과 같은 말처럼 다가왔다. 그러나 왠지 충분히 이룰 수 있는 말처럼 생각되었다.

월랑의 옆에 있던 설연이 코피를 쏟으며 열변을 토하는 목풍아의 기세에 눌려 멍하니 바라보다가 손을 치켜들며 소리쳤다.

"목존자, 목존자."

'대장은 할 수 있을 거야.'

목풍아의 좌측에 서 있던 독돈은 꿈같은 이야기에 동화되어 나오는 눈물을 소매로 닦고 주먹을 불끈 쥐고 소리쳤다.

"목존자, 목존자……."

우측에 있던 오괴 역시 따라 하지 않을 수 없었다. 그 역시 주먹을 쥐고 목존자를 외쳤다.

"목존자, 목존자……."

전각 안에 있던 수뇌부들이 목존자를 따라 하기 시작하였다. 그것은 마치 전염병처럼 백련교도들 사이로 번져 나가 마침내는 자운곡이 목존자를 부르는 소리로 가득하였다.

"목존자, 목존자, 목존자……."

수백여 명의 사람들이 일제히 한목소리로 목존자를 부르자 그것은 묘한 감응으로 목풍아에게 다가왔다.

'아! 이들도 사람답게 살고 싶은 사람들. 무엇이 이들을 이렇게 나락으로 떨어뜨린 것일까?'

말하자면 이들도 역사의 희생양이었다. 주원장이 이들을 이용하여 권력을 잡았다는 것은 누구나 아는 이야기였다. 주원장이 천자가 되자 가장 먼저 시행한 것은 명교(明敎)라고 불리는 종교 집단을 토벌한 것이니 백련교 역시 그 칼날을 벗어나지 못하였다.

새로운 세상을 열기 위해 순수한 마음으로 목숨을 바친 사람들이건만 권력의 잣대로 인하여 음지로 빠질 수밖에 없었던 사람들이었다. 목풍아는 그런 이들의 소망을 감지하였던 것이다.

목풍아는 백련교도들과 한사람이 된 것처럼 싱글벙글 웃으며 두 손을 펼쳐 목존자를 연호하였다.

"목존자, 목존자……."

뒤편에서 목존자를 외치던 오괴는 목풍아의 임기응변 능력에 감탄하였다. 그는 무엇이 목풍아를 코피가 나게 한 것인지 알고 있다.

전각 바로 앞에 백련교의 정보망이 되는 기루의 미녀들이 집결하여 있었으니 뻔한 일이었다. 아마 금란가사에 숨은 바지 위로 무엇인가 불룩하게 솟아나 있을 것이 틀림없었다.

그는 목풍아가 백련교인들의 오랜 소망을 짚어냈다고는 생각하지 않고, 새로운 교주에 대한 호기심으로 충만한 이들의 앞에서 코피가 터진 위기 상황을 특유의 변설로 넘기는 임기응변의 재주를 놀랍게 생각하였다.

"역시 내 눈이 틀리지 않았군."

월랑은 몇 마디 말로 교도들의 마음을 휘어잡은 목풍아를 보고 마음이 흡족하였다.

백련교가 밝은 곳으로 나갈 수 있다는 것은 희망을 주는 말이었다. 더구나 목풍아가 천자의 명을 받고 있는 조정의 고위 대신임을 아는 월랑은 목풍아의 장담이 희망으로 다가왔다.

그렇게 생각하니 목풍아가 입은 금란가사가 의미가 있는 것처럼 생각되었다.

교인의 사열이 끝이 난 후 목풍아는 내전 깊숙한 곳에 있는 연화보전(蓮花寶殿)으로 안내되었다.

미륵섬과 같이 연화보전 가운데에도 커다란 미륵부처가 큰 키로 우뚝 서서 일행을 맞아주었다.

월랑이 연화보전 입구에서 목풍아에게 물었다.

"마지막으로 물어보고 싶은 것이 있습니다."

"무엇이든 물어보십시오."

"대인은 관직이 있으며 짊어진 중책이 많다고 들었습니다. 이제 교주님이 되고도 부담이 되지 않으시겠습니까?"

어쩌면 하나를 위해 하나를 포기하라는 말처럼도 들렸다. 쇠멸한 백련교를 여기까지 이끌어온 월랑다운 교묘한 질문이었다.

목풍아는 빙그레 웃으며 말했다.

"바람이 그물에 걸리지 않는 것은 형체가 없기 때문입니다."

"아! 그렇군요."

월랑은 정색을 하고 목풍아에게 합장을 하였다. 형체가 없을 정도로 크다는 것은 목풍아의 자신감을 말하는 것이다. 그녀는 목풍아가 교묘한 변설을 일삼는 사람이 아님을 느낌으로, 그런 말을 할 수 있다는 것은 마음속에 깨달음이 있다는 것을 짐작할 수 있었다.

월랑은 목풍아를 시험한 것을 부끄럽게 생각하며 목풍아를 연화보전 안으로 안내하였다.

석벽에 기둥을 세우고 기와를 이어 장대하게 만든 연화보전에서 월랑은 목풍아를 상석으로 앉히고 수뇌부들을 차례로 좌우에 앉히었다.

"설연을 보냈을 때, 이미 백련교의 수뇌부 내에서 대인을 교주님으로 하자는 결정이 끝난 상태였습니다. 이제 새롭게 백련교를 이끌어나갈 교주님께서 교단의 서열을 정해주셨으면 합니다."

목풍아가 좌우의 사람들을 바라보다가 월랑에게 말했다.

"나는 백련교 내부의 일을 알지 못합니다. 먼저 내부가 어떻게 돌아가고 있는지 들었으면 좋겠습니다."

"백련교는 아주 한(漢)대 이전부터 내려오는 종파로 미륵불을 믿는 불교 종파입니다. 흰 연꽃을 상징하며 억압받는 농민들에게 자비와 희망을 설파하여 왔습니다. 그러던 것이 원 말기에 이르러 관군과 무림인들의 탄압에 이렇게 자운곡에서 근근히 명맥을 유지하게 되었습니다."

목풍아가 턱을 쓰다듬으며 말했다.

"마교(魔敎)란 무엇이지요? 백련교도 세상에서는 마교라고 불리어지고 있는데 그렇게 사악한 집단입니까?"

월랑이 웃으며 말했다.

"같은 달도 움직이면서 보는 것과 움직이지 않고 보는 것은 천양지차의 차이가 나지요. 세사의 시각이 저희를 마교라고 규정지었을 뿐, 저희는 마교가 아닙니다."

"그럼 어째서 마교라 불리는 겁니까?"

"원말에 세상에 마교라 불리는 종파가 크게 번성했습니다. 하나는 강남 지방에서 일어난 명교이고, 또 하나는 황하 주변에서 일어난 저희 백련교입니다. 세상 사람들은 두 종파를 마교라는 이름으로 뭉뚱그려 하나인 것처럼 이야기하지만, 실상은 천양지차이지요. 명교는 서역에서 들어온 종교로 불을 숭상하며 상징으로 하는 반면, 저희는 흰 연꽃과 미륵불을 숭상합니다. 하지만 종교의 기본 원리는 비슷하다고 할 수 있겠지요. 원말에 진우량과 주원장이 새로운 세상을 만든다는 기치 하에 명교와 백련교를 이용하여 천하를 세웠습니다만, 명(明)이 건국된 후에는 토사구팽을 당하여 명교와 백련교는 쇠락의 길을 가게 되었습지요. 세상 사람들이 마교라고 부르는 것은 민중을 선동할 수 있는 힘을 가지고 있으므로 정치 권력자들이 그를 두려워하여 만들어낸 것입니다."

목풍아는 고개를 끄덕였다.

월랑이 깊게 읍을 하며 말했다.

"이제 대인께서 교주를 수락하시고 백련교를 빛으로 끌어올려 주신다 다짐하셨으니 저희는 성심을 다하여 교주를 따를 뿐입니다."

"정치 논리에 위배되어 괴멸된 백련교를 어둠에서 빛으로 끌어들이는 일이 쉬운 일만은 아니라 생각합니다. 하지만 이왕 제가 중책을 맡았으니 백련교의 사림들을 어둠 속에 숨어 있게 할 수는 없습니다. 모든 수단을 동원하여 세상 밖으로 자비의 빛을 뿌리내리도록 하겠습니다."

백련교의 수뇌부들이 일제히 머리를 숙여 읍하였다.

이내 월랑은 새롭게 정비된 백련교의 체계를 말해 주었다.

교주의 바로 아래 직속 제사장은 월랑이니 백련교 내부의 행사를 주관하며 살수들과 기녀들을 총괄하는 직책이었다.

교주를 보좌하는 금강좌사와 금강우사로 독돈과 오괴가 임명되었다. 오괴는 마교의 양사가 되는 것이 탐탁지 않았지만 그릇이 작다고 비웃을 독돈과 목풍아를 생각하곤 흔쾌히 수락하였다. 이들은 백련교의 대소사를 관장할 수 있으면 장로의 신분에 위치하였다.

그 아래 백연(白蓮), 흑수(黑樹), 청호(靑虎), 홍경(紅鏡)이라는 네 사람의 고수가 사대호법이 되었으니, 이들은 기존에 있던 독룡대를 백흑청홍의 네 대로 나누어 거느렸다.

예전의 규모는 아니었으나 목풍아를 중심으로 백련교가 체계를 잡게 된 것을 월랑은 기뻐하였다. 독돈 역시 마찬가지였다. 사대호법들의 인사를 받으며 독돈은 감회가 새로웠다. 목풍아를 믿는 마음이 철석같았으므로 그의 감회는 더욱 새로웠다.

"오괴야, 내가 어두운 동굴 속에 하염없이 갇혀 있었다면 어떻게 이런 기쁨을 누릴 수 있었겠느냐?"

"그렇구나."

"힘들고 어렵더라도 살다 보면 좋은 날이 찾아온다는 옛말이 하나 그른 게 없다. 으허허허."

독돈의 눈가에 눈물이 맺혀 있었다.

오괴는 독돈의 기쁨이 자신의 일처럼 느껴져 미소를 지었다. 한편으로 마교라 불리는 백련교를 목풍아가 어떻게 변화시켜 나갈지 궁금해졌다. 사대호법의 인사가 끝이 나자 월랑의 옆에 있던 설연이 살포시 나아가 인사를 하였다.

"백련교가 만들어놓은 기루와 여살수들을 맡게 된 난향단주(蘭香團

主) 설연이 인사드립니다."

목풍아의 얼굴이 창백하게 변하였다.

설연이 목풍아의 속도 모른 채 빙그레 웃으며 말했다.

"안휘성 일대의 이름난 도시에는 백련교가 비밀스럽게 운영하는 주루가 있습니다. 전각 아래에서 이미 보셨겠지만 주루의 기주들이 교주님께 인사를 드리러 와 있습니다."

말이 끝나기 무섭게 연화보전 안으로 사향 냄새를 가득 풍기며 하늘거리는 기녀들이 쏟아져 들어왔다.

목풍아의 좌우에 있던 오괴와 독돈의 두 눈이 황소처럼 휘둥그레졌다.

진향 향기를 일으키며 일렬로 도열한 기녀들이 일제히 인사를 하였다. 멍하니 앉아 있던 목풍아의 얼굴이 창백하게 변하였다.

"크, 크윽……."

목풍아의 두 눈동자가 한곳으로 모이더니 흰자위가 드러나며 고개가 뒤로 젖혀졌다.

순간 목풍아의 코에서 두 줄기 피가 튀어 올랐다.

"대, 대장."

오괴와 독돈이 목풍아를 바라보니 흰자위를 드러낸 채 큰대(大) 자로 기절한 다음이다.

"어맛. 저게 뭐야?"

설연의 목소리에 오괴와 독돈이 고개를 돌렸다.

설연이 얼굴을 붉힌 채 고개를 돌리고 부끄러운 모양으로 손가락을 가리키고 있었다.

'아니기를… 제발 아니기를…….'

오괴와 독돈이 마음속으로 간절하게 바라며 손가락이 가리키는 방향을 따라 시선을 돌리니 큰대 자로 기절한 목풍아의 가사 가운데가 불룩하게 튀어나와 있었다.

목풍아가 번뜩 정신을 차리니 오괴와 독돈의 얼굴이 함지박만하게 보인다. 그 옆에 월랑이 걱정스런 모습으로 목풍아를 바라보고 있었다.
"어떻게 된 거지?"
알면서도 모르는 척 오괴와 독돈에게 물었다.
월랑이 씽긋 웃으며 말했다.
"좌사와 우사에게 들었습니다. 무당 대단환을 복용하고 상기되어 그렇게 되었다고요. 다행히도 연화보전에는 백련교의 수뇌부들이 자리하고 있었기 때문에 불미한 이야기가 세는 일은 없도록 조치해 놓았습니다. 하긴 그것을 불미한 일이라고 하긴 그렇군요."
목풍아는 무안한 마음에 한숨을 내쉬었다.
월랑이 말했다.
"양기가 충만하면 충분히 그럴 수 있습니다. 좋은 일이면 좋은 일이지 나쁜 일은 아닙니다. 그러니 걱정하실 것은 없습니다."
"정말인가?"
"예. 교주님의 몸 안에 쌓인 공력이 많다는 것이니까요. 문제는 천보환이 문제입니다."
"그게 무슨 말인가?"
"대단환을 복용하시고 기운을 주체하실 수 없는데, 다시 천보환을 복용하실 수 있냐는 말입니다. 혹여 교주님의 몸에 무리가 간다면 천보환을 복용하지 않느니만 못하니까요."

천보환은 목풍아의 털에 대한 마지막 희망이었다. 이대로라면 털 없는 색마교주로 살아야 할 판이니 수단이 필요하였다.

"방법이 없을까? 이렇게 살 긴 싫은데……."

오괴가 고개를 갸웃거리며 말했다.

"그런데 이상하군요. 대장, 대장이 대단환을 복용한 후에는 그런 일이 없었잖아요. 어째서 갑자기 그렇게 비정상적으로 상기될 수 있는 거죠? 대장이 상기되기 전에는 어째서 정상적이었던 거죠?"

잠시 생각하던 목풍아가 눈을 크게 뜨며 무릎을 쳤다.

"그렇구나. 매일 연마하던 추풍신권을 거른 후부터 이런 현상이 시작되었어."

목풍아는 구름다리를 건널 때 순간적으로 온몸에 힘이 퍼지며 발기가 수그러들던 것을 떠올렸다. 곽도와 싸우기 전 하루 종일 추풍신권을 연마할 때는 이런 적이 없었던 것을 생각하면 장삼풍이 남긴 권경과 깊은 관계가 있다는 것을 짐작할 수 있었다.

목풍아는 자리에서 벌떡 일어나 월랑에게 말했다.

"월랑, 여기 연무장이 어디 있나?"

"교주님이 쓰시는 연공실은 석벽 안에 비밀리에 위치하고 있습니다."

"아니, 지금은 잠시 시험할 것이 있으니 넓은 공간이 좋겠어."

"연화보전 좌측 편에 연무장이 있습니다."

"좋아. 가자구. 정말 추풍신권과 상기되는 이유가 관계가 있는지 시험해 보자구."

목풍아는 연화보전 옆에 있는 연무장으로 가자마자 추룡보와 추풍신권을 시전하기 시작하였다. 순식간에 흙바닥에 먼지가 뿌옇게 일어나며 목풍아의 신형이 빠르게 움직이기 시작하였다.

오괴와 독돈은 목풍아가 배웠다는 장삼풍의 무공을 처음 보기 때문에 시선을 고정시키고 자세히 목풍아의 자세를 관찰하였다.

팡— 팡—

바닥을 차며 순식간에 좌우를 오가는 모습이 번개같다. 방향을 바꿀 때 땅을 구르는 것은 강한 진각을 동반하였으며, 그 반동으로 인해 생각지 못한 방위로 몸이 움직이는 것을 보고 독돈은 오괴의 얼굴을 바라보며 혀를 내둘렀다.

"장 진인은 정말 대단하군. 저런 발상을 어떻게 했을까?"

오괴는 사부를 칭찬하는 말에 마음이 흡족하여 고개를 끄덕였다.

"그렇지? 내가 보기에 저 무공은 하체의 단련과 보법 공부를 함께할 수 있도록 고안해 놓은 것 같아."

"음. 방향을 바꿀 때 들리는 진각 소리가 제법 큰 것을 보면 대장이 우리가 모르는 사이에 수련을 많이 쌓은 것 같군. 가만, 가만. 일도의 이야기를 들어보면 진각을 가지고 곽도의 발등을 부러뜨렸단 말이 되는데…… 으허허허. 과연 대장다운 발상이군. 무공의 기초가 되는 신법을 무공으로 사용하다니 말이야. 으허허허. 내가 한번 시험해 볼까?"

독돈이 훌쩍 몸을 날려 목풍아에게 달려들었다.

"내가 대장을 잡아보겠습니다."

"와하하하. 마음대로 하라구."

목풍아가 진각을 밟으며 바람처럼 독돈의 손아귀를 피하였다. 강한 진각의 여파로 목풍아는 생각할 수 없는 방위로 움직이고 있었다. 왼

쪽으로 움직일 것이라 짐작하면 오른쪽으로, 앞으로 다가올 것이라 생각하면 뒤쪽으로 목풍아는 움직였다.

"허허. 이거 참 묘한 신법이군."

독돈은 마치 미꾸라지를 잡는 사람처럼 허둥거렸다. 공력이 깊고 경신술의 절정에 이른 독돈이지만 기이하게도 목풍아는 쉽사리 잡히지 않았다.

'허허허. 장 진인이 대장에게 대단한 무공을 전수해 주셨구나.'

독돈은 혀를 두르며 그림자처럼 목풍아를 따랐다. 공력이 심후한 독돈은 마치 공이 구르는 것처럼 목풍아를 바짝 따라다녔으며, 목풍아는 독돈에게 잡힐세라 미꾸라지처럼 빠져나갔다. 그러나 독돈이 어떤 사람인가? 백련교 제일의 고수라 할 수 있는 독돈이었다. 목풍아의 그림자처럼 따라다니던 독돈은 목풍아가 방향을 바꾸려 진각을 밟는 순간 매처럼 손가락을 구부려 낚아채듯이 목풍아의 가사를 잡아당겼다.

찌익―

붉은 금란가사가 순식간에 독돈의 손아귀에서 너덜거렸다. 그러나 그와 함께 있어야 할 목풍아의 모습은 보이지 않았다.

"허허허. 귀신같은 신법이군."

독돈이 고개를 돌려 연화보전의 기와 지붕 위를 바라보니 승복을 입은 목풍아가 우두커니 앉아서 이마에 맺힌 땀을 닦고 있었다.

독돈이 물었다.

"대장, 그게 추풍신권이라는 겁니까?"

"아니, 이건 추룡보라는 거야."

"추룡보? 미꾸라지 보법이요?"

"그래, 어때?"

"정말 미꾸라지가 따로 없던데요? 내 손을 벗어나는 일이 쉬운 일이
아닌데……."

"와하하하. 그 정도 가지고 뭘…… 와하하하."

손을 허리에 대고 한바탕 크게 웃던 목풍아가 지붕에서 훌쩍 뛰어내
렸다. 고양이처럼 가벼운 몸놀림이었다.

"한바탕 뜀박질을 했더니만 온몸이 개운하네."

무예의 무 자도 모르던 목풍아가 그동안 이렇게 변한 것이 놀라운
오괴와 독돈이었다.

목풍아는 오괴의 옆에 서서 상기된 얼굴로 미소를 머금은 월랑에게
말했다.

"좋아. 이제 한번 시험해 보지. 설연을 데려오라구."

월랑이 빙그레 웃으며 뒤편에 멍하게 서 있는 하인에게 설연을 데려
오라 명하였다.

잠시 후 설연이 상기된 얼굴로 연무장을 찾았다.

"부르셨습니까?"

다소곳하게 고개를 숙인 설연의 뺨이 홍시처럼 붉었다. 고개를 들어
목풍아와 눈을 맞추지 못하는 것으로 미루어 좀 전의 일을 떠올리고
있음인지도 모를 일이다.

'제길.'

목풍아는 쥐구멍에라도 숨고 싶었지만, 장삼풍의 무공과 대단환의
인과관계를 밝히기 위해서는 어쩔 수 없는 일이라 생각하였다.

설연이 다소곳하게 다가왔다.

침을 꿀꺽 삼켰다. 이제 가사도 없으니 또다시 코피가 터지고, 발기
된다면 그야말로 개망신이 따로 없다.

설연은 눈을 마주치지 못하고 목풍아의 앞에 다소곳하게 자리하였다. 온몸에 힘이 들어갔다. 콧구멍에 야릇한 여인의 향기가 스쳐 갔다. 사향 냄새 같기도 하고 분 냄새 같기도 하였다.

목풍아가 상기된 얼굴로 말했다.

“설연아, 한 걸음 더 다가와 고개를 들어보거라.”

설연이 한 걸음을 디디고 목풍아의 바로 앞에서 찬찬히 고개를 들었다. 인형처럼 작은 얼굴에 큰 눈망울, 하얀 피부에 길고 오뚝한 코, 탐스럽게 붉은 도톰한 입술이 참으로 이국적인 미인이었다. 침을 꿀꺽 삼켰다.

“…….”

한동안 목풍아는 말없이 설연의 얼굴을 바라보았다. 설연은 붉게 상기된 얼굴로 목풍아를 바라보았다. 땀 때문에 눈썹 화장이 번진 얼굴이 우스꽝스러워 설연이 수줍게 미소를 지었다.

목풍아는 그런 설연을 바라보며 미소를 지었다.

‘괜찮다.’

신기하리만큼 반응이 없었다.

으레 터지던 코피도 나오지 않았으며 맹렬하게 피가 끓어올라 바지를 뚫으려던 욱일승천의 기세도 느껴지지 않았다.

마음속에서 기쁨이 솟구쳐 올랐다.

“설연이, 이제 괜찮디. 의히히히.”

목풍아는 고개를 갸웃거리는 설연에게 고개를 돌려 오괴와 독돈을 바라보며 소리쳤다.

“이제 괜찮다아~”

목풍아가 잠자코 있는 바지 가운데를 눈짓으로 가리켰다.

독돈이 포권을 취하며 말했다.

"으허허허. 다행입니다. 대장, 그렇지만 왠지 아깝다는 생각이 드는 이유는 뭘까요? 으허허허."

"놀릴 거리가 없어져서 그렇겠지."

오괴가 고개를 끄덕이며 말했다.

"과연 그것이 그렇게 된 거군요."

목풍아가 오괴에게 다가가 물었다.

"어째서 그런 현상이 일어나게 된 거지? 오괴는 짐작이 가는 모양이지?"

"네. 무인들이 하루도 거르지 않고 무예를 연마하는 이유는 습관이 되었기 때문입니다. 무예를 연마하는 것이 익숙하게 되면, 하루를 연마하지 않으면 온몸이 근질거릴 지경이 되지요. 무예를 익히는 자들 중에도 처음에는 불이라도 들어갈 것처럼 자신을 하지만 며칠 후에는 포기하는 자들이 속출하기 마련인데, 그것은 게으름과 나태 때문입니다. 의지가 굳은 자가 아니고서는 고수가 될 수 없는 법이지요. 사부님이 대장에게 남긴 것은 아무리 생각해 보아도 무공의 기초가 되는 신법과 보법 같습니다."

"신법과 보법이라구?"

"예. 제가 보기에는 그렇습니다. 근력을 키워주는 신법과 권법의 기초인 보법은 가장 중요한 무공의 기초이지요. 땅을 강하게 밟는 것은 진각이라는 것으로 하체를 튼튼하게 하고, 권과 장의 파괴력을 크게 하는 효과가 있지요."

"그럼 내가 배운 추풍신권이 무공이 아니었나?"

"대장이 무공으로 사용하셨으니 무공이겠지요. 진각을 이용하여 방향을 전환하는 법은 이전에 나온 적이 없는 방법이고, 진각을 발을 공격하는 수법으로 운용한 것은 과거에 생각한 적이 없는 독창적인 생각이니, 저로서는 뭐라 말씀을 드릴 수가 없네요. 천변만화하는 무학의 깊이를 누가 가늠할 수 있겠습니까? 저는 다만 사부님과 대장의 머리 속을 헤아릴 수 없으니 그것이 안타까울 따름입니다."

"으허허허. 장 진인과 대장이 죽이 잘 맞는 것 같은데요? 으허허허."

목풍아는 고개를 들어 하늘을 바라보았다.

'망할 영감, 지하에서 배를 잡고 웃고 있었겠군.'

장 진인의 의도를 알 것 같았다.

"무예를 꾸준히 연마하지 않으면 벌을 줄 테다, 이 대머리 자식아."

백발을 쓰다듬으며 호통을 치고는 크게 웃고 있는 장 진인의 모습이 눈에 선하였다.

"이거 장 진인에게 완전히 한 방 맞았는걸……."

목풍아는 자신의 민머리를 쓰다듬으며 멋쩍게 웃었다. 이제는 자의적으로 추룡보와 추풍신권을 연마하지 않으면 봉변을 당하게 생겼으니 목풍아가 결과적으로 장 진인의 술수에 넘어간 꼴이 되고 말았다.

'장 진인이 도를 통한 신선이라더니 참으로 놀라울 따름이다.'

어찌면 무공의 고수들이리면 알 만한 초보적인 신법과 보법을 무공으로 전환시키도록 목풍아를 시험한 것인지도 몰랐다. 생각할수록 장 진인이 놀랍기만 한 목풍아였다. 그때였다.

하늘에서 수리매 한 마리가 날아와 월랑의 어깨에 앉았다. 월랑은 수리매의 발톱에 달린 통에서 작은 쪽지를 꺼내 읽더니 목풍아에게 말했다.

"교주, 수룡방에서 급한 서신이 왔다 합니다."

"수룡방에서?"

잠시 후 흑의를 입은 사내 하나가 후원에서 달려왔다. 그는 서신을 들고 연화보전 앞에서 석상처럼 멈추어 섰다.

"연화보전 안으로는 허가받은 자 이외에는 들어올 수 없게 되어 있습니다."

설연이 친절하게 말을 마치고는 흑의인에게 다가가 서신을 받아왔다.

一刀

투박한 글자로 써 있는 이름을 보니 일도가 보낸 편지였다.

'와하하하. 일도 놈이 편지를 쓰리라고는 생각 못했는데……'

서신을 읽어보니 매끈한 필치로 정갈하게 쓰여져 있는 것이 조기의 글자다.

"그럼 그렇지, 글도 모르는 놈이 편지는 무슨……."

호탕하게 종이를 펼쳐 읽던 목풍아의 두 눈이 휘둥그레졌다. 끝까지 서신을 읽던 목풍아는 서신을 구기며 소리쳤다.

"이런 빌어먹을…… 남경으로 가야겠다."

일시에 사람들의 시선이 목풍아에게 집중되었다. 백련교의 교주가 된 지 하루도 안 된 시점에서 밑도 끝도 없이 남경으로 가겠다니 말이 안 되는 소리였다. 무언가 급한 일이 생긴 것이 틀림없었다.

오괴가 말했다.

“대장, 남경에 무슨 일이 생겼습니까?”

“빌어먹을 일이 생겼다. 황제가 공주를 시집보내려 한다는군. 가만히 앉아 내 사람을 뺏기게 생겼는데 이보다 급한 일이 어디 있어.”

“네?”

오괴와 독돈, 월랑과 설연이 서로의 얼굴을 바라보았다.

비공식 부마

제 2 장

비공식 부마

비공식 부마

목풍아는 다음날 아침 일찍 자운곡을 떠났다. 백련교주를 맡은 지하루도 안 되어 급작스럽게 일어난 일이었지만, 목풍아를 막는 사람은 아무도 없었다. 그 정도로 시급한 일임을 인식했기 때문이다.

'빌어먹을…… 깨끗하게 당했군.'

목풍아는 남경으로 가는 마차 안에서 이를 갈았다.

천하를 다투는 전쟁의 와중에 연경에서 목풍아가 내명부의 사람들과 친밀한 관계를 가지고 있었다는 것은 정화와 도연의 능력으로 충분히 알아낼 수 있는 일이었다.

목풍아가 소천과 소희 자매와 가까이 지내고 있다는 것은 암묵적으로 내명부에 퍼져 있는 이야기였다. 황후 서씨는 내심 공주들의 부마로 목풍아를 생각하고 있었으므로 정화와 도연의 귀에 들어갈 가능성이 있었다.

천하가 바뀐 후 눈엣가시 같은 목풍아가 부마가 된다면 그들에게 운신에 제약이 있을 것이라 판단을 했을 것이 틀림없었다. 부마란 황실에서 공주라는 커다란 방패막이를 가진 것이므로, 목풍아를 견제할 수 있는 수단이 필요했을 것이다.

너른 평원 끝에 구불거리는 강물이 햇빛에 번쩍거렸다.

"제길. 그놈들은 더 먼 곳을 보고 있었어."

목풍아는 연신 이를 바드득 갈았다. 모든 것이 치밀한 계책에서 나온 것이 틀림없었다.

어사의 임무를 부여받게 되면 임무를 완결하지 않고서는 황성 안으로 들어갈 수 없었다. 그것은 천룡패주가 되어서도 마찬가지로 국법으로 명시되어 있었다.

목풍아는 생사를 알 길 없는 건문제에 대한 임무로 말미암아 자연스럽게 황성을 떠나올 수밖에 없었던 것이다. 건문제의 일을 처리하지 않고서는 황성으로 돌아올 수 없으니, 반대 세력을 찾아내거나 건문제를 찾아내지 않고서는 목풍아는 영원히 황성에 갈 수 없었다.

결국 주소천과 주소희는 물론이거니와 가장 든든한 배후 세력인 주고치와도 만날 수 없는 형국이 되어버린 것이다.

이렇게 치밀하게 머리를 굴릴 자는 도연과 정화밖에 없었다. 아마도 도연이 이 계책을 정화에게 말하였고, 정화는 가까이 있는 영락제에게 건문제의 잔당을 막기 위해 목풍아를 몰아내는 계책을 내놓았는지도 모른다. 영락제는 민심의 수습과 건문제 잔당의 발호를 막기 위해 선뜻 목풍아에게 임무를 맡겼을 것이다. 자살로 꾸미라는 말과 함께 말이다.

일단 타살로 목풍아가 죽었다면 다음 차례는 주소천과 주소희이다. 목풍아를 좋아하였어도 죽은 목풍아에게 시집갈 수는 없는 노릇이다.

그들의 기억에서 자연스럽게 목풍아는 잊어져 갈 것이다.

참으로 치밀하고 교묘한 계책이 틀림없었다. 멍청이처럼 맥없이 당했다는 생각을 하니 화가 치밀었다.

"제길. 주소천과 주소희는 목풍아의 것이다. 내 것을 빼앗길 줄 알고……."

말은 이렇게 하였지만 앞일을 생각하면 암담하기 그지없었다.

도연이 남경 동쪽에 비밀 기구를 만들었다는 정보를 다시 되짚어 생각하니 이미 그들은 영락제의 다음 대(代)를 생각하고 있는지도 모름이다.

도연과 정화는 첫째인 주고치보다 둘째인 주고구와 전장에서 함께 고락을 나눈 정이 있으므로 주고치가 절대적으로 불리한 입장이다. 영락제가 조카에게 황위를 빼앗은 지금 첫째가 황제가 된다는 조항은 소용이 없는 것이다.

자신이 없는 지금 주고치가 의지할 수 있는 것이 무엇인가? 세력이 될 만한 사람들이 주고치에게는 없다. 세력이 없다면 권력 싸움에서 밀릴 수밖에 없는 것이 비정한 현실임을 감안할 때 주고치 역시 자신과 마찬가지로 고립무원의 처지에 놓인 것이 틀림없었다.

'이것들이 나를 보내놓고는 야금야금 권력을 향해 달려가고 있었구나.'

목풍아는 연방 한숨을 내쉬었다. 생각해 보면 도연과 정화를 너무 우습게 보았던 자신의 잘못이었다. 하지만 그렇게 하지 않으면 안 되게끔 만들어놓은 계책이었으니 어쩔 수 없는 노릇이었다.

'한꺼번에 두 공주를 시집보내려 한다니, 정말 치밀하군. 완전히 당했어. 에휴~'

　이대로 주소천과 주소희가 한꺼번에 다른 곳으로 시집을 가버린다면 목풍아는 정말로 외톨이가 되어버리는 것이다. 공주를 등에 업고 주고치를 밀어줄 수도 없으며 천하 백성들의 삶을 바꾸어놓을 수도 없다. 물론 그동안 정이 든 주소천과 주소희를 빼앗길 수도 없는 일이었으니 이중삼중으로 목풍아에게 괴로운 일이었다.

　마차 안에서 목풍아의 눈치를 살피던 독돈이 말했다.

　"대장, 힘을 내시라구요."

　"에구. 힘을 내야지. 내 것을 빼앗길 수 있나."

　말은 이렇게 하였지만 절로 한숨이 나왔다.

　독돈이 중얼거리듯 말했다.

　"천보환을 복용하고 왔으면 더 좋았을 텐데……."

　"지금은 이대로 남경으로 가는 것이 좋겠다. 머리가 날지 나지 않을지도 모르는데 시간과 공력을 애써 낭비할 필요도 없고, 이렇게 가야지 도연의 패거리들이 나를 알아보지 못할 테니까 말이야."

　오괴가 머리를 갸웃거리며 말했다.

　"그게 무슨 말씀입니까?"

　"우리가 남경에서 떠나온 지가 얼마지?"

　"다섯 달 가까이 되었습니다."

　"도연은 내가 이렇게 된 줄 모르고 있을 거야. 아니, 천자께서도 내기 털 없는 무모아기 된 줄은 꿈에도 생각지 못하고 있을걸? 친룡패주는 황도로 오지 못한다는 국법이 있는데, 국법을 무시하려면 변장밖에 수가 없단 말이야. 내 모습이 이렇게 변한 것이 그나마 다행이지."

　"으허허허. 그럼, 대장은 국법을 어기는 것이로군요."

　"그렇지. 지금 국법이고 나발이고 신경 쓸 때가 아니거든. 언젠가 관계(官係)에 대하여 이야기한 적이 있지만, 음흉한 인간들을 상대하는 데 정공법으로 상대하는 것은 자살하는 것이나 다름없는 일이란 말이야."

오괴가 고개를 갸웃거리며 말했다.

"도대체 그렇게 대장이 서두르는 이유를 모르겠습니다."

"내 여자를 내가 지키러 가는데 그것도 이유가 되나?"

"그건 아니지만…… 국법을 어기는 것이 되잖습니까?"

"이런 빌어먹을. 삼십오 년 동안 장 진인의 명령을 지키려던 사람 아니랄까 봐, 이러는 거야? 또 말해 줘야 하나? 나는 내 여자를 지키기 위해 국법을 어길 수 있는 사람이야. 알겠나?"

"대장."

목풍아가 자신의 입을 손으로 가리키며 더 말하지 말라는 표시를 하였다.

"오괴가 무슨 생각을 하고 있는지 짐작한다. 공주를 지키려는 것은 대장의 욕심 때문이 아니냐구. 하지만 이것 한 가지는 말해 주지. 종은 속이 텅 비어 있기 때문에 멀리까지 소리를 보낼 수 있다구. 나도 그렇다."

"제가 이해할 수 있도록 이야기를 해주세요."

"좋아. 그렇다면 간단하게 이야기를 해주지. 황실에 도연과 정화가 있다. 이들은 황제의 좌우 실세로 일찍이 나의 능력을 간파하고 천하가 바뀐 후 건문제의 일을 트집잡아 황도에서 멀리 보내 버렸단 말이야. 이제 정화는 황궁에서, 도연은 동창이라는 비밀 조직을 만들어 세를 넓히고 있는데, 그 이면에는 후계자 쟁탈전이라는 권력 쟁투가 도사리고 있단 말이다. 이제 두 명의 공주가 있어 부마를 정하는데, 도연과 정화의 패거리와 외척이 되어버린다면 후일에 그들의 힘은 나로서는 감당할 수 없는 지경이 되어버린단 말이야.

만일 첫째 황자님께서 권력에서 밀려나 버린다면 세상은 다시 혼돈 속으로 빠져 버리고 말 것이니, 그것이 문제란 말이다. 둘째 황자는 전쟁을 좋아하는 사람이라 그가 황제가 된다면 민생이 피폐될 것은 보지 않아도 뻔한 일이 될 터이니 명나라의 국운이 오래간다고 장담할 수 없단 말이다. 옛 속담에 싸움을 좋아하는 자 싸움으로 망한다 하였으니 일이 그렇게 되기 전에 막아야 하는 것이 내 임무란 말이야. 당장 아기가 우물에 빠지는 것을 나보고 지켜보고 있으란 말이냐?”

“…….”

오괴는 꿀 먹은 벙어리마냥 고개를 끄덕끄덕하였다. 매번 느끼는 것이지만 멀리 내다보는 심모는 확실히 목풍아를 당해낼 수 없었다.

“으허허허. 꼴좋다, 까막아.”

“흥.”

오괴가 콧방귀를 뀌며 고개를 돌렸다.

그날 저녁 무렵 마차는 소호에 도착하였으니, 목풍아는 그날 밤 연자도에서 곽다혜와 수선의 융성한 대접을 받았다. 그리고 다음날 목풍아는 수룡방의 배를 타고 장강을 따라 남경으로 내려갔다.

소호에서 강강으로 들어가니 굽이치는 넓은 강물이 목풍아의 마음을 후련하게 해주었다. 넓고도 넓은 장강의 강폭은 까마득하여 뿌옇게 흐린 강물처럼 끝을 알 수 없는 듯하였다.

선상의 누각에 앉아 차가운 바람을 맞으며 장강을 바라보고 드높은 파란 하늘을 바라보니 감회가 새로웠다.

십육 세에 연왕을 만난 후 벌써 삼 년이란 시간이 화살처럼 훌쩍 지나가 버리고 말았다. 늦은 가을이 지나고 겨울이 지나면 목풍아의 나이 약관. 연왕은 천자가 되었지만 목풍아는 잿바퀴 도는 다람쥐마냥 끝없는 길을 가고 있는 것 같았다.

'세상을 바꾼다는 것은 쉬운 일만은 아니다.'

어릴 적 마음먹은 굳은 다짐이 쉽게 이루어지지 않았다. 마음먹은 대로 되어온 세상살이라 생각하였지만, 세상은 그리 호락호락하지 않았다.

차가운 강바람이 소매 속으로 파고들었다.

"후~"

길게 숨을 내쉬며 손과 발을 바라보았다. 붓만 잡고 놀던 가냘픈 손가락에 힘이 느껴졌다.

이른 아침 발기력을 예방하기 위해 추풍신권과 추룡보를 연마하고 나왔던 터이다.

"하긴 노력에 이기는 장사는 없는 법이지."

탁자 맞은편 의자에 앉아 있던 독돈이 목풍아의 중얼거리는 말을 듣고 말했다.

"대장, 노력에 장사 없다니요? 매에 장사 없는 거 아닙니까?"

목풍아가 웃으며 말했다.

"내 말은 장 진인이 매일매일 꾸준히 무예를 연마하게 한 것을 말한 거야."

오괴가 검푸른빛 괴기스런 얼굴에 미소를 띠며 말했다.

"꾸준히 연마하지 않는 자는 높은 성취를 이루긴 힘든 법이죠."

목풍아가 웃으며 말했다.

"검일인적(劍一人敵)이라는 옛말이 있는데 그 뜻을 아는가?"

"검은 한 사람의 적이라구요?"

두 사람이 머리를 갸웃거렸다.

"병서에 나오는 말인데 검은 한 사람을 상대하는 데 그치는 기술이므로, 배울 만한 가치가 없다는 말이다. 하지만 하찮은 것이라도 배워 놓으면 어찌 쓸모가 없겠는가?"

"그건 그렇죠."

"어릴 적 나는 천하를 상대하려 생각하고 부단히도 책을 보았지. 책을 통째로 외우는 것은 어려운 일이지만 수십, 수백 번을 반복하니 결국 외워지게 되더군. 그렇게 하나둘 외워가니 어렵던 문구도 풀리기 시작하고 나중에는 외우는 것이 어렵지 않더군. 이해할 수 없는 문제는 몇 날 며칠을 고심하여 연구하니 나름대로 답을 찾아가게 되고 말이야. 노력에는 장사가 없는 것이야. 무공도 마찬가지일 테지?"

"그럼요."

오괴와 독돈은 고개를 끄덕였다.

독돈이 엄지손가락을 치켜올리며 말했다.

"제가 잡기 어려울 정도로, 저희가 나가 있는 사이에 정말 많이 늘었습니다. 대장, 저는 놀랍던데요?"

"와하하하. 별수있나? 곽도에게 안 맞아 죽으려고 죽도록 연습한 결과지. 영단의 덕분에 진도가 좀 빨랐을 뿐이지 대단한 것은 아니야. 독돈과 싸우면 한주먹 감도 안 되지."

"어허허허, 그건 그렇죠."

"생각해 보면 장 진인께서 나에게 말씀하시고 싶었던 것이 바로 그런 것이 아닌가 해. 부단히 노력하라고 말이야. 사욕을 채우려 하거나 노력을 게을리 하면 몸에 화를 입게 된다고 말이야."

“오!”

독돈이 감탄을 하며 고개를 끄덕였다.

“확실히 공부를 많이 한 대장이라 생각도 다르군요. 으허허허. 며칠 고생을 하더니 그런 기특한 생각을 다 하다니 말입니다. 으허허허.”

오괴와 독돈은 심려 깊은 목풍아의 말에 흐뭇한 미소를 지으며 서로의 얼굴을 바라보았다.

“와하하하. 하지만 천하 백성들만 편하고 내가 편하지 못하다면 무슨 소용이야. 천하 백성들도 좋고, 나도 좋아야지. 와하하하.”

오괴가 고개를 갸웃거리며 물었다.

“그게 무슨 말씀이십니까?”

“무슨 말인지 모르겠나?”

“예.”

“내가 편하고 좋아야 천하 백성들도 편하고 좋을 수 있단 말이지. 내가 잘 먹고 잘살아야 천하 백성들도 잘 먹고 잘살 수 있다는 말이야. 그러니까 반드시 내가 천자의 부마가 되어야 한단 말이야.”

오괴가 잠시 생각하다가 팔짱을 끼며 말했다.

“결국 여자를 더 늘린다는 말이잖아요.”

“이런 빌어먹을 오괴, 잘도 알아듣는군. 와하하하.”

“대장이 아니면 천하 백성들이 잘 먹고 잘살 수 없다고 생각하십니까?”

“와하하하. 너는 아직도 멀었구나. 지금의 천자는 무인이야. 그것도 야망이 큰 무인 출신이라구. 내가 아는 천자는 천자가 된 것에 만족하지 않는 사람이야. 전쟁이 일어나면 백성들은 곤궁하게 될 거란 말이야. 그러지 않길 바라지만 호전적인 성격이 강한 천자와 도연이 조정의 수뇌부로 있으니 머지않아 반드시 전쟁이 일어날 거다. 그렇게 되면 안집하려던 천하 백성들은 다시 곤궁에 빠지게 된다. 어쩌면 명나라가 산산이 갈라지게 될지도 모르지. 다시 천하의 영웅들이 일어서면 세상은 다시 아수라장이 되어버리고, 백성들은 도적이나 유랑민이 되어 세상을 떠돌게 되겠지. 내가 염려하는 것은 바로 그것이다. 전쟁은 자신이나 상대방을 피폐하게 만들 뿐 이득이 되는 것은 없으니까."

독돈이 말했다.

"대장은 싸우는 것이 싫습니까?"

"하나 이득이 없는데 무엇 때문에 싸워야 하나? 전쟁이란 남의 부모를 죽이고, 남의 자녀를 사로잡고, 남의 재산을 약탈하는 일이 아닌가. 그것이 날강도의 소행이 아니고 무엇이란 말인가. 가정을 피폐하게 만들고 국가의 힘을 약화시키는 것이 뭐가 좋단 말이냐?"

"음……."

하는 말마다 옳은 말이니 뭐라 대꾸할 것도 없다.

오괴가 말했다.

"맞는 말이지만, 대장을 가만히 보면 궤변론자같이 보이기도 합니다."

"와하하하. 제갈공명이 한 가지 전법만으로 적을 상대하지 않은 것처럼 나 역시 마찬가지야. 어떤 상황에서도 내가 유리한 방향으로 이끌어 나가기 위해서는 그때그때 상황에 따라 나 역시 달라져야 하는 거야. 그것이 궤변으로 들렸다면 할 수 없는 일이지만, 잠시 너희가 뭔가를 잊고 있는 것은 짚어줘야겠군."

"우리가 뭘 잊고 있나요?"

"잊고 있지. 너희 대장이 정치가라는 사실을 잊어버리지 마라. 궤변으로 들리든 옳은 소리로 들리든 상관하지 않는다. 나는 내 목표를 향해 꾸준하게 가고 있으니 말이야."

목풍아는 고개를 돌렸다. 넓은 장강의 물결이 뱃전에 부딪쳐 쉼없이 철썩거리는 소리를 일으켰다.

오괴와 독돈은 목풍아의 의젓한 뒷모습에 마음이 뿌듯하여 서로의 얼굴을 바라보며 엄지손가락을 치켜세웠다. 그때였다. 목풍아의 웃음소리가 흘러나왔다.

"이히히히. 이 강물을 따라가면 주소천과 주소희, 강민과 하소선이 있구나. 이히히히. 고것들 얼마나 변해 있을까? 이히히히……."

오괴와 독돈이 서로의 얼굴을 다시 바라보았다.

"그럼 그렇지, 그 바람이 어디 가려구?"

두 사람이 일제히 엄지손가락을 바닥으로 내렸다.

배는 사흘 후 남경에 도착하였다. 엊그제 떠나온 남경인데 벌써 많은 것이 바뀌어져 있었다. 강변에 커다란 주루와 건물들이 많이 들어서 있었으며, 오가는 상선들의 행렬에서 생동감 넘치는 활력을 느낄 수 있었다.

목풍아는 상선에서 내리자마자 오괴와 독돈과는 하소선의 집에서 만나기로 하고 남경성으로 향하였다.

높은 성벽이 둘러선 남경성은 태산처럼 높게 솟아 만인을 호령하는 듯하였다. 넓은 옹벽 사이로 취보문(聚寶門)이 보였다.

다섯 달 전 바로 이곳 취보문 앞 광장에서 방효유 등 수백여 명이 넘는 사람들이 형장의 이슬로 사라졌건만, 지금 그러한 피의 흔적은 인파의 행렬 속에서 자취가 없었다.

'인생사 덧없는 바람과 같구나.'

비참한 옛 기억을 떠올리며 잠시 회상에 잠겨 있던 목풍아는 끊임없이 성문으로 드나드는 사람들의 행렬에 파묻히다시피 취보문 안으로 들어갔다.

천룡패주의 신분이기에 성문을 들어서는 순간 어명을 어긴 것이요, 국법을 어긴 것이다.

관리의 신분으로 국법을 어긴다는 것이 부끄러운 일이지만 이런저런 것을 따졌다가는 아무것도 할 수 없다. 천하의 목풍아가 상대방이 원하는 대로 해줄 수는 없는 일이다.

더구나 주소천과 주소희는 궁중 깊은 곳에서 깊은 관계를 맺은 목풍아의 사람이니, 반드시 두 사람을 자신의 것으로 만들어야 하는 것은 자존심과 관계된 문제였다.

취보문 입구에서부터 관군들에 섞여 몇 명의 검은빛을 띤 붉은 옷을 입은 눈매가 날카로운 사내들을 발견할 수 있었다. 매처럼 매서운 눈빛으로 드나드는 사람들을 살피던 사내들이 관군과는 다른 신분이라는 것은 한눈에도 알아볼 수 있었다. 수십여 명의 관군들 사이에서 세 사람이 한조를 이루었는데, 검붉은 장포에 흰 가죽신이 대조를 이루었다.

'지놈들이 제기(緹騎)들이구나.'

명초 홍무제는 황제 직속으로 금의위(錦衣衛)라는 정보 기관을 만들었는데, 황제가 된 영락제는 그것을 확대하였다. 명의 군제는 오군도독부지만 그 외에도 상십이위(上十二衛)라는 것이 있었고, 금의위는 상 십이위 중의 한 단위였다. 도독부는 군대이고, 상십이위는 황제의 개인 군대라 할 수 있다. 황제는 가장 신임하는 자들을 금의위에 배속하였으니 심복 부대의 개념이었다. 그 장관은 지휘사이고, 대원은 제기(緹騎)라 불렀으니 검붉은 복장 때문이었다.

조기의 서신에는 도연이 홍무제가 만든 금의위의 조직을 나누어 관리하며, 제기들은 비밀 경찰로서 무소불위의 권력을 가지고 있다고 적혀 있었다. 표면적으로 떳떳하지 못하게 황제가 된 까닭에 악감정을 가진 반대 세력을 통제할 수단이 필요했을 것이다. 그 수단을 약점으로 삼아 도연은 황제를 등에 업고 비밀 조직의 힘을 키우고 있는 것이 틀림없었다. 제기란 곧 도연의 힘을 의미하는 것이다.

"제기, 제기랄 놈들."

염불을 외듯 욕을 중얼거리며 목풍아는 취보문을 나섰다. 대머리에 승려 복장을 한 터라 목풍아는 제기와 관군의 시선을 받지 않고 무사히 통과할 수 있었다.

눈에 익은 남경대로를 따라 호젓하게 걸어가던 목풍아는 서쪽 대로 골목으로 들어가 꼬불꼬불한 골목 끝 집 대문 앞에서 걸음을 멈추었다.

목풍아는 좌우를 둘러보다 대문을 바라보고 빙그레 웃었다. 미리 대비해 둔 보람이 있었다. 이렇게 남경에 목풍아의 비밀스런 집이 있다는 것을 누가 생각하겠는가. 더구나 예쁜 하소선을 생각하니 가슴이 벌렁거렸다.

목풍아는 대문을 쾅쾅 두드리며 소리쳤다.

"문을 열어라. 문을 열어라."

대문이 살짝 열리며 여종 하나가 머리를 빼꼼히 내밀었다.

"잠깐 기다려요. 공양미를 가져올 테니……."

목풍아가 급한 마음에 대문을 뻥 찼다.

"에구머니……."

대문이 부서지듯 활짝 열리며 여종이 튕겨져 바닥으로 굴렀다.

"이런, 괜찮으냐?"

추풍신권과 추룡보를 연마한 까닭인지 가볍게 내지른 발이었는데, 생각보다 강한 위력에 사람까지 나가떨어졌다.

목풍아가 다가오자 겁에 질린 여종이 부르짖었다.

"괴한이 들어왔다. 사람 살려요."

안채에서 건장한 하인들이 우르르 달려나왔다.

"이 중 놈이 여기가 어디라고 행패야. 죽고 싶은 거냐?"

목풍아가 기가 막혀 바닥에 침을 뱉으며 소리를 질렀다.

"이런 빌어먹을 놈들. 눈알은 어디다 놔두고 다니는 거야? 네놈들은 주인도 모르겠나?"

하인들이 목풍아의 내뱉는 듯한 욕지거리에 멍하니 바라보다가 갑자기 놀란 얼굴로 말했다.

"아이구, 대인께서…… 머리가……."

하인들이 일제히 고개를 숙이며 목풍아에게 인사를 하였다. 목풍아가 화를 참으며 고개를 끄덕끄덕하였다.

바닥에 있던 여종 역시 자세히 목풍아를 바라보다가 슬그머니 일어나 머리를 조아리며 인사를 하였다.

"대, 대인이신 줄 모르고…… 이년이 죽을죄를 지었습니다. 용서해 주십시오."

"몰골이 바뀌었으니 몰라볼 수도 있지. 다치지 않았느냐?"

"괜찮습니다요."

"그럼 용서해 주겠다. 마님은 안에 계시냐?"

여종이 자리에서 일어나 굽실거리며 말했다.

"손님이 와 계셔서 이야기를 나누고 계십니다. 제가 안내해 드리겠습니다."

여종이 얼굴을 붉히며 재빨리 앞장서기 시작하였다.

"잠깐."

목풍아는 여종을 멈추게 하곤 둘러선 하인들에게 말했다.

"천자의 어명으로 이곳에 비밀스럽게 왔으니 내가 왔다는 이야기를 밖에 흘리는 자가 있다면 살아남지 못하리라."

목풍아가 자신의 목을 손가락으로 그었다. 하인들이 새파랗게 질려 입 조심을 하겠다는 다짐을 하였다.

"이제 가도 좋다."

말이 떨어지기 무섭게 여종이 종종걸음으로 회랑을 따라가기 시작하였다. 목풍아는 가사를 휘적거리며 뒤를 따라가며 중얼거렸다.

"웃기느냐?"

여종이 고개를 숙이며 더욱 종종걸음으로 나아갔다. 아마도 마음속으로 목풍아의 털 없는 모습을 생각하고 웃고 있으리라.

"빌어먹을……."

여종을 따라 대청 안으로 들어가니 대청의 가운데 있는 탁자에 하소선과 관복을 입은 사나이 하나가 차를 마시고 있었다.

'저건 또 뭐야? 내전에 외간 남자를 들여도 되는 거야?'

이른 아침 공들여 그린 눈썹이 발끈 올라갔다.

목풍아가 여종을 따라 정청으로 들어가니 하소선이 고개를 돌려 말했다.

"웬 스님이냐?"

목풍아가 하소선의 말에 신경 쓰지 않고 사내를 바라보니 관복 입은 자는 다름 아닌 환관 왕보이다.

옥새를 가져오는 일로 공을 세운 왕보가 여긴 무슨 일인가. 그보다 서방도 몰라보는 하소선이 괘씸하다.

"이런 빌어먹을 계집, 너는 서방도 몰라보느냐?"

"뭐, 뭐라고?"

여종이 눈치를 살피며 하소선에게 고개를 끄덕였다.

목풍아의 얼굴을 찬찬히 살피던 하소선의 눈이 휘둥그레졌다. 그녀는 자리에서 일어나 놀란 얼굴로 목풍아에게 다가갔다.

"대, 대인, 이게 어떻게 된 일입니까?"

왕보 역시 자리에서 벌떡 일어나 목풍아 앞으로 다가와 고개를 꾸벅 숙였다.

"와, 왕보가 인사드립니다."

목풍아는 말없이 탁자로 걸어가 의자에 털썩 주저앉아 왕보에게 말했다.

"네가 여긴 무슨 일이냐?"

"그, 그것이…… 황자 전하의 심부름으로……."

"황자 전하의 심부름이라면 조기의 주루로 가면 될 것이 아니냐?"

"그, 그것이 제기들의 감시가 심해서 얼마 전부터는 이곳을 찾아와 이야기를 전하고 있습지요. 그러면 하 부인께서 비밀리에 조기에게 편지를 전달하고 있습지요."

"이런 빌어먹을 놈, 그렇다면 제기들이 너를 따라다닌다는 말이 아니냐? 이곳도 감시의 대상이 될 수 있단 말이잖아."

"그건 염려 마십시오. 얼마 전에 제 집을 하 부인의 옆집으로 옮겼습니다."

왕보는 손가락으로 옆집을 가리켰다.

"황자 전하의 명을 받아 집을 옮긴 다음이라 제기들은 제가 퇴청 후 집에만 틀어박혀 있는 줄 알고 안심하고 있습지요. 저는 담장에 구멍을 뚫어 황자 전하의 명이 있을 때마다 이곳에서 하 부인에게 이야기를 전하고 있습니다요."

"와하하하. 황자 전하께서 머리를 굴리셨군."

"그렇지 않아도 황자 전하께서 공주마마의 혼사 문제로 고심하시며 목 대인께서 곧 돌아오실 것이라 하셨는데, 이렇게 제기들의 눈을 피해 황성으로 무사히 돌아오시니 다행스럽습니다요."

심려가 깊은 주고치임은 목풍아가 알고 있는 바다. 확실히 차기 황제의 제목이 틀림없다.

목풍아는 여종이 따라주는 차를 한 잔 마시고 물었다.

"그래, 조정은 어떻게 돌아가고 있나?"

"조정 내부는 도연과 정화가 장악하고 있습지요. 두 사람 모두 재주가 뛰어난 사람들이고, 천자의 신임도 두터워서 단기간에 실권을 잡을 수 있었지요. 태조께서는 환관들의 정치 참여를 엄금하였는데, 정화는 사리 분별이 뛰어나다고 천자께서 신임하시는 형편이고, 도연 역시 정국 공신의 한 사람으로 황성의 치안과 금의위의 수장을 맡긴 탓에 조정의 관리들이 벌벌 떨면서 두려워하는 사람입니다요."

"제기랄. 내가 없는 사이에 다 말아먹었구만."

"한두 달 전에 목 대인께서 돌아가셨다는 이야기가 조정으로 올라와 한동안 발칵 뒤집혔지 뭡니까? 내명부의 서 황후님과 두 공주님의 상심이 크셨습니다."

"그래?"

목풍아의 입가에 미소가 피어올랐다.

아직 내명부라는 큰 세력이 남아 있다. 황자인 주고치 역시 내명부의 힘을 활용하려는 속셈이 틀림없었다. 그 중심에 목풍아가 있는 것이다.

"황자 전하께서 내가 살아 있다는 말을 하셨나?"

"하지 않은 것 같습니다. 목 대인이 오셔서 직접 말하는 게 좋다고 하시면서……."

주고치의 속셈을 알 것 같았다. 목풍아의 세 치 혀로 정화와 도연을 불신하게 만들기 위해 참고 기다리는 것이 틀림없었다.

'황자님이 정말 보통이 아닌데?'

목풍아가 빙그레 웃으면서 차를 마시곤 말했다.

"내가 황궁의 내명부 안으로 들어갈 수 있을까?"

"요즘 같으면 어렵습니다요. 금의위의 제기들이 샅샅이 수색을 할 터이니, 대인께서 변장을 하셨더라도 발각될 가능성이 높고요. 또 내명부 안에서도 정화의 심복 환관들이 많으니 쉽지 않을 겁니다요."

"그렇겠지, 천자가 바뀌었으니까."

"대인께서 황자님과 왕후님을 만나야 되는 일입니까?"

"반드시 만나야 되는 일이야. 그러니 내가 물어보는 것 아니냐?"

"황궁으로 숨어들어 가는 일은 꿈도 꾸시 못합니다."

"알아, 알고 있어."

목풍아는 자신의 머리를 쓰다듬으며 잠시 생각하다가 눈을 번쩍 떴다.

"남경에 유명한 절이 있나?"

왕보가 머리를 갸웃거리며 물었다.

"절이라면 개선사(開善寺)가 유명하지요."

"어디 있는데?"

"조양문 동남쪽에 있는 절인데, 양무제 때 세워졌다는 절입지요. 전란으로 자주 소실되어 그리 규모는 크지 않지만 남경에서 그나마 이름이 있는 절이지요."

잠시 생각하던 목풍아가 말했다.

"좋아. 내가 들어가지 못하면 찾아오게 하면 되지."

"예? 어, 어떻게?"

"그것은 내일 퇴청 후에 이야기해 주도록 하지. 황자 전하께 내가 왔으니 일간 만나게 될 거라고 이야기를 전하거라."

"예, 대인."

"좋아. 그럼 날이 잡히는 대로 나를 찾아오너라. 알겠느냐?"

"예, 대인."

"이제 가도 좋다."

왕보는 꾸벅 인사를 하고 머리를 갸웃거리며 하인을 따라 후원으로 나갔다.

목풍아는 의자에 앉아 있는 하소선을 힐끗 바라보며 말했다.

"이런 몹쓸 계집, 서방을 한눈에 알아보지 못하다니……."

하소선이 사랑스런 얼굴로 목풍아의 목을 껴안고 눈을 바라보며 말했다.

"호호호. 천하절색인 목 대인께서 까까머리 목존자가 되어 있으리라곤 상상을 못했지요."

"이런 빌어먹을 년이 있나? 이 목존자를 놀리는 것이냐?"

"호호호. 귀엽기도 하셔라. 이 하소선은 밤마다 목 대인을 꿈에서 그렸답니다. 그런데 갑자기 근엄하신 불자가 되어 광채를 일으키며 나타나셨으니, 저의 빌어먹을 눈이 어찌 목 대인을 한눈에 알아보겠습니까?"

하소선이 목풍아의 대머리에 입을 맞추었다. 목풍아는 하소선의 은은한 향기에 마음이 스르르 풀리었다.

하소선이 귓가에서 소곤거렸다.

"여자의 마음은 갈대라고 하더니 그 말이 맞는 것 같습니다."

"마음이 변했단 말인고?"

"네. 어제까지는 목 대인이 좋았는데, 오늘 갑자기 목존자라는 스님이 마음에 들어오는 것을 보면 여자가 간사하다는 말이 참말 같습니다."

하소선은 목풍아의 뺨에 입을 맞추었다.

목풍아의 몸이 화끈 달아올랐다.

"오우! 하소선이 오늘 목존자를 잡는구나."

하소선이 교태스런 얼굴로 목풍아를 노려보았다.

"두 공주를 어쩌려고 하는 거죠, 목존자?"

"뭐, 뭘 어째?"

"머리를 민다고 그 바람기가 어디 가나요?"

"무, 무슨 소리야?"

"호호호. 이 하소선을 너무 우습게 보지 말라구요. 대인께서 공주들에게 수작을 걸었다는 것을 모를 줄 알구요?"

"그, 그 이야기를 누구에게 들었지?"

"호호호. 당신의 수족에게 들었죠."

하소선이 생긋 웃으며 눈 옆에 일자를 그렸다.

"이, 일도, 이 빌어먹을 놈."

"호호호. 꼬치꼬치 캐물었더니 바로 실토를 하더군요. 제 유도 심문에 넘어간 것이니 일도를 탓할 것은 없어요."

목풍아는 자신의 머리를 쓰다듬었다.

"그래 바깥에 공무를 보러 나가서도 예쁜 여자를 둘이나 만들어두셨더군요. 왕보에게 들어보니 두 공주의 성질이 만만치 않다던데, 대인께서 여자들을 수없이 달고 다닌다는 사실을 알면 어떡할까? 걱정되는군요."

'이 자식, 일도, 오기만 해봐라.'

목풍아는 하소선에게 울상을 지으며 말했다.

"소선아, 제발 그런 말은 하지 말아줘. 첫째인 주소천은 한고조의 부인인 여태후(呂太后) 같아서 내가 너를 총애하였다는 말을 들으면 질투심에 당장 하소선의 팔다리를 자르고 코와 귀를 잘라 인간 돼지로 만들어 버리고 말 거라구. 둘째인 주소희는 또 어떻고. 매일 매일 너를 가둔 우리로 찾아와 너에게 구정물을 먹이면서 나와의 다정스러운 모습을 보여주며 복수하려 할 텐데, 그럼 어떡하지? 내가 입을 열면 네가 온전치 못할 것인데, 네가 스스로 화를 자처하려 하니 나는 어찌해야 할지 모르겠구나."

하소선의 웃는 얼굴에 미소가 싹 가셨다. 한고조 유방의 아내인 여태후(呂太后)는 생전에 유방이 총애하던 척부인의 두 귀를 불로 지지고, 벙어리가 되는 약을 억지로 먹였으며, 두 눈을 파내고 사지를 자른후 변소에 버려 인간 돼지를 만들어 버렸다.

입을 잘못 놀리면 도리어 큰 화를 입는다는 반어적인 말에 하소선은 등줄기가 서늘하여 웃음이 싹 가시고 말았다.

입으로는 당할 수 없는 목풍아였다.

"당신은 정말……."

"와하하하. 성질은 여전하구나. 귀여운 것. 이 목존자께서 한번 안 아볼까나."

목풍아가 뾰로통한 얼굴로 고개를 돌린 하소선을 껴안았다.

"와하하하. 내가 없는 사이에 엉덩이에 뿔이 달린 것 아닌가?"

목풍아가 엉덩이를 다독거렸다.

하소선은 얼굴이 복숭아처럼 물들어서는 교태스러운 아양을 떨었다.

"하인들이 보겠습니다."

"와하하하. 보라지. 엉덩이에 뿔도 없는 것이 왜 이리 사납게 굴까?"

목풍아가 하소선의 입에 가볍게 입맞춤을 하였다.

"그건 그렇고, 대인은 어떻게 황후와 공주님을 만나실 작정이십니까?"

"그건 말해 줄 수 없는데?"

"대인은 이 하소선을 못 믿으시겠습니까?"

"와하하하. 내가 왜 못 믿어?"

"그럼 이야기를 해주세요."

"나중에……."

실랑이를 하는 사이에 정청으로 세 사람이 하인과 함께 들어왔다. 머리를 빡빡 민 오괴와 독돈, 그리고 일도였다. 오괴와 독돈은 의자에 앉아 하소선의 엉덩이를 다독거리는 목풍아를 보곤 팔짱을 끼며 코웃음을 쳤다.

"색골."

하소선이 얼른 목풍아의 품에서 빠져나오자 오괴와 독돈 사이에서 일도가 울부짖으며 뛰어와 목풍아에게 안기었다.

"대, 대장, 오셨습니까? 대장이 오시기만을 일도는 기다렸습니다."

"이런 빌어먹을 놈, 징그럽다."

하소선에게 가볍게 입을 놀린 것을 문제 삼아 혼을 내주고 싶었지만 하소선의 유도 심문에 당한 것이니만큼 한 번은 참아주기로 하였다.

"조기는?"

"좀 늦었습니다."

정청 안으로 조기가 들어와 꾸벅 인사를 하였다.

"남경에서 가장 큰 주루를 손에 넣고 있다 보니 작은 일에도 경계가 되는군요. 제기 하나가 따라오는 것 같아서 따돌리고 오느라 늦었습니다."

"음. 과연 조기답군."

목풍아는 하소선으로 하여금 탁자에 의자를 다시 배치하도록 하였다. 둥그런 탁자에 목풍아, 오괴, 독돈, 조기가 앉아 있고 일도는 목풍아의 뒤편에 섰다.

하소선이 차를 가지고 들어와 한 사람씩 따라주었다.

차를 한 잔 마신 후 목풍아가 물었다.

"조정 안에 새롭게 들리는 이야기는 없는가? 공주의 부마로 유력한 사람이라든지 말이야."

"대부분 편지에서 말씀드렸지만 유력한 부마 후보로 조정에서는 정국 공신인 이빈(李彬)의 아들 이관(李貫)과 서충(徐忠)의 아들 서극기(徐

克己)를 밀고 있는 듯합니다. 이빈은 우군장(右軍將)으로 서충은 전군장(前軍將)으로 공을 세운 무장인데, 그들의 자식들을 사위로 삼으려는 것을 보면 내부적으로 군사력을 확실히 하여 건문제로 인해 이완되기 쉬운 민심을 잡으려는 속셈 같습니다."

"이건 좋지 않아. 어째서 그런가 하면, 천자가 자신이 천하를 무력으로 세웠다는 것을 자인하는 것이나 다름없기에 그렇단 말이야. 더구나 이빈과 서충은 도연과 친분이 있고, 전장에서 정이 깊은 사람들이니 도연의 입김이 조정 내에서 작용하고 있다는 말이나 다를 바가 없어."

"네. 맞습니다. 조정 대신들치고 도연을 두려워하지 않는 사람이 없습니다. 금의위의 수장이 되어서는 그의 권세를 건드릴 사람은 천자 이외에는 없다고 하는 판국입니다."

"천자가 도연을 신임하고 있으니 더욱 그렇겠지."

"급하게 돌아오신 것을 보면 대장도 이런 국면을 심각하게 보시고 있다는 것인데, 어떻게 하실 작정이십니까?"

"뭘 어떻게 해. 원래 두 공주는 내 거야. 내가 바로 비공식 부마란 말이다. 원래 내 것이었으니 내가 가져야지."

"비공식 부마라구요? 대장, 어떻게 하시려구요? 대장이 황성에 오신 것은 국법을 어긴 일이니, 천자를 만날 수도 없으려니와 궁궐에는 더디오 들이갈 수 없으니 무슨 수로 황후마마의 공주님, 그리고 황제님을 대면하시려구요."

"내가 다 생각이 있어."

"무슨 계책이라도?"

"내일 나는 개선사를 접수한다."

“예? 개선사를 접수하신다구요?”

“응.”

목풍아는 자신의 머리를 쓰다듬으며 빙그레 미소를 지었다.

제 3 장

생불(生佛) 목존자

다음날 목풍아는 오괴와 독돈, 일도와 함께 승려 차림으로 황성의 동문인 조양문을 나서서 개선사(開善寺)로 향하였다.

동문을 빠져나가 한참을 가다 보니 빼곡한 옻나무 숲인 칠원이 나왔고, 그곳 사람에게 물어 개선사로 난 길을 가다 보니 골짜기 안에 작은 절이 하나 나타났다.

개선사(開善寺). 이곳은 양무제가 세웠던 수많은 절 가운데 하나로 무수한 병화 속에서 근근히 명맥을 유지해 오는 작은 절이었다. 황성에서 떨어진 울창한 삼림 속에 위치하고 있는 까닭에 병화의 피해를 적게 입은 탓인지도 몰랐다.

산중에 난 부도와 탑신을 지나며 목풍아는 근엄하게 말했다.

"개선사라. 머지않아 이 절의 이름이 바뀌겠구나."

옆에 있던 일도가 물었다.

"무슨 말씀입니까, 대장?"

"신령한 생불(生佛)이 개선사에 자리를 잡아 덕을 보게 되면 나라에서 이름을 바꿔주기 마련이지. 와하하하."

목풍아는 가사를 펄럭거리며 개선사 산문을 향하여 성큼성큼 들어갔다.

뒤따라 걸음을 걷던 오괴와 독돈은 무슨 생각을 하고 있는지 알 길이 없어 서로의 얼굴을 바라보다 그 뒤를 따랐다.

마당을 쓸던 젊은 스님 몇 사람이 금란가사를 입은 목풍아와 험상궂게 생긴 스님 세 사람이 따라 들어오자 서로의 얼굴을 바라보다 천천히 다가와 합장을 하였다.

목풍아가 합장을 하며 말했다.

"주지스님, 계십니까?"

"네. 그런데 주지스님을 찾는 시주께서는 뉘시며, 무슨 일로 찾아오셨습니까?"

"와하하하. 나는 서역에서 온 목존자라 하는데, 남경을 지나던 중에 어젯밤 우연히 개선사 하늘에서 금빛 광휘가 일어나는 것을 보고 이렇게 찾아왔습니다. 뒤에 있는 사람들은 나를 따르는 제자들이지요."

젊은 스님이 바라보니 목존자라는 이는 새파랗게 젊은데 반해 제자들이란 사람들은 나이가 많아 보이는데다 험상궂게 생겨 그 말이 곧이곧대로 믿기지 않았다. 하지만 절을 찾아온 손님들을 험악하게 생겼다고 내쫓기도 그러하고, 잘못하였다가는 험악하게 생긴 스님들에게 위태한 꼴을 당할 것 같아 슬금슬금 눈치를 보며 목풍아를 무량수전으로 안내한 후에 주지스님을 불렀다.

잠시 후 얼굴이 대추처럼 쪼글쪼글한 늙은 스님과 십여 명 정도의 스님들이 그 뒤를 따라 무량수전으로 들어왔다.

쇠락한 절의 규모로 봐서 스님들의 수가 많아야 이십여 명 정도임을 짐작하던 터라 마당에서 비질을 하며 눈치를 살피는 젊은 행자들의 수를 감안하면, 개선사의 스님들이 모두 몰려온 것이 틀림없었다.

늙은 스님이 합장을 하며 말했다.

"개선사의 주지인 혜가(慧可)라 합니다. 서역에서 오셨다구요."

목풍아는 공손하게 합장을 하며 말했다.

"예. 제자들과 함께 남경을 구경하던 차였습니다."

"듣자하니 어젯밤 개선사 하늘 위에서 금빛 광휘가 있었다면서요?"

"하하하. 사실 어젯밤 꿈에 제가 관음보살을 만났습니다."

혜가의 눈이 휘둥그레졌다.

"예?"

혜가의 뒤에 둘러서 있던 스님들이 서로의 얼굴을 바라보았다. 믿음이 가지 않는 말이었다. 어찌 믿음이 갈 수 있겠는가. 새파랗게 젊은 목존자라는 자가 거짓말을 하는 것일지도 모르는 일이니, 곧이곧대로 믿을 수 없었다.

혜가가 합장을 하며 말했다.

"스님의 법력이 대단하신 모양이구려. 나는 팔십 평생을 불법을 공부하였지만, 관음보살님의 발가락도 보지 못하였습니다. 그런데 젊은 나이에 관음보살님을 만나다니 대단하십니다."

놀라움과 비꼼이 교차된 말이었다.

목풍아는 개의치 않고 빙그레 웃으며 합장을 하였다.

"과찬이십니다. 관음보살님의 말씀이 머잖아 개선사에 황후마마가 찾아오실 것이니, 내가 가서 주지스님을 도와주라 하시더군요. 그래서 그냥 지나칠 수가 없어 이렇게 찾아온 것입니다."

"예? 황후마마께서요?"

혜가의 작은 눈이 크게 떠졌다. 뒤에 둘러서 있던 스님들도 놀란 얼굴로 서로의 얼굴을 쳐다보았다.

황후마마가 찾아온다는 것은 실로 엄청난 일이 아닐 수 없었다. 그렇게만 된다면 개선사가 다시 한 번 중흥을 맞이하는 것이다.

"저, 정말이십니까?"

"틀림없이 그렇게 들었습니다. 관음보살님의 음성과 모습이 아직도 생생하게 기억이 나는걸요. 백옥같은 피부와 날씬한 허리, 가늘고 긴 손마디에 버들가지를 들고 있었습니다. 얼굴을 자세히 바라보니 계란처럼 동그란 얼굴에 마늘쪽 같은 콧날이 복스럽게 보이는데, 머리 주위로 빛나는 광배가 눈을 어지럽게 하더군요."

"오!"

사람들이 탄성을 질렀다.

오괴와 독돈, 일도는 웃음이 나오는 것을 참았다. 하소선의 인상착의를 관음보살이라고 그럴듯하게 말하는 것이 영락없는 사기꾼이었다. 웃기는 것은 그런 사기에 놀랍게도 사람들이 반응을 보인다는 것이다.

목풍아가 혜가와 승려들을 둘러보며 말했다.

"제 말이 믿기지 않으실지 모르겠습니다만, 며칠 안에 반드시 소식이 있을 것입니다."

목풍아는 가만히 눈을 감고 부처님처럼 생각에 잠긴 듯하더니, 갑자기 눈을 번쩍 떠서 손가락 두 개를 펼쳤다.

"앞으로 이틀 후에 환관 하나가 주지스님을 찾아올 것입니다."

"예?"

혜가는 얼떨떨한 표정이 되어 있었다.

목풍아는 갑자기 합장을 하며 중얼거렸다.

"관음보살님도 너무하시지. 이렇게 신심(信心)이 없는 곳으로 나를 보내시다니…… 나를 시험하심인가? 아미타불……."

목풍아는 자리에서 벌떡 일어나 혜가에게 말했다.

"아무래도 이틀 후에나 내가 한 말을 알아들으실 것 같구려. 나는 그만 가오. 잘해보시오."

목풍아는 가사를 떨치며 오괴와 독돈, 일도에게 말했다.

"가자꾸나."

세 사람이 자리에서 일어나 목풍아의 뒤를 따라 무량수전을 나가려 할 때였다.

"잠깐 기다려 주시오."

혜가가 손을 젓고 있었다.

"왜 그러십니까?"

짧은 순간 노스님의 머리에서 여러 가지 생각이 교차하였다. 신심(信心)을 잃은 늙은 불자. 관음보살을 현몽한 신심이 돈독한 젊은 불자. 상대방을 의심하는 노파심은 개선사의 주지로서 신심이 돈독치 못하다는 죄책감으로 나타났다.

"기, 기다려 주시오."

혜가는 쪼글쪼글한 눈으로 잠시 목풍아를 바라보았다. 까맣게 빛나는 눈빛이 태평스럽게 혜가를 바라보고 있었다. 거짓이라고 하기에는 개선사가 밑질 것이 없는 말이었다.

목존자라는 자에게 이득이 생기는 것도 아니었으며, 전적으로 개선사에 좋은 일이 생기는 것이니 사기를 친다고 생각할 수도 없었다.

"스님, 법력이 높다면 시험해 보면 될 것이 아닙니까?"

험상궂은 스님 하나가 스님들 사이에서 불쑥 튀어나와 목풍아에게 말했다. 이 스님은 개선사의 주방장인 혜성(慧成) 스님으로 말 안 되는 선문답(禪問答)하기를 좋아하는 사람이다.

"목존자, 내가 그대를 시험해 보겠소. 내가 묻는 말에 대답하기 바라오."

목풍아는 머리를 갸웃거리며 말했다.

"뭐요?"

"내가 바로 관음보살이오. 그렇다면 그대는 뭐요?"

목풍아는 빤히 혜성을 바라보았다.

'뭔 개소리냐?'

통통한 몸집에 득의양양한 미소를 지으며 바라보는 혜성 스님을 바라보니 부화가 치밀었다.

주위를 둘러보니 불상 앞에 커다란 목탁 하나가 있다.

목풍아는 성큼성큼 걸어가 목탁을 집어 들고 혜성에게 다가가 빙그레 웃으며 말했다.

"미친 개에는 매가 약이다."

이내 목탁으로 혜성의 머리를 마구 때렸다.

"어이구. 사람잡는다."

혜성 스님이 머리를 부여삽으며 부랴수선을 마구 뛰어다녔다.

"나는 관음보살도 수틀리면 때리는 사람이다. 이 미친놈아, 그런 짓으로 얼마나 많은 불자들에게 사기를 쳤느냐."

목풍아는 추룡보로 빠르게 혜성 스님을 따라다니며 목탁으로 마구 때렸다. 바람 같은 추룡보에 스님들이 놀라면서 비명을 질렀다.

“어이구, 살려.”

이마가 터진 혜성이 비명을 지르며 악착같이 도망을 쳤다. 덩달아 승려들이 불벼락을 맞을까 싶어 혜성을 피해 이리저리 도망을 치기 시작하였다. 목풍아가 목탁을 들고 달려가면 겁에 질린 혜성과 스님들이 우르르 도망치고 다시 달려가면 승려들이 우르르 도망을 쳤다.

무량수전 전각 안이 술래잡기 판이 벌어진 것 같았다. 독돈과 오괴, 일도와 주지스님 혜가는 멍하게 서서 그 모습을 바라볼 따름이다.

“에구, 혜성 잡는다아~”

“빌어먹을 관음보살아, 네가 관음보살이라면 법력으로 피해보라구.”

“스님, 혜성 살려요. 아이구, 살려.”

잠시 후 혜성 스님은 비 오는 날 먼지나듯 얻어맞고 바닥에 대(大)자로 쓰러져 버리고 말았다. 목풍아도 그제야 구타를 그만두었다. 목탁을 원래 있던 자리에 두고는 쓰러진 혜성에게 합장을 하며 공손하게 말했다.

“이제 답변이 되었습니까?”

“……”

“아직도 모자란 겁니까?”

목풍아가 다시 목탁을 들려 하자 혜성이 숨을 껄떡거리며 안간힘을 다하여 대답하였다.

“예, 예. *끄으*…… 후, 훌륭하신 답변입니다.”

“감사합니다.”

혜성은 눈을 까뒤집으며 기절해 버리고 말았다. 젊은 승려들이 혜성에게 달라붙어 호들갑스럽게 몸을 흔들며 깨우기 시작하였다.

‘빌어먹을 놈.’

목풍아는 혜성에게 고개를 돌려 혜가에게 말했다.

“저희는 그만 가보겠습니다.”

혜가가 손을 내저으며 말했다.

“그럴 필요 없소. 이곳에 남아 있어주시오.”

목풍아가 빙그레 웃으며 말했다.

“알겠습니다. 숙소를 하나 주시지요.”

“그러지요.”

혜가는 행자에게 숙소를 안내해 주라 명하곤 목풍아 일행이 사라지자 이제 막 정신을 차린 혜성에게 다가가 말했다.

“어쩌자고 그런 헛소릴 한 게냐?”

“저는 그냥…….”

“쯧쯧쯧.”

젊은 스님 하나가 울상을 지으며 말했다.

“주지스님은 그 사기꾼 같은 놈들의 말을 믿으시는 겁니까? 보셨잖아요. 시체처럼 시커먼 얼굴에 칼자국을 한 흉악한 자까지 있는 자들을 어떻게 믿습니까?”

“너희는 아직 멀었다. 그는 보통 사람이 아니다. 옛날 달마 제자의 제자인 혜가(慧可)는 그의 팔을 끊어 신심을 보인 후에 깨달음을 얻었는데, 나는 같은 이름을 하고도 그런 신심을 가지지 못하니 그것이 무끄러울 뿐이다. 그는 나에게 그런 깨달음을 주었단 말이다.”

“하지만…….”

“그의 말이 사실이라면 내일 황궁에서 사람이 올 것이 아니냐. 그때 사기꾼인지 아닌지 알 수 있을 것이니 느긋하게 하루만 기다려 보자꾸나."

그때였다. 행자가 상자를 등에 진 인부 몇 명을 데리고 무량수전 앞으로 다가와 혜가에게 말했다.

"주지스님, 사람들이 시주를 하겠다고 찾아왔습니다요."

"시주를?"

쇠락한 개선사에서 시주는 흔하지 않은 일이다. 스님들 몇 사람이 황성으로 들어가 탁발을 해서 근근히 연명을 해가는 상황에 반가운 일이 아닐 수 없었다.

혜가가 무량수전 밖으로 나가 부유하게 차린 사내에게 합장을 하였다.

"시주를 하러 오셨다고요."

비단옷을 입은 사내가 합장을 하곤 사방을 두리번 살피며 말했다.

"여기 혹시 목존자라는 고승이 안 계십니까?"

"예?"

"이른 아침에 이곳으로 가셨다는 말을 듣고 허겁지겁 찾아왔습니다만은……."

뒤따라온 승려들이 서로 얼굴을 바라보았다.

"있기는 있습니다만, 무슨 일이신지?"

"저는 황성 안에서 객주를 운영하는 풍가인데 도력이 높은 목존자님께 도움을 많이 받았습지요. 집안의 우환을 말끔하게 처리해 주셨는데, 말없이 떠나 버리셨다 해서 고마움을 표시하려고 이렇게 찾아왔습니다."

풍가라는 사람은 쉴 새 없이 사방을 둘러보았다.

머리를 수건으로 감싼 혜성 스님이 물었다.

"무슨 일을 해결했는데 그러시오?"

"집안 사람이 미친 병에 걸려 일 년이 넘게 고생을 하였는데, 어젯밤에 목존자님의 설법을 듣고 씻은 듯이 나았지 뭡니까? 신통하신 분이라고 이야기는 들었지만, 그렇게 신통하실 줄이랴 몰랐지요. 목존자님이 이 절에 계십니까? 약소하지만 미곡 오십 석과 비단 열 필을 가지고 왔습니다. 목존자님께 인사나 드리고 갔으면 합니다."

혜가의 얼굴을 바라보던 혜성이 재빨리 말했다.

"예, 예. 계시지요, 계십니다."

행자와 젊은 스님 몇몇이 허둥거리며 목풍아의 거처로 풍가라는 사내를 안내하였다.

이내 스님들이 절간 마당으로 들어오는 미곡과 비단을 바라보며 서로의 얼굴을 바라보았다.

"정말로 도력이 높은 고승이 아닐까?"

"그런 것 같은데……."

"우리가 생불(生佛)을 몰라보는 것 아닐까?"

방금 전까지 불신의 눈으로 바라보던 스님들은 마당에 쌓이는 재물을 바라보며 중얼거렸다.

한편 인적이 드문 산기슭에 지어진 작은 암자로 다가가니 목풍아가 방 안 가운데에 근엄하게 사부쇠를 들고 앉아 있다.

풍가라는 자가 합장을 하며 말했다.

"아이구, 스님. 여기 계셨군요. 제가 인사가 늦었습니다."

"시주를 뭐 하러 해?"

마치 알고 있었다는 것마냥 너스레를 떠는 목풍아였다.

풍가가 놀란 얼굴로 합장을 하며 말했다.

"그걸 어찌 아시구. 그냥 고마운 마음에 가져온 것이니 탓하지 마십시오."

이 모습에 개선사의 행자와 젊은 스님들이 놀란 눈으로 서로의 얼굴을 바라보다가 목풍아에게 공손히 인사를 하고 물러나 버렸다.

풍계가 방 안으로 들어가니 목풍아가 눈을 번쩍 뜨고 풍가라는 사내에게 말했다.

"오! 풍계 왔느냐?"

"예, 대장. 늦었습니다. 그런데 갑자기 도력이 높은 스님은 또 뭐고, 시주는 또 뭡니까?"

"그럴 일이 있나니…… 와하하하. 그건 그렇구, 부하들에게 이야기는 해두었느냐?"

"예. 잠시 후면 시주가 개선사로 마구 올라올 것입니다."

"와하하하. 좋아, 좋아."

일도가 물었다.

"대장, 그렇게 하면 개선사가 대장의 손아귀에 들어오는 겁니까? 스님들이 믿는 눈치가 아니던데 말입니다."

"머리 아프겠지. 믿자니 허무맹랑한 이야기인데 눈에 보이는 결과가 있는데 믿지 않을 수도 없고…… 뭐 어쨌든 내일 왕보가 주지를 만나러 오면 믿지 않을 수 없지. 그럼 개선사 승려들은 내 손아귀에 들어온 것이나 다름이 없지. 와하하하."

목풍아의 장담처럼 그날 목존자의 이름으로 수없는 시주가 개선사 마당을 가득 메우게 되었다.

승려들은 밤잠을 잊은 채 텅텅 빈 절간의 창고를 채우며 목존자에게 경외감을 가지기 시작하였으며, 다음날 목풍아의 말대로 환관 왕보가 찾아와 황후의 불사(佛事) 이야기를 꺼내게 되었을 때는 완전히 개선사의 승려들이 목풍아를 법력이 높은 고승으로 믿어버리게 되었다.

왕보는 전날 목풍아가 이른 바대로 개선사의 주지 혜가에게 황후의 불사에 대한 이야기를 꺼내고, 법력 높은 목존자가 이 절에 있다는 이야기를 들었으니 만나고 싶다는 말을 빠뜨리지 않았다.

이윽고 목풍아에게 안내된 왕보는 지극히 공손하게 인사를 하곤 행자와 스님들이 물러가기 무섭게 말을 걸었다.

"대인, 황자 전하께서 몇 가지 물어볼 말씀이 있다는군요."

"말해 봐."

"첫째로 대인께서 불사로 정하신 이유를 물어보셨습니다. 붕어하신 홍무제께서는 불사를 하는 자에게 큰 벌을 주었기 때문에 불사가 쇠락하여 황후 귀빈들의 발길이 끊겼는데, 이제 무슨 수로 천자를 설득하여 황후마마로 하여금 불사를 열 수 있게 할 수 있겠습니까?"

"그건 간단하다. 천하가 삼 년 동안 내란으로 인해 피폐되어 다치고 죽은 사람이 많았고, 태조께서 자주 문자의 옥을 일으켜서 여러 선비들과 사람들의 원망을 샀으니 이번에 불사를 열어 그들의 영혼을 달래주고, 명나라의 태평성대를 기원하는 불사를 한다면 황후마마께서 선뜻 응하실 것이다. 서 황후께서는 자비롭고 현명한 분이시고, 천자께서 그분의 밀씀을 질 빈아들이시니 내가 밀한 바대로 이야기를 진하면 불사를 여는 일쯤은 문제도 안 될 것이다."

"아! 그렇군요."

"그 정도는 황자 전하께서도 짐작하시리라 보는데, 그렇게 신중하게 물어보시는 것을 보면 아마도 금의위의 제기가 신경 쓰이기 때문이겠지?"

"예. 황자 전하께서는 두 군데에서 동시에 여는 것이 어떠냐고 물어 보시더군요."

"음. 일리가 있군. 금의위의 정보력이 분산될 테니 일을 하기 쉬울 테니 말이다. 황자 전하께서 생각하신 절이 또 있나?"

"예. 천희사(天禧寺)로 생각하신다 하셨습니다."

"천희사가 어디 있는데?"

"천희사는 이곳과 정 반대편에 있는 절입니다."

"으흐흐흐. 용의주도하시군. 그렇다면 황자 전하께서 천희사로 행차하시겠군."

"그, 그걸 어떻게 아셨습니까?"

"황자 전하와 나는 마음이 통하는 사이란 말이다. 그 정도도 짐작 못하고 심복이 될 수 있겠나?"

"예, 예."

"좋아. 그렇다면 황자 전하가 생각하시는 대로 일 처리를 하라고 전하거라."

"그, 그런데 정말 괜찮겠습니까? 도연이 맡고 있는 금의위는 정말 보통이 아니거든요. 어쩌면 낌새를 맡았는지도 모르고요."

"와하하하. 그 정도도 생각 못할까 봐 그러느냐. 세력이 좋다고 너무 설치다 보면 패가망신의 지름길로 갈 수 있다. 그걸 모를 정도의 도연이 아니니 너무 염려할 것은 없다."

"저는 대인의 말씀을 알아듣지 못하겠습니다."

"이런 바보 녀석. 황제를 쉽게 움직일 수 있는 사람은 당금 천하에 황후마마 한 분뿐이다. 황제의 개 주제에 황후 앞에서 힘 자랑 운운하

다가는 도리어 화를 입을지도 모른단 말이다. 정국공(定國公) 서증수를
보고도 모른단 말이냐?"

"아! 그렇군요."

왕보가 그제야 목풍아의 말뜻을 깨닫고 머리를 조아렸다. 황후의 남
동생인 서증수(徐增壽)는 정난 때 공을 세워 영락제의 총애가 대단하였
는데, 그 때문에 황제가 그 직위를 높여주려 하였다. 이에 인효황후가
외척이 흥하면 나라가 망한다면서 그 뜻이 불가함을 아뢰었으나, 황제
가 이를 받아들이지 않고 서증수의 작위를 정국공(定國公)으로 높여주
었다. 황후는 자신의 뜻이 아니라며 좋아하지 않았으며 그의 정치 참
여를 제한하였는데, 정국공이라 작위를 준 것은 황제의 체면 때문이라
는 말이 공공연히 떠돌 정도였다. 실제 서증수는 정국공의 작위에 있
으면서도 정치에 크게 관여하지 못하였으므로 황후의 입김이 작용한
것이라 사람들은 말하고 있었다.

왕보는 천리 밖에서 황실이 돌아가는 일까지 꿰고 있는 목풍아의 정
보력에 놀라면서 고개를 조아렸다.

"그래, 황자 전하께서 생각해 두신 부마 후보는 있다더냐?"

왕보가 좌우를 살피다가 무릎걸음으로 다가와 조용하게 말했다.

"송렴(宋廉)의 손자들인 송호(宋琥)와 송경(宋璟)을 염두에 두고 있
다고 하셨습니다. 두 사람은 천자와 육촌 인척 사이인데, 인물이 출중
하게 좋을 뿐 힘이나 세력은 없는 사람들입니다."

목풍아는 생각에 잠겼다. 황자가 공주들과 자신의 관계를 모르지는
않을 터인데, 다른 사람에게 시집을 보낸다는 것은 다른 뜻이 있으리라
생각하였다. 그때 왕보가 말했다.

"황자 전하께서 많은 사람들 중에서 송(宋)씨를 고른 이유가 있으니

대인이 글자를 잘 살펴보면 전하의 의도를 알 것이라 하셨습니다."

목풍아는 책상 위에 있는 필묵을 들어 종이에 한 글자를 썼다.

宋

목풍아는 글자를 바라보다가 목을 젖혀 크게 웃었다.

"와하하하. 과연 전하다운 생각이군. 좋아, 좋아."

방 안에 둘러앉은 오괴와 독돈, 일도, 그리고 환관 왕보는 목풍아가 글자를 바라보며 하는 말에 어안이 벙벙하다. 도대체 무슨 뜻이기에 목풍아가 그렇게 좋아하는 것인가.

비밀스러운 일이기에 황자 전하가 목풍아에게 수수께끼를 낸 것이 틀림없었다. 사람들은 배를 잡고 화통하게 웃고 있는 목풍아를 바라보았다.

황자가 말한 의미는 이러하였다.

송(宋)이라는 글자는 갓머리(宀)에 나무 목(木)을 합한 글자이다. 갓머리 부는 집[家]이라는 뜻으로 쓰이는 것이니 풀이하자면 나무를 집 안에 가두어놓는다는 뜻이다.

나무[木]라 하면 목풍아를 말하는 것이니, 황자는 부마를 목풍아로 점찍어두고 있다는 것이다. 그러나 천룡패주 목풍아가 국법을 어기고 황성에 들어왔다는 것을 사람들이 알아서는 아니 되므로 목풍아를 대신하는 가짜 부마를 만들어두겠다는 뜻이다.

황자 주고치는 차기 대권을 위하여 엄청난 도박을 하고 있는 것이었다. 일이 잘못되었을 시에는 황자 역시 큰 벌을 면치 못할 중대사라 할 수 있었다. 물론 목풍아를 믿기에 가능한 일이었다.

한동안 웃고 난 목풍아는 입을 굳게 다물고 송(宋)이라고 적힌 종이
를 찢어버렸다.

황자가 이러한 결정을 내렸다면 그 다음은 목풍아의 문제였다. 철통
같은 금의위의 감시망을 뚫고 목풍아는 반드시 황후를 만나 그녀를 설
득시켜야만 하는 것이다. 서 황후의 암묵적인 승낙이 있어야만 주고치
와 목풍아의 도박은 성공할 수 있는 것이기 때문이다. 그러기 위해서
는 철저한 비밀과 교묘한 책략이 필요하다.

목풍아는 빙그레 웃으며 왕보에게 말했다.

"왕보야, 네가 수고가 많다. 네가 나와 황자 전하의 심복이 된 이상
이번 일은 철저하게 비밀로 해야 한다. 알겠느냐? 이 일은 황자 전하와
너와 나, 그리고 이 나라의 미래가 달린 일이다. 만약 조금이라도 비밀
이 새어나간다면 우린 저잣거리의 목 없는 시신이 되고 만다."

"예, 예."

"옥새를 가져온 공을 세운 너를 좌천시킨 사람들을 생각해 보거라.
이번 일이 잘되면 우리는 좋은 세상을 만날 수 있다. 나에게 협조하면
좋은 일이 생긴다는 것은 잘 알고 있지?"

"예, 대인."

건문제를 배반한 간신배라는 소리를 들으면서 정화에게 좌천되었던
왕보는 목풍아 덕에 주고치 황자를 모시는 환관으로 회복될 수 있었다.
주고치를 모시면서 그는 황자의 심복인 목풍아의 영민힘에 놀라고, 그
로 인해 주고치의 능력을 알게 되면서 새로운 희망이 생긴 터이다. 차
기 황제가 자신이 모시는 주고치가 된다면 정화가 꿰차고 있는 장앙태
감은 자신에게 돌아올 것이니, 주고치의 심복이며 모사인 목풍아를 성
심으로 받들어 모시지 않으면 안 된다. 목풍아의 머리에서 다음 천하

가 결정되리라는 조심스런 확신은 오랜 환관 생활에서 생긴 대세를 보는 눈 때문인지도 몰랐다.

목풍아가 왕보의 얼굴 가까이로 얼굴을 들이밀며 말했다.

"권력이란 술과 같아서 적당히 마신다면 사람을 즐겁게 하지만, 거기에 빠지게 되면 스스로를 망치게 된다. 너도 알고는 있겠지?"

"예? 예."

천자의 옆에서 천하를 호령하던 꿈같은 환상이 목풍아의 한마디에 물거품처럼 사라졌다. 마치 마음속을 들여다보는 것 같은 목풍아의 말이지만 기분은 좋았다.

왕보는 머리를 숙이며 대답하였다.

"왕보, 황자 전하와 목 대인을 위해 견마지로를 다하고 있습니다."

"좋아, 좋아. 나는 네가 대세를 아는 사람이라 생각한다. 남들이 너를 간신배라고 하든 뭐라 하든 신경쓸 것 없다. 다만 네 직위로 백성들을 이롭게 하면 그것으로 의미가 있는 것이니까."

"예, 예. 그렇습죠."

왕보의 얼굴에 웃음이 감돌았다.

목풍아는 왕보를 노려보며 말했다.

"하지만 사람이 이익을 따라 두 번 배신을 한다면 사람들이 다시는 너를 믿지 않을 것이니, 권력이란 술을 마시는 사람과 같음을 다시 한 번 명심해야 할 것이다."

"아! 예, 예. 알겠습니다. 대인, 제가 다시 딴마음을 먹고 다시 살아남을 수 있겠습니까?"

왕보는 진땀을 뻘뻘 흘리며 고개를 조아렸다.

"좋아. 그럼 가봐도 좋다."

"그럼, 불사가 결정나면 다시 찾아오겠습니다."

"알겠다."

왕보가 꾸벅 인사를 하고 바깥으로 나갔다.

좌우에 앉아 있던 오괴와 독돈, 일도가 목풍아에게 다가왔다.

"대장, 황자 전하께서 낸 수수께끼가 무슨 말씀입니까?"

"그건 황자 전하께서 비밀로 하라고 분부한 일이니까 나중에 이야기해주지."

독돈이 머리를 만지며 중얼거렸다.

"그런 말은 없었던 것 같은데요?"

"꼭 말로 들어야 알 수 있나? 척하면 척하고 알아들어야지."

"관부의 일은 정말 어렵단 말이야. 비밀도 많고 머리도 많이 써야 하고……. 어렵다, 어려워."

"와하하하. 그러니 무림인들이 관부를 싫어하지. 곳곳에 암계와 계략이 숨어 있으니, 앞으로 정신 바짝 차리지 않으면 안 돼. 알겠나?"

세 사람이 고개를 끄덕였다.

목풍아가 가사를 펼치며 말했다.

"좋아. 그럼 주지스님을 만나러 가볼까?"

일도가 물었다.

"대장은 주지스님도 공경하는 사람인데 부르면 될 것을……."

목풍아가 일도의 이마를 쥐어박았다.

"이런 빌어먹을 놈. 큰 사람은 자신을 낮출 때 더 커 보이는 거란 말이다. 이 목풍아가 아무리 대단한 사람이지만 굴러온 돌이라구. 개선사의 주지스님을 이리저리 불러들일 신분은 아니란 말이다."

일도는 울상이 되어 이마를 부여잡았다.

“힉. 힉. 대장은 나만 갖고 그래. 힉.”

목풍아가 자리에서 일어나며 말했다.

“꼴값 떨지 말고 일어나라. 장난칠 때가 아니야. 이제부터가 중요하다. 금의위의 제기들이 냄새를 맡을 것을 대비해 밑바닥 작업을 하러 가자꾸나.”

목풍아는 암자를 내려갔다. 잠시 후 무량수전이 있는 본전에 목풍아가 도착하자 스님들이 목풍아에게 지극히 공손하게 합장을 하며 말했다.

“스님, 오셨습니까? 그렇지 않아도 주지스님께서 상의할 것이 있다고 말씀하셨습니다.”

“그럴 줄 알고 왔답니다. 무량수전에 계시지요?”

젊은 스님이 놀란 얼굴로 합장을 하며 말했다.

“예, 무량수전에 계십니다.”

목풍아는 가사를 펄렁거리며 성큼성큼 무량수전으로 들어갔다.

개선사의 주지 혜가는 목풍아가 무량수전으로 들어오자 합장을 하며 말했다.

“과연 스님의 말대로 황궁에서 불사의 일로 사람을 보냈더군요. 관음보살의 현몽(現夢)이 거짓이 아니었습니다.”

“모두 대자대비하신 부처님의 은덕이지요.”

“황궁에서 온 환관과 이야기는 잘하셨습니까? 그러잖아도 그 문제로 스님과 상의를 하려고 행자를 시킨 참이었습니다.”

“그 문제로 부르실 것 같아서 제가 찾아왔습니다.”

“오! 그러시군요.”

혜가의 옆에 둘러서 있는 혜성 이하 개선사의 스님들은 목풍아의 신통력에 주눅이 든 참이라 눈도 마주치지 못하는 분위기였다.

목풍아가 빙그레 웃으며 말했다.

"큰 불사를 해보신 경험은 있습니까?"

혜가가 말했다.

"다행스럽게도 제가 젊을 적 몇 번의 불사를 해본 적이 있습니다만, 황후가 참석하시는 큰 불사이니만큼 비용도 문제가 되고 인원도 적어 걱정입니다."

"비용이라면 황궁에서 나올 것이니 문제 될 것이 없으나 사람이 문제로군요. 스무 명 정도로는 큰 불사를 치르는 일이 문제이니 인근의 다른 절에서 승려들을 불러들이는 것이 좋겠습니다. 이번 불사는 나라의 국태민안을 비는 의미가 있는 까닭으로 동시에 천희사(天禧寺)에서도 열리게 됩니다. 천희사는 황자 전하께서 납시게 되고, 개선사는 황후마마와 두 분 공주님께서 행차하시게 될 것입니다."

"아! 그렇군요."

혜가의 말이 떨어지기 무섭게 뒤편에 있던 승려들이 놀란 얼굴로 저희끼리 소곤거렸다.

황후와 공주들이 온다는 것은 개선사 불사의 비중이 더욱 크다는 것을 의미하므로, 뜻밖에 감당할 수 없는 중책에 부담을 느낀 때문인지도 모른다. 명조가 들어서면서 불사를 금하게 한 까닭에 모르는 것 투성이인 스님들은 주지스님과 목풍아에게 더욱 의지할 수밖에 없었다.

혜가 역시 묻는 말에 막히는 것이 없는 목존자가 의지되는 것은 매한가지였다.

"그러면 목존자께서는 어찌하면 좋겠습니까? 저는 나이가 많아서 큰 불사를 하는 것이 겁이 나는군요."

목풍아에게 맡긴다는 의미의 말이었다. 그러나 목풍아가 전면으로 나서면 금의위의 비밀 정보망에 노출될 위험이 있다.

"불사를 하고 설법을 펼치는 데 황궁에서 이곳을 선택하신 것은 저 때문이 아니라 혜가 스님의 덕명을 보고 찾아온 것이고, 꿈속에서 관음보살님께서 하신 말씀 역시 혜가 스님을 도와주라는 것이었습니다. 처음 이곳에 왔을 때 제가 도움을 드리러 찾아왔다고 한 것처럼 저는 그림자처럼 혜가 스님을 도울 따름입니다."

혜가는 주름이 가득한 얼굴로 고개를 끄덕거렸다.

"아! 그렇다면 할 수 없구려. 나는 목존자를 믿겠으니 세부적인 일은 그대가 맡아서 해주시오."

"다른 스님들이 굴러온 돌 같은 제 말을 따르지 않을까 소승은 두려울 따름입니다."

그러자 혜성이 얼른 다가가 목풍아에게 합장을 하며 말했다.

"그럴 리가 있겠습니까? 저희는 스님을 주지스님처럼 생각하고 있으니 염려 마시고 시켜만 주십시오."

혜성은 잘난 척할 것 같은 스님이 잘난 척 아니하고, 혜가의 밑에서 일을 도울 뿐이라 하니 놀라울 따름이다. 그렇지 않아도 어제오늘 사이에 여러 가지 일어난 일이 놀라울 정도로 맞아떨어진 탓에 목풍아가 도통한 스님이 아닐까 하는 마음을 가지고 있던 혜성은 뜻밖에 몸을 숙이는 모습을 보고 찡한 감동을 받았던 것이다.

그러자 다른 스님들도 우르르 혜성의 뒤로 몰려와 무량수전 마룻바닥에 무릎을 꿇고 시키는 대로 하겠노라고 합장을 하였다.

목풍아가 빙그레 웃으며 말하였다.

"그렇다면 제가 불사에 관계된 일은 제가 알아볼 것이니 모두 나를

도와주세요. 명나라가 개국된 이후 가장 큰 불사이니 마음을 놓아서는
안 됩니다. 이것은 개선사와 불교계의 중흥이 달린 일이니 모두 힘을
모아야 합니다."

"예."

"와하하하. 좋아요. 그럼 지금부터 해야 할 일을 하나씩 알려줄 테
니 잘 들으세요."

목풍아는 스님 하나하나에게 할 일을 일러주었다.

무량수전 바깥에 서 있던 오괴와 독돈, 일도는 개선사의 모든 중들
이 목풍아에게 무릎을 꿇고 조아리며 고분고분 말을 듣는 것을 보고
서로 얼굴을 바라보았다. 정말로 개선사가 목풍아 것이 된 것이나 다
름없었다.

일도가 넌지시 오괴와 독돈에게 말했다.

"모든 일이 대장의 말대로 되는 것을 보면 정말 신통방통하지요. 대
장이 마음만 먹으면 이 나라도 말아먹을 수 있지 않을까요?"

오괴와 독돈이 서로 얼굴을 바라보다가 고개를 끄덕거렸다. 이십 세
이전에 벌써 천하가 바뀌게 만들었으니 말아먹었다면 말아먹은 것이
다. 이십 세 이전에 천하를 말아먹었는데, 한창 기운을 쓸 이십대 이후
에 목풍아가 마음만 먹는다면 국호가 명(明)이 목(木)으로 바뀔지도 모
르는 일이다.

"으허허허. 어쨌든 우리가 신통한 사람을 대상으로 모신 것은 틀림
없군."

"흥. 천하가 뉘 집 개 이름이냐?"

독돈의 말에 콧방귀를 뀌긴 하였지만 오괴도 부정하기는 어렵다 생
각하였다.

이틀 후, 서 황후가 올린 불사에 관한 건의가 받아들여져 천자가 친히 개선사와 천희사에서 불사가 열린다는 칙명을 내렸다.

정란에 죽은 병사들의 혼을 위로하고 태평성대를 바라는 성불대제(成佛大祭)였다. 이는 여러 가지 정치적인 의미를 담고 있었다. 그동안 금지되었던 불사를 열어 정란 이후 위축된 사회 분위기를 씻고 새로운 왕조의 정치적, 사회적 유동성을 보여주려는 것이었다.

혜가는 금란가사를 입고 개선사 마당에서 황제의 칙명을 받았으니, 개선사의 중들이 이것을 모두 목풍아의 덕으로 생각하여 생불처럼 받들기 시작하였다.

이날 조정의 내금위에 정화가 도연을 찾았다. 정화는 정란이 성공하고 연왕이 천자가 되면서 마삼이라는 이름에서 정화라는 이름을 공식적으로 얻게 되었으며, 명실상부 최고 권력의 환관이 되어 있었다.

내금위 수장인 도연이 정화를 반갑게 맞이하였다.

"어이구, 장앙태감께서 어쩐 일이십니까?"

정화가 각듯하게 인사를 하고 도연이 안내한 자리에 앉았다.

"다름이 아니라 걸리는 것이 있어서요."

도연이 고개를 갸웃거리며 말했다.

"무엇이 걸린다는 겁니까?"

"오늘 천자께서 성불대제를 연다는 칙서를 내리셨습니다."

"저도 사정 이야기는 들었습니다. 정난 당시에도 천자께서 죽은 신하들을 위해 제를 지내준 적이 있으니 별로 이상할 것도 없다 생각하는데요? 마음에 걸리는 것이라도 있으십니까?"

시비가 차를 가져와 탁자 앞에 가져다 놓고 물러갔다.

“그렇다면 황후마마께서 송렴의 두 자제를 부마로 천거하신 것은 아십니까?”

“네. 저희로서는 아쉬운 일이지만 황후마마의 성격을 생각하면 송렴의 두 자제를 천거하실 만도 하지요. 외척이 힘을 가지는 것을 마땅찮게 생각하시니 말입니다. 저희로서는 어찌 되었든 목풍아가 권력과 멀어지는 것이 되니까 상관없지 않습니까?”

“말이 나왔으니 말인데 목풍아는 어찌 되었습니까?”

“후후후. 실체없는 건문제를 찾아 천하를 헤매고 있겠지요.”

차를 마시던 도연이 갑자기 정화를 바라보았다. 정화가 성불대제와 목풍아 이야기를 꺼냈다면 연관이 있을지도 모른다는 의미이다.

도연이 마시던 차를 탁자에 내려놓고 말했다.

“그렇다면 상공께서는 목풍아, 그 쥐새끼가 국법을 무시하고 황도에 왔다고 생각하시는 겁니까? 설마 제 계책을 목풍아가 눈치챘으리라 보시는 겁니까?”

“그건 아닙니다만, 제가 아는 목풍아는 교활하기가 그지없어 마냥 안심하고 있을 수만은 없다는 거지요. 대인의 계책으로 목풍아를 천자에게서 멀리 떨어뜨리고, 공주들과의 관계를 끊어버리는 것도 성공하였지만 너무 쉽게 이루어지는 것 같아서 저는 불안할 따름입니다.”

“하하하하. 목풍아가 똑똑하고 교활한 놈은 맞습니다만, 이중삼중으로 쳐 놓은 그물을 빗어나지는 못할 것입니다. 너구나 근래에 황싱에서 이상한 움직임은 없었습니다. 상공께서 그렇게 말씀하시는 이유가 궁금하군요.”

“실은 이번에 성불대제를 건의한 사람이 첫째 황자입니다. 송렴의 두 자제를 건의한 사람도 첫째 황자이고 말입니다. 주고치 황자는 연경에서 목풍아와 어려움을 함께했기 때문에 목풍아를 신임하고 있지요. 두 가지 일이 모두 주고치 황자님의 머리에서 나온 일이니 목풍아가 그 사이에 끼어든 것은 아닌가 하는 생각이 들지 않을 수 없었던 것입니다."

도연이 턱을 쓰다듬었다.

"음. 상공의 말씀이 일리있군요. 배후에 목풍아가 도사리고 있다면 심각한 문제가 되겠군요."

"목풍아, 그놈이 워낙 신출귀몰하는 머리를 가진 자라 단번에 사람의 마음을 휘어잡는 재주가 뛰어납니다. 대인께서 지략으로 번번이 목풍아를 견제하셨지만, 쉽게 마음을 놓아서는 안 될 것입니다."

잠시 생각하던 도연이 차갑게 미소를 지었다.

"후후후. 만약 상공의 생각대로 목풍아가 배후에 있다면 잡아버리면 될 것 아닙니까? 황성에서 목풍아를 잡는다면 국법을 어긴 죄를 물면 될 것이니 무엇이 문제입니까?"

"철권(鐵券)이 문제지요. 천자께서 모든 죄를 용서하신다고 주신 철권을 지니고 있는 만큼 그를 벌 준다는 것은 어렵다고 생각됩니다. 워낙 사람을 설득시키는 재주가 좋으니 혹시라도 왕후를 설득하여 천자의 마음을 풀어버린다면 말짱 헛일이 되어버릴 것 아닙니까?"

철권을 사용할 수 없도록 목풍아를 아예 죽여 버리라는 의도였다.

도연이 뱀 꼬리 같은 미소를 지으며 말했다.

"상공의 뜻이 그런 거라면 제가 알아서 처리하지요."

"네? 무슨 뜻이신지?"

목풍아를 죽이라는 의사표시를 해놓고는 아닌 척 말을 바꾸고 있었다. 도연이 미소를 띠며 말했다.

"지금 보니 상공께서는 보통은 넘는 분이시군요. 군이 그걸 제가 말씀드려야 하겠습니까?"

정화의 얼굴이 창백하게 상기되었다. 하지만 목풍아를 죽이라는 말을 대놓고 해버리면, 잘못하면 자신에게 화살이 돌아올 수 있으므로 말을 돌리는 것이 상책이다.

"성불대전은 황실의 큰일입니다. 각별히 금의위에서 신경을 써주시길 바랍니다. 저는 대인만 믿고 가겠습니다."

정화는 도연에게 가볍게 목례를 하고 금의위를 나갔다.

정화의 뒷모습을 바라보는 도연의 얼굴이 차갑게 상기되었다.

'빌어먹을 고자 놈, 어려운 일은 나에게 맡기고 저는 쏙 빠져 버려? 장앙 태감이 되더니 내가 우습게 보이는 모양이지?

"훙."

도연은 차갑게 식어버린 차를 마시곤 입맛을 다셨다. 시비가 황급히 차를 따르려 하였다.

"됐다. 식은 차도 괜찮다."

식은 차를 마시며 생각하니 자신이 식은 차가 되어버린 기분이다. 정란군의 군사로 전장에서 고락을 함께한 것은 자신인데, 세상이 바뀐 후 단물은 정화가 몽땅 독차지하고 자신은 맛없이 떨떠름한 쓴 물을 가진 것 같았다.

"씁쓸하군."

도연은 식은 차를 마시며 생각에 잠기었다. 그러고 보면 목풍아를 음해한 것은 모두 정화로부터 시작된 것이다. 목풍아는 도연의 말을 잘 따랐으며, 천자의 군사에게 밀리고 있을 때 큰 공을 세워 도연과 연왕의 목숨을 살린 적도 있었다. 남경으로 침입하여 첩자의 임무를 잘 수행하여 황제의 옥새를 가져온 공도 있지 않은가.

목풍아를 미워하게 된 것은 모두 정화 때문이었다. 그렇게 생각하면 정화는 목풍아와 자신보다 더 머리 위에 있는 자였다. 그동안 정화의 계략에 놀아났다 생각하니 도연은 이가 갈렸다. 그러나 다시 생각해 보면 권력(權力)이란 이런 것이 아니던가.

죽지 않기 위해서는 죽일 수밖에 없는 것. 자신도 모르는 사이에 권력의 한가운데에 도연은 와 있었다.

천하가 평정된 지금 자신의 앞길을 막는 정적을 살려둘 수도 없는 일이니 정화의 의도대로 목풍아를 몰아낸 것은 잘한 일이 아닐 수 없었다.

어찌 되었든 지금 도연은 정화와 적이 될 수 없는 상황이니 시키는 대로 할 수밖에 없다.

'좋아. 목풍아가 황성에 왔는지 오지 않았는지는 모르겠지만, 만약에 황자의 배후에 있다면 내가 없애주지. 죽어버린 다음에는 철권도 소용없으니까. 그 다음은 정화 네놈 목이다. 흐흐흐.'

도연은 식은 차를 마시며 음흉한 미소를 지었다.

천자의 칙서가 내려진 후부터 개선사에서는 대대적인 수리 작업이 벌어졌다. 인부들이 개선사로 몰려들어 쇠락한 개선사를 보수하고, 부족한 시설들을 짓는 사이 또 한편에서는 황후와 공주가 불제가 열리는 며칠 동안 기거해야 할 행궁을 만들기에 여념이 없었다.

불제를 지내기 위해 여러 곳에서 불러들인 승려들과 인부들로 개선사는 발 디딜 틈이 없을 정도였으며, 수시로 왕보가 다녀가며 황자 주고치의 의견을 전달하였다.

성불대제의 시기를 정하는 문제로 조정에서 말이 많았으나 서 황후의 입김이 작용하여 가까운 입동(立冬) 무렵으로 결정되었다. 조정 내부에서는 다음 해 봄을 맞는 초입인 입춘(立春)으로 입을 모았지만, 그동안 황궁 공사를 하면서 받을 백성들의 피해를 줄이고, 다음 해 봄 공주의 혼인과 겹치는 것을 피하려는 서 황후의 뜻이 받아들여진 것이다.

물론 이런 결정에는 목풍아의 입김이 작용하였다. 다음 해 봄까지 적막한 산중에서 청정한 불자로 지낸다는 것은 목풍아를 말려 죽이는 것이다. 더구나 시간을 소중하게 생각하는 목풍아에게 몇 달이 그냥 날아가 버리는 것은 생각하기도 싫었기에, 황자 주고치에게 청을 넣은 것이다. 주고치는 부드러운 성격에 학문을 좋아하여 서 황후와 맞는 구석이 많았으므로 서 황후를 설득하는 것은 어려운 일이 아니었다.

급하게 불사가 치러지게 되자 금의위도 바빠지기 시작하였다. 정화의 청을 받은 도연은 목풍아의 화상을 그려 제기들에게 돌리고, 그와 비슷한 사람이 있다면 잡아들이게 하였다.

또한 불사가 열리는 절에 제기들과 군사들을 풀어 하루에도 몇 차례 수색을 강화하였다.

하루는 독돈이 목풍아의 그림을 가지고 와서 말했다.

"으허허허. 대장, 그림에 머리가 있네요. 전화위복이라더니 대장이 머리가 없는 것도 쓸모가 있네요. 으허허허."

"그걸 밀이라고 하나, 빌어먹을 독돈."

목풍아가 들고 있던 그림을 빼앗아 탁자 위에 올려놓았다.

다행스러운 것은 불사의 일이 있기 전에 목풍아가 개선사로 들어와 스님들 사이에 생불이라는 존경을 받고 있었으므로 제기들도 목존자를 목풍아로 생각하지 않는다는 점이었다. 독돈의 말처럼 머리가 없는 것이 크게 한몫을 한 것은 사실이었다.

그림을 바라보던 목풍아가 인상을 구기며 말했다.

"금의위의 제기들이 내 화상을 가지고 성문을 들어오는 사람들을 수색하고 있다면, 도연이 눈치를 채고 경계를 하고 있다는 말인데…….도연, 이놈 정말 너구리 같은 놈이군."

오괴가 말했다.

"만약 그렇다면 불사 당일 제기들의 감시가 더욱 심해질 텐데 어떡합니까? 왕자님이 천희사(天禧寺)로 가서서 감시가 분산되는 효과를 노리고 있습니다만, 그날 도연이 호락호락 넘어가 줄까요?"

"넘어가지 않으면 넘어가도록 만들면 되지."

"예?"

"오괴는 아직도 나를 모르겠나?"

"그, 그럼 계책이 있단 말입니까?"

"있지. 도연과 같은 모사를 상대로 단순한 계책이 먹힐 거라 생각하였나?"

오괴와 독돈이 두 눈을 휘둥그레 뜨고 서로의 얼굴을 바라보았다.

"내가 생각해 둔 것이 있지. 이번에는 독돈이 한번 공을 세우고 오도록 해라."

목풍아는 빙그레 웃으며 독돈을 바라보았다.

다음날 아침 독돈은 까만 장포를 입고 까만 일산안경을 쓰고 위풍당당하게 황성의 취보문으로 들어갔다.

큰 덩치에 검은 옷, 벗겨진 반들반들한 머리와 까만 안경. 독특하고 튀는 모습에 사람들의 시선이 집중되었다. 황성 입구에서 목풍아를 찾던 제기들이 삽시간에 오괴의 사방을 포위하였다. 사람들이 놀라 허둥대며 피하였다.

독돈이 좌우를 둘러보며 말했다.

"뭐냐?"

제기들이 손에 든 그림들을 뒤적거려 독돈과 비슷한 그림을 찾아보곤 말했다.

"목 대인의 부하 독돈 아닌가?"

"어떻게 알았지?"

황성에서 일산안경 사 인방을 모르는 제기는 없다. 일산안경은 목풍아와 그 심복을 의미할 정도로 비밀 경찰들에게는 단단히 숙지되어 있는 정보였다.

취보문에서부터 요란하게 일산안경을 쓰고 들어오는데, 제기들이 어찌 모를 리 있겠는가. 독돈은 알면서도 모르는 척 물었다.

"네놈들은 뭐야?"

"잠시 함께 가실까?"

독돈이 피식 웃었다.

"너희 따위 것들이 나에게 명령하는 거냐?"

독돈이 한 발을 들어 바닥을 힘껏 밟았다.

쾅—

단단한 바위가 크게 울리며 바닥에서 먼지가 피어올랐다. 다가서던 제기들이 그 자리에서 굳은 듯 걸음을 멈추었다. 무서운 살기가 모공을 찌르는 듯 제기들의 살갗을 파고들었다. 기세에 눌린 대여섯 명의 제기는 서로의 얼굴을 바라보았다.

한 명의 제기가 허리에 찬 칼을 빼 들었다. 순간 검은 그림자가 흔들거리며 그 제기의 몸에 달라붙었다.

"같은 관인끼리 이러면 쓰나?"

어느새 독돈이 그 제기의 멱살을 잡고 한 손으로 검봉을 잡아 칼을 빼지 못하게 하고 있었다. 놀란 제기들이 일제히 환도를 빼 들었다. 제기의 뒤편에 둘러선 군사들이 원진(圓陣)을 펼치듯 빙 둘러싸기 시작하였다.

"으허허허. 이거 이렇게 환영을 받는 수도 있네."

독돈이 멱살을 제압한 제기를 번쩍 들어 별단 휘두르듯 돌리다가 군사들을 향해 내던졌다. 군사들이 창과 칼을 집어 던지고 제기를 받았다. 독돈이 고개를 들어보니 성문 위에 사수들이 화살을 겨누고 있었다.

"으허허허."

독돈이 목을 젖혀 크게 웃다가 바로 앞에 있는 제기에게 말했다.

"관군과 다른 복장을 한 것을 보니 네놈들이 금의위의 제기들이냐?"

제기들이 서로의 얼굴을 바라보다가 칼을 치켜들고 말했다.

"그렇다."

"죽고 싶지 않으면 그 칼을 치우는 게 좋아. 그렇지 않아도 너희 수장에게 볼일이 있어 가는 참이었으니 말이다."

제기들이 서로의 얼굴을 바라보았다.

성문 주위로 모여든 구경꾼들이 군사들 뒤편에 빼곡하였다.

"으허허허. 이거 구경거리가 되고 말았군. 어서 안내하라구."

제기들이 서로를 바라보다가 칼을 거두었다.

"진작 그럴 것이지. 어서 안내하라구."

주눅이 든 제기들이 서로의 눈치를 살피다가 고개를 끄덕였다. 한 제기가 문을 지키던 장교 하나에게 말했다.

"우린 갈 테니 모두 쫓아버려."

"예."

장교가 굽실거리며 지시를 하자 군사들이 구경 온 사람들을 쫓았다.

제기들의 우두머리인 듯한 사내가 독돈에게 말했다.

"나를 따라오시오."

"진작 그럴 것이지."

독돈이 위풍당당하게 제기들을 따라가기 시작하였다.

독돈이 제기들을 따라간 곳은 동안문의 북방에 위치한 장원이었다. 허름하게 보이는 정문을 들어가니 회랑과 담장마다 날카롭게 생긴 무인들이 파수를 보고 있었다.

'이곳이 남경에 만들어진 금의위의 본거지인 모양이군.'

독돈이 제기를 따라 꼬불꼬불하게 긴 회랑을 지나 넓은 연무장이 앞에 있는 큰 정청으로 들어가니 좌우로 수십여 명의 제기가 석상처럼 늘어서 있고, 가운데 있는 책상에 대머리 스님 하나가 근엄하게 앉아 있었다.

미리 달려간 제기가 말을 해놓았던지 독돈을 바라보며 차갑게 미소를 짓던 도연이 입을 열었다.

"네가 목풍아익 신복인 독돈인가?"

"그렇다. 그대가 도연인가?"

"홍. 상관을 닮아서인지 말버릇이 고약하구나."

"으허허허. 그런가? 대장을 닮았다면 좋은 말인데…… 으허허허."

갈수록 안하무인이다.

“그 말버릇을 당장 고치지 않는다면 네 입을 찢어버리겠다.”

“으허허허. 도움이 되고자 찾아온 사람을 이렇게 박대하다니……
보기보단 사람을 볼 줄 모르는군 그래.”

“뭐라구?”

“이봐, 나도 마음만 먹으면 이 자리에서 너를 피떡으로 만들 수 있는
사람이야.”

말이 떨어지기 무섭게 정청의 좌우에 시립해 있던 제기들이 칼을 빼
들었다.

“으허허허. 조무래기들이 까불고 있네. 으허허허.”

도연이 팔짱을 끼며 미소를 지었다. 연왕부의 기름 가마솥 앞에서
호기를 부렸던 목풍아의 이야기를 들었던 터라 무서움을 모르는 것이
목풍아를 꼭 닮았다는 생각이 들었다.

“후후후. 호기가 대단하군. 사내라면 그 정도는 돼야지. 좋아. 마음
에 드는군.”

도연이 손을 들자 제기들이 칼을 집어넣었다.

“그래, 용건을 들어보기로 하지.”

“그럼 사람을 물려다오. 기밀을 요하는 중요한 이야기다.”

“모두 나의 심복이니 걱정 말고 나에게 말해 보라.”

“으허허허. 어떻게 사람을 믿을 수 있나?”

“후후후. 내가 너를 믿을 수 없으니 그럴 수밖에.”

“좋아. 그럼 말하지. 대장은 너와 손을 잡고 싶어한다.”

“뭐라구? 천하의 목풍아가 나와 손을 잡고 싶어한다고?”

“대장이 기회를 주시는 것이니 잘 새겨듣기 바란다.”

“하하하. 들을수록 건방진 이야기로군.”

“그렇지만은 않을 텐데…….”

“어째서 그렇게 생각하는 거지?”

“천하를 바꾼 가장 큰 공을 세운 도연이 궁전을 지키는 개 노릇이나 하고 있으니 하는 말이지.”

“뭐라고?”

도연이 자리에서 벌떡 일어났다. 그러나 도연은 냉철한 이성이 있는 사람이다. 목풍아가 그런 말을 했다면 반드시 그에 합당한 이유가 있을 것이 분명했다. 도연이 자리에 앉으며 미소를 지었다.

“목풍아가 무슨 이유로 그런 말을 한 거지?”

“스스로 잘 알 것이라 하던데 모르겠다면 내가 대장의 이야기를 들려주지.”

“좋아. 이야기를 해보라.”

“너는 천자의 모사로 천하를 바꾸는 가장 큰 공을 세운 사람이다. 반면 정화는 천자의 측근으로 잠자리 시중이나 드는 환관일 따름이지. 그런데 천하가 바뀌어진 후 어떻게 되었나? 큰일을 한 너는 궁전을 지키는 개가 되었고, 환관 정화는 황제의 측근으로 가장 사랑을 받는 고양이가 되어 있지 않은가.”

맞는 말이었다. 그렇지 않아도 근래에 정화에게 이용당하는 것 같아 기분이 좋지 않은 도연이었기에 독돈의 말이 가슴에 와 닿았다.

“혹시 알고 있나 모르겠네. 얼마 전 내장이 거처하고 있는 양양(襄陽)으로 정화의 부하가 비밀리에 온 적이 있는데…….”

이것은 또 무슨 말인가. 이야기가 옆으로 새고 있었지만 귀가 솔깃하였다.

“뭐라고? 정화의 부하가? 무슨 일로?”

"이번에 공주의 부마 문제로 상의를 하러 왔지."

"뭐라고?"

이 말이 사실이라면 정화가 또 무언가를 꾸미고 있는 것이 틀림없었다. 독돈이 일산안경을 살짝 코에 걸치며 말했다.

"우리 대장이 황후마마의 신임이 두터운 것은 알고 있겠지?"

연경부에 있을 때 황후와 왕가의 식구들이 목풍아와 함께 경화도에 놀러 간 이야기는 이미 도연도 알고 있는 이야기다.

"황후마마께서 대장의 재주를 사랑하여 은근히 공주의 짝으로 생각해 오던 것도 알고 있나? 공주도 대장을 참 좋아했는데……."

그것도 이미 도연이 알고 있는 바다. 독돈의 말이 서투르고 매끄럽지 못하여 도연은 화가 치밀었다.

"정화의 부하가 뭐라 말했단 말이냐?"

"기다려 보라구. 내가 금방 말하려고 하지 않나?"

도연은 얼굴에 핏발이 솟았다. 안하무인에 서투른 말솜씨. 이런 자를 보낸 목풍아의 의도가 궁금하다 못해 화가 날 정도였다.

"정화의 부하 말이 도연이 계교를 부려서 목풍아를 일부러 죽게 하고, 공주들을 다른 사람에게 시집보내려 한다더군. 황후마마와 공주님들의 상심이 크니 일간 황성으로 내려와 무사한지 보여 드리라고 말이야."

뭔가 이야기가 되었다.

정화가 뭔가 꾸미는 것이 틀림없었다. 그렇지 않고서야 며칠 전에 정화가 금의위로 찾아와 목풍아가 황성으로 찾아올지도 모른다는 말을 했을 이유가 없었다.

아무리 생각해도 완벽한 자신의 계교를 알아차릴 이유가 없다고 자신하던 도연은 정화가 가운데 끼어서 이간시키는 것이라 생각하였다. 하지만 이것이 목풍아의 술책인지 알 수 없는 일이기에 더욱 신중할 필요가 있었다.

"만약 황후마마와 공주님을 목풍아가 만나게 된다면 어떤 일이 일어나는 거지?"

"대장 말로는 내명부에서 도연을 가만 놔두지 않을 거라더군. 공주님들의 성질이 보통이라야 말이지."

도연은 등줄기가 서늘하였다. 도연은 공주들보다 서 황후가 더 무섭다. 그녀의 입김이 무섭다는 것은 이미 그가 잘 아는 바이다.

"그래서 목풍아가 정화와 손을 잡기로 하였나?"

"대장은 정화의 부하를 돌려보냈지만, 고자 놈이 마음에 들지 않는다고 나를 보내 네가 대장과 손을 잡을 것인지 물어보라 하셨다. 신경 쓰지 않으면 조만간 정화에게 당할 수 있다구 말이야."

도연의 머리 속에서 헝클어진 이야기가 하나씩 풀리기 시작하였다. 처음에 목풍아를 암행어사로 보내 버리자고 제의를 한 것은 정화였다. 죽은 척 각본을 꾸미고서 황성으로 돌아오지 못하게 해놓은 것은 목풍아와 도연이 원한을 갖게끔 만들려는 의도가 분명하였다.

정화는 부마 문제로 목풍아를 황성으로 불러들인 후 황후와 공주들을 만나게 하여 도연을 궁지로 몰아넣을 속셈이 분명하다. 만일 도연이 목풍아를 죽이기라도 한다면 황후와 공주들이 가만있지 않을 것이니 이도저도 모두 도연에게는 빠져들 수밖에 없는 함정이었던 것이다.

'이런 빌어먹을 고자 놈, 나를 궁지에 빠뜨리려고.'

화가 치밀어 올랐다. 길게 한숨을 내쉬어 평정을 찾은 후 고개를 들어 독돈을 바라보았다.

퉁퉁하고 미련하게 생긴 얼굴과 어눌한 말투를 보면 왠지 모르게 믿음이 갔다. 보통 변설을 잘하는 사람이 오기 마련인데, 이런 사람을 보낸 것을 보면 목풍아가 잔꾀를 부리지 않고 자신과 손을 잡고 싶다는 것이 틀림없었다.

"내가 큰 실수를 할 뻔했군."

"무슨 말이오? 손을 잡겠다는 것이오? 안 잡겠다는 것이오."

"후후후, 선택의 여지가 없잖은가. 목풍아와 손을 잡겠다. 돌아가거든 목풍아에게 내 말을 전해다오. 교활한 정화에게 속아 이용당하고 있었다고. 진작에 손을 잡았으면 좋았을 것을. 이제부터라도 잘해보자고 전하시오."

독돈이 싱글벙글 웃으며 말했다.

"대장이 한 가지 부탁을 하던데……."

"뭐요?"

"나중에 부마의 일을 결정지을 때 도와달라고 하시더군요."

"같은 길을 가는 사람인데 당연히 도와드려야지. 염려 말라고 하시오."

"성불대제 때 아무래도 황후마마와 공주님을 만나러 오실 것 같은데 그때는 어떡할 거요."

"최대한 성의를 봐드릴 테니 염려 말라고 전하시오."

"이거 양양까지 가려면 시간이 많이 걸릴 텐데……."

"파발을 이용하도록 도와드리지."

"으허허허. 됐습니다. 나는 이만 돌아가겠소이다. 수고들하시구려."

독돈은 위풍당당하게 장원을 나섰다.

"대장의 말처럼 되긴 되었는데 참. 관부의 일이란 나 같은 사람은 죽었다 깨어나도 알 수가 없단 말이야……."

독돈은 머리를 갸웃거리며 중얼거렸다. 어제의 원수가 갑자기 동료가 되어버렸다. 음모와 모략이 난무하는 관부의 생리를 아무리 생각해 보아도 알 수 없는 독돈이었다.

금의위의 비밀 장원을 나온 독돈은 어슬렁거리며 황궁 앞에 있는 다점으로 들어갔다.

다점의 이층 난간에 기대어 한참을 기다리던 독돈은 황궁에서 나오는 왕보를 발견하곤 셈을 치르고 다점을 나와 왕보를 잡았다.

"엉? 무, 무슨 일이오?"

왕보는 난데없이 일산안경을 끼고 나타난 독돈이 눈앞에 서 있자, 누가 볼세라 소매를 끌어 골목 어귀에 있는 다점으로 데려갔다.

"미쳤소? 이런 복장을 하고, 더구나 일산안경까지……. 금의위의 제기들에게 들키려고 환장을 한 거요."

"으허허허. 모두 대장이 시킨 일이니 염려 마시오. 그냥 차나 한잔 하다가 돌아갈 거요."

"제기들이 보면 어쩌려고 그런 말씀 하시오?"

"제기들이 보라고 그러는 거요."

"예? 그게 무슨 말씀입니까?"

"골목길에서부터 따라오는 사람이 있었소. 사실 방금 전에 금의위의 비밀 장원에서 도연을 만나고 왔다오. 으허허허."

"제, 제 정신입니까? 황자님께서 쉬쉬하는 판에 호랑이 굴에 다녀오시다니요?"

"대장이 다 생각있어서 나를 보낸 것이 아니오. 우리 대장을 못 믿는단 말이오?"

“그건 아니지만…….”

“잔소리 말고 나와 차나 한잔 마시다가 제 갈 길을 갑시다. 나는 대장이 시킨 대로만 할 뿐이니까 말이오.”

“도, 도대체 왜 저를 만나시는 건지 이유를 잘 모르겠군요.”

“깊은 속은 나도 잘 모르겠는데, 아차차차. 상공이 퇴청하시거든 하소선더러 개선사에 놀러 오라고 하셨는데, 깜빡 잊을 뻔했소.”

“그 일로 미행이 있는데도 불구하고 저를 찾으신 겁니까?”

“나는 깊은 내막은 잘 모르니 이만 가보겠소. 계산은 그대가 하시구려. 으허허허.”

독돈이 목을 젖혀 웃다가 객잔을 나갔다. 동창에서부터 미행은 계속되고 있었다. 독돈이 그걸 모를 리가 없지만 이런 상황까지 귀신같이 짐작하는 목풍아가 생불(生佛)처럼 신통방통한 것이 독돈은 신기하다.

독돈은 그 길로 황성을 나가 나루에서 장강을 막 건너가려는 큰 나룻배에 까마귀처럼 날아올랐다. 물을 차는 제비처럼 검은 신형은 일장이나 먼 거리를 가볍게 뛰어 뱃전에 가볍게 착지하였다.

놀란 사공과 손님들이 지레 겁을 집어먹고 자리를 비켜주었다. 살짝 고개를 돌려보니 그림자처럼 미행을 하던 사내가 나룻배까지 미처 따라오지 못하고 빼곡한 사람들 틈에서 독돈을 바라보고 있었다.

독돈은 알고 있으면서도 모르는 것처럼 뱃전에 서서 장강을 바라보고 있었다.

‘호호호.’

다음날 독돈은 스님으로 변복을 한 후 장강을 건너 남경으로 돌아왔다. 전날과는 다르게 성문에서 위세를 떨치던 제기들의 숫자가 눈에

띄게 줄었다. 독돈은 개선사 성불대제 때문에 모여드는 승려들에 섞여 유유히 개선사로 돌아와 목풍아에게 일의 전말을 보고하였다.

"와하하하. 이번에 독돈이 큰 공을 세웠어. 잘했어."

"으허허허. 이번에 저의 또 다른 능력을 발견한 기분입니다, 대장."

옆에서 이야기를 듣던 오괴가 코웃음을 치며 입을 열었다.

"훙. 대장은 도연이 독돈의 말에 설득당했다고 생각하십니까?"

"아니."

독돈이 눈을 휘둥그레 뜨며 말했다.

"대장에게 협조하겠다고 내 두 귀로 들었는데, 무슨 말입니까? 빌어먹을 제기들의 숫자도 확 줄어들었구요. 제 눈으로 확인했는걸요."

목풍아가 웃으며 말했다.

"와하하하. 독돈, 관부의 사람들을 너무 믿지 마라. 다른 사람도 아니고 도연과 같은 일류모사의 말을 어떻게 무턱대고 믿을 수 있나?"

독돈이 자신의 머리를 때리며 말했다.

"아! 머리가 어지럽다. 그럼 제가 도대체 뭘 한 겁니까?"

"와하하하. 도연을 설득하여 금의위의 경계를 풀었잖아."

오괴가 목풍아에게 물었다.

"오괴는 대장의 속내를 알고 싶습니다."

"좋아. 복잡한 이야기지만 내 심복들이니 이야기해 주지."

목풍아는 엄지손가락을 펼쳤다.

"황실에 가장 큰 실세는 황제다. 그렇지?"

일도가 손을 쳐들며 소리쳤다.

"당연한 말씀."

독돈과 오괴가 눈을 부라렸다.

"나만 가지고 그래……."

기어들어 가는 목소리로 일도가 얼굴을 쭈그렸다.

빙그레 웃던 목풍아가 이번에는 검지손가락을 펼쳤다.

"그와 버금가는 힘을 가진 실세는 내명부를 관장하는 황후마마겠지."

오괴와 독돈이 고개를 끄덕였다.

"그 다음 세력으로 첫째 황자와 둘째 황자가 있고, 두 분 공주님이 다음이지."

"그런데요?"

목풍아는 다시 세 손가락을 펼쳤다.

"그 다음 세 명의 실세가 있는데 정화와 도연, 그리고 나다. 정화는 황제의 오랜 측근으로 장앙태감이 되면서 가장 강력한 힘을 지니게 되었고, 도연은 금의위의 수장으로 비밀 경찰인 제기들을 부리는 사람이 되었다. 정화에 비해서는 다소 처지는 감이 있지만 막강한 권력을 가진 것은 부인할 수 없는 일이야. 그 다음으로 나 목풍아. 황제 직속의 암행어사인 천룡패주이지만 두 사람에 비하면 털 빠진 개털이라 할 수 있지."

"푸헤헤헤. 털 빠진 개털? 푸헤헤헤. 빠지긴 빠졌죠. 푸헤헤헤."

일도가 터지는 웃음을 참지 못하고 주책없이 웃다가 목풍아와 오괴, 독돈의 눈초리에 찔끔 입을 다물었다.

"빌어먹을 털."

목풍아가 오괴와 독돈을 노려왔다. 두 사람이 찔끔하여 서로를 바라보았다. 독돈이 갑자기 일도의 머리를 쥐어박았다.

"이 자식, 끼어들 때 끼어들어야지. 이맛박을 뚫어버릴까 보다. 밖에 나가 기마 자세로 이만 번을 센 후 물구나무를 서서 오는 사람 없는지 감시나 잘해. 알았어? 이번에도 꾀 부렸다가는 죽어.”

“힉. 힉. 형님들은 저만 갖고 그래요. 힉.”

오괴가 말했다.

“홍. 그럼 너 말고 누가 있어? 대가리를 부처님처럼 만들어줄까?”

“으허허허. 그거 괜찮은 생각인데……. 머리에 혹을 울퉁불퉁하게 만든 다음 먹을 묻혀놓으면 그림이 나오겠는걸. 칼자국이 흉이 되긴 하겠지만 말이야. 으허허허.”

“힉. 힉. 형님들 너무하세요.”

“너무하긴 뭐가 너무해? 물구나무가 끝나면 암자 부엌 안에 물 항아리를 비우고 물을 가득 채워놔. 꾀 부렸다가는 알지?”

오괴가 눈을 부라렸다.

“힉. 힉. 정말 너무해.”

일도는 얼굴을 부여잡고 후다닥 바깥으로 뛰어나갔다.

목풍아가 혀를 차며 말했다.

“예전에는 제법 사람이 의젓했는데 갈수록 왜 저렇게 되는 거야? 너희 빌어먹을 두 사람, 내가 없을 때마다 일도를 그렇게 괴롭혔나?”

“저 자식이 매일 주책없는 짓을 하니까 그러죠.”

“좀 봐줘라. 그동안 한솥밥을 먹은 시간이 얼만데, 너희는 일도가 불쌍하지도 않나?”

독돈이 웃으며 말했다.

“으허허허. 대장, 불쌍하지만 사람을 만들려면 할 수 없는 일이죠. 일도가 우리에게 매일 당하는 것 같지만 사실 우리가 조금씩 무공을 가르쳐 주는 것이라구요.”

"뭐야? 그럼 일도를 구박 준 것이 무공을 가르쳐 주기 위한 거란 말이야?"

"기초를 착실하게 다지고 있는 중이죠. 기초가 부실해서는 뭐든 소용이 없는 법이거든요. 으허허허."

오괴가 코웃음을 치며 말했다.

"흥. 대장이 무공을 알겠습니까? 머리 굴리는 일만 잘하지……."

목풍아가 무릎을 치며 웃었다.

"와하하하. 그런 속내를 내가 몰랐군. 내가 졌군. 좋아, 좋아. 역시 정이란 좋은 거군. 그런 일이라면 나도 팍팍 밀어줄 테니, 사람 한번 만들어보라구. 그런데 어디까지 이야기했더라?"

"털 없는 개털까지 이야기를 헙……."

말을 하던 독돈이 재빨리 입을 다물었다.

목풍아가 한숨을 쉬며 말했다.

"빌어먹을…… 불알 없는 놈 때문에 내가 이 꼴이 되다니 기가 막힐 노릇이구나. 번식 능력도 없는 놈과 다 늙은 너구리 한 마리 때문에 털 없는 개털이 되다니…… 생각하니 처량하구나."

독돈이 말했다.

"대장, 복수해야죠. 불알 없는 놈과 늙은 너구리에게 처절한 복수를 합시다."

목풍아가 고개를 번쩍 쳐들며 말했다.

"그렇다, 복수. 개털이 된 내가 복수를 위해 할 수 있는 일은 도연과 정화 두 사람의 결속을 깨뜨리는 일이다. 지금으로서는 정화에게 밀리고 있는 도연을 움직이는 것이 쉽다 생각하였다. 어차피 두 사람에게 결속이란 생각할 수 없는 것이거든. 모두 자신의 이득을 위해 움직이다 보니 손을 잡은 것일 뿐, 두 사람 사이에 의리나 결속이란 생각할 수도 없는 일이지."

오괴가 코웃음을 치며 말했다.

"도연과 같은 너구리가 선뜻 대장과 손을 잡은 것이 믿기지 않는걸요?"

"후후후. 독돈을 도연에게 보낸 것은 머리가 좋은 도연을 상대하기 위해서는 약간은 답답한 독돈이 효과적이라 생각했기 때문이지. 반드시 변설을 잘하는 자가 사람을 쉽게 설득할 수 있는 것은 아니거든. 도연과 같은 자는 몇 마디만 들어도 사실인지 거짓인지 전모를 알아낼 수 있기 때문에 머리 속에 혼란을 주기 위해 말에 조리가 없는 독돈을 보낸 거라구."

"후후후. 그럼 그렇지……."

독돈이 제비부리처럼 입을 내밀어 오괴에게 타박을 주었다.

"닥쳐라, 까막아. 공도 세우지 못한 주제에 나를 비웃는 게냐?"

목풍아가 웃으며 말했다.

"독돈이 공을 세웠지만 도연을 설득한 것은 이해 득실에서 도연이 정화에게 밀리고 있었던 것이 큰 이유이지. 그가 나와 손을 잡은 것은 정화와 권력 싸움에서 밀리고 싶지 않기 때문이야. 자신이 정화에게 휘둘린다면 마침내는 정화에게 당하고 말 것이니, 이해 득실로 따져 봐도 나의 손을 잡는 편이 낫다 생각했겠지. 그렇지만 그 역시 정화의 함정에 빠지지 않기 위한 임시방편일 따름이니, 그가 나와 손을 잡을 것이라고 생각하면 안 돼. 그는 등 뒤에 비수를 숨기고 있는 사람이니까. 아마 정화와 나를 동시에 쓸어버릴 효과적인 묘수를 생각하고 있겠지."

독돈이 고개를 내저으며 말했다.

"어렵다, 어려워. 그건 그렇고, 대장. 왕보는 뭣 때문에 만나고 오라 하신 겁니까?"

"당연한 것 아니냐? 왕보는 주고치 왕자님의 심복 환관이라구. 내 심복이 황성에 왔다면 내 전갈을 당연히 왕자님에게 전해야 할 것 아니냐. 만약 네가 그냥 장강을 건넜다면 의심 많은 도연이 내 속내를 알아내려고 촉각을 곤두세울 것이 아니겠느냐?"

"그, 그렇군요."

"양양에 내가 있다고 말했겠지?"

"그럼요."

"좋아, 좋아. 수천 리 머나먼 양양에서 불사가 열리는 날까지 남경으로 돌아올 수 없을 테니 말이야."

오괴가 말했다.

"가까운 곳에 있을 거라고 의심할 수도 있잖습니까?"

"그럴 수도 있겠지. 겉으로는 나와 손을 잡는다고 하곤 불사가 열리는 당일 나를 잡으려고 마수를 뻗칠 수도 있을 테니까 말이야. 만약 내가 남경으로 돌아오게 된다면 미리 협조를 구하였으니 당당하게 들어올 것이고, 그때 나를 손쉽게 잡아버리려고 머리를 굴린 것일 수도 있어. 도연은 둘째 황자인 주고구를 차기 후계자로 생각하고 있는 정적이기 때문에……."

오괴가 머리를 설레설레 저었다.

"복잡하군요. 정말 어렵습니다."

"어려운 것이 당연하지. 하늘 아래 가장 높은 인간이 되는 것이 쉬운 일인가? 바람도 없는데 푸른 꽃잎이 후두둑 떨어진 사례는 역사에

많고도 많아. 덧없는 푸른 꽃잎이 되지 않기 위해서는 끝없이 머리를
굴릴 수밖에 없단 말이야."

독돈이 말했다.

"그럼 어찌하면 되는 거죠?"

"뭘 어떡해? 도연을 속였으니 우린 이제 불사를 기다리기만 하면 되
는 거야."

오괴가 말했다.

"도연을 속였다고요? 언제요?"

"독돈이 배에 오를 때, 승려 옷을 입고 태평스럽게 개선사에 돌아왔
을 때 나의 계책은 성공했단 말이다."

오괴와 독돈이 서로의 얼굴을 바라보았다.

"일일이 말을 해줘야 하다니, 에잉."

목풍아는 혀를 차며 입을 열었다.

"도연이 나와 손을 잡는다는 말은 믿지 마라. 아마 지금쯤 도연은
나와 정화를 함께 궁지에 몰아넣기 위해 머리를 짜고 있을 거다. 두 가
지 경우를 생각하겠지. 내가 불사에 참여할 경우와 그렇지 못할 경우.
그렇지 못할 경우에는 맥없는 일이 되지만 만약 내가 불사에 참여한다
면 재미있는 일이 일어나겠지. 그는 나를 손쉽게 사로잡을 수 있을 것
이라 생각할 테니 말이야. 왜냐하면 미리 협조를 구하였으니 도연이
불사에 참여하기 위해서는 반드시 내가 자신의 협조를 얻을 것이라 생
각하기 때문이겠지. 만약 그렇게 된다면 내 계책이 도리어 이용당한
것이라 할 수 있겠지? 도연은 제 발로 굴러 들어온 나를 손쉽게 가둔
후 정화에게 나를 죽였다고 말하곤 표식을 보여주겠지. 구룡패 같은
표식으로 정화를 안심시킨 후, 나로 하여금 황후를 만나게 하여 정화를

궁지에 빠뜨리도록 계책을 꾸미겠지. 모든 일이 정화가 꾸민 일이라고 말이야."

"아! 그럴 수도 있군요."

"도연은 무서운 사람이야. 분명한 것은 그럴 가능성을 배제할 수 없다는 거야. 그렇지만 내가 누군가? 목풍아 아닌가? 가능한 한 불사 때 도연은 나와 정화를 옭아매기 위해 모든 수단을 강구할 거야. 그렇지만 도연은 나를 잡을 수 없을걸. 왜냐하면 나는 벌써 이곳에서 존경받는 스님으로 행세하고 있으니 말이야. 그럴 줄은 꿈에도 생각지 못했겠지. 도연이 황성에서 나를 잡으려고 헛물을 켜는 사이에 나는 황후 마마와 공주들을 만나고 있을 테니 말이야. 와하하하하."

오괴가 말했다.

"그럼 대장은 도연을 헷갈리게 하려고 일부러 독돈을 보낸 겁니까?"

"그렇지. 도연과 같은 자는 모든 경우의 수단을 생각하는 자라서 가만히 있어서는 내가 당할 수가 있다구. 이제 그가 생각할 수 있는 수단을 제한하도록 내가 독돈을 통해 암시해 주었으니, 그는 전체의 모든 상황이 아니라 제한된 상황에서 모든 수단을 생각해 내겠지. 비유하자면 입맛이 동하는 미끼를 던져 도연의 정신을 그곳으로 돌렸다고 할까? 맛있는 미끼가 없다면 호수 구석구석을 뒤지겠지만 도연은 지금 미끼를 바라보며 궁리를 하느라 호수 저편에서 무슨 일이 일어나는지 생각할 여력이 없는 거라구."

이해가 잘 안 되어 얼굴을 찡그리며 듣고 있던 독돈도 그제야 머리를 끄덕이며 말했다.

"아하. 그럼 대장은 도연을 속인 거로군요. 으허허허. 그거 참 기발한 계책인데요? 우리 대장이 이중삼중으로 던져 놓은 미끼에 정신이 팔려 있을 것을 생각하니 통쾌하군요. 으허허허."

오괴도 고개를 끄덕이며 피식 웃었다.

"권력을 잡는 일이란 칼날 위를 걷는 것과 같이 신중해야 하는 거야. 도연과 정화가 보통이 아니니 또 어떤 일이 일어날지 몰라. 한 치라도 방심을 해선 안 돼. 알겠지?"

오괴가 고개를 끄덕였다.

"당연한 말씀."

독돈이 웃으며 말했다.

"그리고 보면 참 대장은 신통방통하시단 말이야?"

"와하하하. 개선사의 생불(生佛)로 추앙받는 목존자님이니 당연한 것 아니겠나. 와하하하."

이내 목풍아가 손바닥을 비비며 입맛을 다셨다.

"그리고 보니 공주들을 못 본 지도 오래되었구나. 이 년 만인가? 모두 어떻게 변했을까? 황후마마를 닮아 미인들이었는데, 더욱 예뻐졌겠지? 민이도 성숙하게 변했을 텐데……. 아우! 감질나네."

이 년 동안 더욱 성숙하게 변했을 공주들과 시녀 강민을 생각하면 가슴이 설레는 목풍아였다.

생불, 세 송이 꽃을 품다

생불, 세 송이 꽃을 품다

도연은 비밀 장원의 정청에 앉아 생각에 잠기었다. 정화와의 관계를 유지하면서 목풍아를 처리하는 방법을 생각하다가 이를 오도독 갈았다.

생각할수록 정화가 괘씸한 것은 사실이지만 만일 목풍아가 연환계를 써서 두 사람 사이를 이간하고 있다면 목풍아와 손을 잡은 것이 자신보다는 목풍아에게 득이 되는 것이다. 빤히 눈을 뜨고 당할 수는 없는 일이다. 그렇다고 정화가 시키는 대로 할 수도 없는 노릇이니 깊게 생각하지 않으면 안 되었다.

밤새 여러 가지 수단을 생각하느라고 머리가 아플 지경이었다. 그러나 하루를 꼬박 새운 끝에 생각은 하나씩 가닥이 잡히기 시작하였다.

'목풍아가 어떤 자인가? 심복을 시켜 겁도 없이 나를 찾아올 정도라면 필승의 계책을 가지고 있다는 것이 아닌가? 교활한 놈이라 반드시 도망갈 구멍 몇 개쯤은 만들어놓았을 것이다.

내가 그놈을 잡다가 실패한다면 그놈이 정화와 손을 잡고 나를 제거하려 하겠지? 주고치 왕자와 내명부의 힘을 이용하여 나를 핍박할 것이 틀림없다. 그렇다면 내가 만일 그놈의 제의를 배신하고 정화의 말을 좇아 그놈을 죽인다면 나에게 어떤 이득이 있나? 정화에게 좋은 일일 뿐 목풍아가 말한 대로 내명부에 좋지 않은 인상을 남길 것이 틀림없다. 공주와 황후가 나를 미워하고 정화가 황실에서 나를 모함한다면 내가 견뎌낼 수 있을까?

아무리 생각해 보아도 뾰족한 수단이 생각나지 않았다. 정난군이 일어났을 때, 이경륭의 삼십만 대군을 손쉽게 막아내고 장강의 수군대장들을 세 치 혀를 가지고 손아귀에 넣은 재주로 봤을 때 목풍아를 옭아맨다는 것은 스스로 무덤을 파는 일일 수 있다 생각하였다. 그 정도 대비도 없이 자신을 찾아올 리는 없다고 판단했기 때문이다.

무엇이 자신에게 득이 되는가 하는 문제에서 결국 도연은 목풍아의 손을 들어주기로 하였다. 정화는 견제하기 어려울 정도로 커버렸고, 정화를 견제할 수단은 자신과 목풍아가 잠시 동안 손을 잡는 것밖에 없다는 것으로 결론이 났다.

'어찌 되었든 외통수에 걸렸다. 하지만 교활한 목풍아가 양양에 있을 리는 없다. 그렇다면 가까운 곳에서 이미 모든 수단을 만들어놓았겠지? 그렇지 않고서는 나에게 큰소리를 칠 사람이 아니니까. 불사가 갑자기 열리는 것도 수상쩍다. 목풍아가 꾸민 일이 아닐까?

생각이 여기까지 미치자 도연은 등줄기가 서늘하였다. 만약 목풍아가 성불대제를 꾸몄다면 이미 황후와 비밀리에 이야기가 되어 있다는 말이다.

'이거 쉽게 보았다가 큰 코 다치겠군. 만약 그렇다면 목풍아는 이미 황성에 와 있다. 양양에 있다는 것은 나를 시험하는 것이로군.'

도연은 즉시 제기들을 변복시켜 개선사와 천희사로 보내어 성불대제의 칙명이 내리기 전에 그곳에 찾아온 사람이 있는가 비밀리에 샅샅이 조사해 오도록 하였다.

그날 저녁 돌아온 제기들의 보고를 받고 도연은 할 말을 잃었다. 개선사에 목존자라는 승려가 이적을 보이며 생불 노릇을 하고 있는데, 성불대제가 열린다는 것을 알아맞힌 고명한 스님이라 개선사의 스님들이 모두 공경하고 있다는 말이다.

목존자의 수하로 세 명의 승려가 있는데, 세 명의 인상착의가 목풍아의 세 심복이 틀림없었다.

"등잔불 아래가 어둡다더니 깨끗하게 당했군."

목존자라면 말하지 않아도 목풍아가 변장을 한 것임을 짐작할 수 있었다.

뻔뻔하게 짐작할 만한 이름을 가지고 개선사 암자에서 한자리를 차지한 것을 보면 모든 준비가 되어 있다는 말이었다.

'정말 무서운 놈이군. 뻔뻔하게 황성 주위에서 자리를 잡고 일을 꾸미고 있었어. 정화의 일 역시 내부에서 누군가에게 들은 것이 틀림없어. 이렇게 되면 내가 협조하고 있다고 한 번쯤 비위를 맞추지 않으면 안 되겠는데?

도연은 뻐근한 뒷골을 주무르며 피곤한 몸을 이끌고 궁궐로 들어가 이번 성불대제를 기회로 개선사에 새로운 현판 하나를 달아주기를 상주(上奏)하였다.

영락제가 흔쾌히 허락하여 새롭게 이름을 지어주었다. 신령스런 스님이 사는 절이라 하여 영곡사(靈谷寺)라는 현판이 만들어지자 도연이 제기들을 대동하고 개선사로 찾아왔다.

천자가 내린 현판이 왔다는 소식은 또 한 번 황성과 개선사를 들끓게 만들었다. 승려들이 단정하게 차려입고 현판을 받았지만 그 무리들 속에 목풍아는 없었다.

도연은 황제가 내린 현판을 주지 혜가에게 전달한 후 돌아가는 길에 혜가에게 말했다.

"이곳에 목존자라는 생불이 계시다고 들었습니다. 황제께서 목존자의 소문을 들으시고 친히 현판을 만들어 보낸 것이니 각별히 신경을 써주시면 감사하겠습니다. 목존자를 만나뵙고 가고는 싶은데 계시는지요?"

"그렇지 않아도 칙서를 가지고 오시는 분이 만나뵙기를 청할 것이라고, 적연당(寂然堂) 암자에서 기다리고 계십니다."

"아! 그렇습니까?"

'짐작하고 있었단 말인가?

도연은 목풍아가 자신이 찾아올 것을 예측하고 있다는 것과 개선사의 중들을 믿음으로 휘어잡은 것을 놀랍게 생각하였다.

혜가가 합장을 하며 말했다.

"혼자 올라오시라고 하시더군요. 행자가 안내해 드릴 겁니다."

목풍아가 하자는 대로 할 수밖에 없었다.

행자를 따라 골짜기로 한참을 가다 보니 작은 폭포가 떨어지는 벼랑 위에 작은 암자가 있는데, 그 난간 한가운데에 스님이 앉아 있었다.

'목풍아?

설마 머리를 깎고 황도로 올라오리라고는 상상하지 못했던 도연이었다. 목존자를 목풍아로 의심하고 있었지만, 민둥머리에 금란가사를 입고 파란 계곡물을 바라보며 앉아 있는 스님 몰골의 목풍아를 보니 기가 막힐 따름이다. 더구나 그 앞에 머리를 밀어버린 세 심복이 스님 복장으로 팔짱을 끼고 자신을 노려보고 있지 않은가.

'상대방이 이렇게 치밀하게 준비하고 있는 것은 몰랐다. 내가 정화에게 마음을 돌렸다가는 도리어 큰 화를 입을 뻔했다.'

도연은 정화와 목풍아라는 보이지 않는 호랑이가 주위에 도사리고 있다는 것을 비로소 실감할 수 있었다.

그렇지만 도연은 아무렇지도 않은 듯 적연당으로 다가갔다.

행자가 뽀르르 다가가 합장을 하며 말했다.

"목존자 대사님, 황제의 칙서를 가져온 사령을 모셔왔습니다."

목풍아가 고개를 돌려 도연을 보며 목례를 하곤 행자에게 웃으며 말했다.

"너는 그만 물러가 보거라."

"예, 대사님."

행자가 공손하게 합장을 하곤 물러갔다. 오괴와 독돈은 도연이 안중에도 없는 듯 아무런 표정 없이 팔짱을 끼고 서 있고, 오직 일도가 험악한 얼굴에 인상을 쓰며 도연을 노려보고 있다.

도연이 말없이 적연당에 오르니 목풍아가 웃으며 말했다.

"와하하하. 천자에게 상주하여 현판을 새로 가져오셨더군요. 그런 수고까지 해주시며 저를 찾아오시다니 제가 뭐라고 감사해야 할지 모르겠습니다."

도연이 빙그레 웃으며 말했다.

"천룡패주가 머리까지 깎고 이 절에 둥지를 틀었는데, 내가 가만히 있을 수 있나?"

무모아가 된 목풍아를 놀리는 것이다.

"와하하하. 제가 머리를 깎고 보니 상공의 처지를 알겠습디다. 그렇지 않아도 같은 민둥머리가 된 기념으로 바둑이나 한 판 둘까 싶어서 기다리고 있었습니다."

당신도 무모아인데 남 탓할 것 있겠느냐는 말이다. 일진일퇴의 공방이 미소 띤 입에서 오고 갔다.

목풍아는 전각 가운데 바둑판을 가리켰다.

"허허허. 이렇게 맑은 계곡에서 바둑이라…… 신선이 따로 없는 삶이군."

"와하하하. 정무에 바쁘신 분이니 이렇게 잠시 시간을 내어 머리를 식히는 것도 나쁘지는 않을 듯하여 마련하였습니다."

그동안 자신을 찾아오기 위해 노고가 많았다는 것을 빗대어 말하는 것이리라.

'얄미운 놈.'

도연이 자리에 앉으니 목풍아가 맞은편에 앉았다. 목풍아가 생글생글 웃으며 돌을 부스럭거리면서 잡아 바둑판 위에 올렸다.

도연이 말했다.

"홀수."

목풍아가 씽긋 웃으며 손을 펼쳤다.

손바닥 안에 바둑돌이 하나도 없었다.

"와하하하. 농(弄)이었습니다. 상공께서 연배가 높으시니 선을 잡으시지요."

자신을 놀릴 정도로 여유가 있다는 말이다. 그런 여유는 어디서 생기는 것인가? 그대로 덥석 받는다는 것도 체면 문제이니 양보할 수밖에 없다.

"어린 나이에 천룡패주가 되었으니 그대가 선을 잡는 것이 어떤가?"

"그렇다면 제가 선을 잡지요."

목풍아는 주저없이 흑돌을 들어 바둑을 놓았다.

딱—

딱—

바둑돌 놓이는 소리가 고요한 암자의 정적을 깨었다. 암자 아래로 돌돌돌 흘러가는 물소리와 새소리가 선경에 든 것마냥 조용하다.

한동안 말없이 바둑을 두던 도연이 입을 열었다.

"내 집에 침입해서 용케도 살았군."

"허점이 너무 많다 보니 그렇게 되었습니다."

"허점이라……."

생각해 보면 허점이라면 도연은 드러나 있었고, 목풍아는 노출되지 않았다는 것이다. 목풍아는 그 허점을 교묘하게 파고들어 도연을 정신 없이 흔들었다고 하는 것이 옳았다. 바둑으로 말하자면 정확한 수 읽기가 빠른 것이리라.

목풍아는 이곳저곳으로 마구 달려 들어와 도연의 혼을 빼고 있었다. 대마를 다 잡을 사람처럼 전투를 걸어왔다가는 집을 챙기고는 도망치더니, 도연이 만들어놓은 집으로 파고들어 집을 축소시키며 악착같이 실속을 챙기고 있었다.

바둑의 기풍을 그 사람의 성격으로 표현하자면 목풍아는 이름처럼 바람이었다. 질풍처럼 도연을 공격하며 잇속을 챙겼다.

수 읽기가 빠른 탓에 중반으로 접어들수록 목풍아의 바둑은 승기를 더해갔다. 곳곳에 예상치 못한 변화와 묘수로 도연의 대마를 뒤흔들어 놓으니 침착하던 도연의 얼굴에도 식은땀이 송골송골 맺히었다.

'이, 이놈, 정말 보통 놈이 아니다.'

목풍아는 정석이 아닌 변칙으로 상대하고 있건만 바둑 내용은 도연이 밀리고 있었다.

목풍아가 흘깃 바라보며 고소를 금치 못하였다. 불과 네다섯 달 전만 해도 자신이 고개를 들 수 없을 만큼 높은 자리에 있던 사람이 이렇게 변하였다.

금의위의 수장이라면 왕부까지 제어할 수 있는 관직이지만 어찌 되었든 황실과 끈이 닿아 있지 않고서는 실세를 잡았다고 할 수 없는 것이다. 그런 점에서 보자면 황자와 황후의 신임을 얻어 불사를 열리게 한 목풍아의 힘이 더욱 큰 것이다.

도연은 지금 그 힘의 실체를 느끼고 진땀을 흘리고 있는 것이다. 이때 동자 하나가 차를 들고 들어와 도연과 목풍아의 앞에 내놓았다. 차를 한 잔 마시고 도연이 말했다.

"황성에 찾아온 이유가 무언가?"

"아실 텐데요. 공주님들의 혼인 문제로 급하게 달려왔습니다."

"그 문제라면 나와 상의해도 될 일 같은데……."

"와하하하. 자식의 일은 부모가 결정하는 거요. 주제넘은 짓은 하지 않는 것이 좋아요. 친자를 능멸한 자는 죽어도 묻힐 곳이 없나는 것쯤을 잘 알고 있을 거 아니요."

도연은 가슴이 철렁하였다. 부모가 자식의 혼인을 결정하는 것이 세상의 법도. 더구나 황실의 일에 주제넘게 나서려 하였으니 이런 말이 황후와 황제에게 새어나간다면 황제와 황후를 능멸한 죄를 받을 수도 있는 일이었다.

'빌어먹을, 약점을 잡혔구나.'

목풍아가 싱글벙글 웃으며 말했다.

"걱정 마십시오. 상공께서 나를 도와준다면 나도 상공을 해칠 생각이 없으니까. 모두 정화가 상공과 나의 관계를 이간질한 때문이 아닙니까? 정화만 없었다면 이렇게 되지는 않았을 텐데 말입니다."

말인즉슨 맞는 말이지만, 도연은 능력만 된다면 목풍아를 제거해 버리고 싶다. 하지만 지금 자신이 목풍아를 건드린다면 좋을 것이 없으니 참고 참을 수밖에 없다.

"나도 그대의 이야기를 들으며 깨달은 바가 많소. 정화가 나를 이간질하지 않았다면 좀 더 빨리 대업을 이룰 수 있었을 텐데 아쉬울 따름이오."

'하라체'가 부지불식간에 '하오체'가 되어버렸다. 목풍아의 흔들기가 적중한 것이다. 목풍아는 고개를 끄덕이며 말했다.

"이번에 나를 이렇게 도와주셨으니 후일 반드시 신세를 갚겠습니다. 저는 정화처럼 사타구니가 허전한 사람이 아니니 믿으셔도 좋습니다. 불알이 없는 놈들은 원체 믿을 수가 없단 말이야. 그렇지 않습니까? 와하하하."

목풍아가 자신의 가슴을 치며 크게 웃었다.

사타구니가 허전하다는 말과 정화를 희롱하는 말에는 도연도 웃음이 났다. 천하의 정화를 그렇게 생각해 본 적 없는 도연이기에, 그렇게 마구 말을 하는 목풍아의 호기가 부러웠다. 그때였다.

땡— 땡—

멀리 저녁을 알리는 종소리가 은은하게 들려왔다. 고개를 들어보니 벌써 해는 서산으로 저물어 붉은 노을이 장엄하게 펼쳐져 있었다.

"벌써 저녁때가 되었군요. 시간 가는 줄 몰랐소. 내일모레가 성불대제이니 나도 준비할 것이 많아 이만 가보겠소."

목풍아가 합장을 하며 말했다.

"그리하십시오."

"그럼, 참, 정화를 너무 가볍게 보지만 마시오."

도연이 가볍게 목례를 하곤 적연암을 내려가 버리고 말았다.

도연이 우거진 수림 사이로 사라지고 나자 오괴와 독돈, 일도가 적연암으로 들어왔다.

그들은 때 아닌 도연이 찾아오자 어찌 된 영문인지 알 길이 없었다.

"대장, 도연이 찾아오다니 어떻게 된 거죠."

"과연 도연이구나. 짐작은 했지만 빨리도 찾았네."

오괴가 물었다.

"도연이 어째서 그냥 돌아갔을까요?"

"나를 잡아갔으면 좋겠느냐?"

오괴가 말했다.

"그건 아니지만 이상한데요?"

독돈이 얼굴을 찡그리며 말했다.

"어째 큰일 보고 밑 안 닦은 기분이라구요."

"이제의 직은 오늘의 동료, 오늘의 농료는 내일의 적. 이번에는 도연이 나에게 손을 들어줬을 따름이다. 그만큼 정화의 힘이 커졌다는 반증이지. 이상할 것은 없어."

"대장, 그럼 이제는 걱정하지 않아도 되는 겁니까?"

"방심은 금물. 정화가 있다는 사실을 잊어서는 안 돼."

“정화. 그렇군요. 그건 그렇고, 내일모레가 성불대제인데 정말 아무 일 없이 잘 지나칠 수 있을까요?”

“일이 생기겠지.”

“무슨 일이 생긴단 말이에요?”

“내 인생에서 가장 중요한 일.”

목풍아는 그 자리에서 발라당 드러누워 검푸른빛으로 바뀌어가는 노을을 바라보았다. 황후와 공주는 내일 이름이 바뀐 영곡사로 찾아와 삼 일 동안 머물다가 성불대제가 끝이 나면 돌아가도록 되어 있었다. 그 안에 모든 일을 마무리해야만 하는 것이다.

공주들과의 정을 돈독하게 만들어 비공식 부마가 될 수 있도록 황후의 승낙을 얻어야만 한다. 만약 황후의 비공식 부마가 될 수 없다면 이후에 권력을 잡을 수 없고, 권력을 잡을 수 없다면 자신의 정책을 백성들에게 널리 펼칠 수 없으니 천하 백성들의 평안이라는 자신의 이상을 실현할 수 없게 되는 것이다. 목풍아가 권력에 집착하는 이유가 바로 그 때문인 것이다.

다음날 조용한 영곡사가 하루 종일 시끄러웠다. 이른 아침부터 황후와 공주의 행차를 맞기 위해 영곡사의 좌우편에 말뚝을 박고 비단 장막을 치고 황후의 보교가 들어올 길을 보수하느라고 인부들과 승려들이 바쁘게 움직이더니, 정오 무렵 요란한 음악 소리와 함께 황후와 공주의 행차가 고요한 영곡사를 시끄럽게 하였다.

형형색색의 말을 탄 금의위 병사들이 앞뒤 좌우로 호위를 서고, 황후와 공주가 탄 보교가 꼬리를 물고 황성을 나와 영곡사로 들어오고, 그 뒤를 따라 수많은 백성들이 따라오니 황성 일대가 시끄러울 지경이다.

그 소리가 깊은 계곡까지 울려 적연당에서 태평스럽게 낮잠을 자고 있던 목풍아를 깨울 정도였다.

달콤하게 낮잠을 즐기던 목풍아가 벌떡 일어나 소리쳤다.

“황후마마가 도착했느냐?”

방문 바깥에서 일도의 목소리가 들려왔다.

“예. 지금 막 도착했다던데요. 그리고 하원길이가 지금 와 있습니다, 대장.”

“엉? 하원길이가? 어서 들어오라 해라.”

입가에 침을 얼른 닦으니 방문이 열리며 검푸른 단령을 입은 하원길이 적연당 안으로 들어왔다.

“단잠을 곤하게 주무시기에 바깥에서 기다리고 있었습니다. 말단 호조의 관원이다 보니 일이 바빠 이제야 대장을 찾아뵙습니다. 개선사, 아니, 영곡사로군요. 황후마마 행차 길에 불사에 드는 비용을 가지고 왔다가 틈이 나서 대장을 뵈러 왔습니다.”

“와하하하. 바쁘다는 것은 좋은 거야. 신수가 훤하군. 호조의 일은 할 만한가?”

“미리 장사를 배워놓은 보람이 있었습니다. 호조의 말단 주부에 불과하지만, 사대부이고 제법 실력을 인정받아 일거리가 많습니다.”

“좋아, 좋아. 그럼 시정은 어떤가?”

“조금씩 조금씩 늘어나는 실정입니다만, 남경은 중원의 수도라 하기에는 자체적으로 문제가 있어 한계가 드러나고 있습니다.”

“한계라…… 어떤 문제가 있지?”

“정치와 경제의 중심이 일치하는 남경은 공급과 소비가 자체적으로 완결되는 구조여서 화북의 정치, 경제는 소외되어 발전하기 어렵습니다. 남경의 체제는 지역 국가의 성격을 갖고 있을 뿐 명나라 전체의 국가 발전을 꾀할 수 없는 약점이 있습니다. 홍무 황제 때에 서안(西安)으로 천도를 계획한 것은 통일 국가의 규모를 염두에 둔 때문이었습니다."

"음. 그렇다면 내부에서 천도설이 거론되고 있다는 말이군. 천도라면 어디로?"

"네. 제 생각으로는 천자께서 연왕부가 있는 북평이 될 것 같습니다. 본래 그곳을 기반으로 하셨고, 건문제의 일로 이곳 남경이 껄끄러우신 것 같습니다. 때문에 멀지 않은 장래에 북평으로 천도가 예상됩니다."

"음. 앞으로 네 어깨가 무겁다. 뭐든 나라의 정책을 하기 위해서는 돈이 필요하기 때문에 사실상 모든 기밀 사항은 호조의 귀에 들어오기 마련이지. 천도란 비용이 많이 들고 백성들의 고초가 많아지는 일이다. 만약 그렇게 된다면 나 역시 팔을 걷어붙이고 백성들의 피해를 최소화시켜야겠지만, 너 역시 그 점을 염두에 둬야 할 것이야. 백성들이 없고서는 이 나라 역시 없는 것이니까."

"대장은 역시 다른 관리들과는 다르군요."

"와하하하. 그렇게 보였나?"

"예. 저에게는 그렇게 보입니다."

"네가 그리 이야기를 하니 너에게 이야기 하나 해주지. 예부터 나라에서 선비를 구할 때 청렴하고 깨끗한 사람만 고르려고 하는데, 이런 것은 아녀자들이 안방에서 가르치는 규범일 뿐 시골 촌부가 중시하는 것이지, 위정자들이 중요하게 생각해서는 안 되는 것이야. 어째서 그런가. 그런 자들이 자신의 청렴함만 믿고 백성들을 위한다고 떠들어대지만 현실에 부닥치면 과연 그러할 수 있을까? 계략이 난무하는 무서운 정치의 칼날 앞에서 아녀자같이 자기 몸만 깨끗한 것을 떠들어대다간 토막이 나기 십상이지. 수천 년이 넘게 수많은 왕조들이 간신배들에게 농락당한 것이 바로 그 때문인 거야. 그놈들이 정의를 세우고 의인(義人)인 척하지만, 한 꺼풀 껍질을 벗기면 권력을 탐하는 무리와 다를 것이 뭐가 있는가? 정의를 기치로 내거는 것은 좋지만, 그것은 현실에서는 허울 뿐. 실지는 그렇지 않다는 것을 알아야 해."

"예."

"주역(周易) 천지비(天地조) 쾌에 이런 구절이 있지. '소인배를 포용하면 대인이 길하다'. 백성의 안녕을 위해서라면 간신뿐 아니라 짐승까지 마다하고 포용할 수 있어야 하는 거야. 제 몸만 깨끗이 하여서는 사람은 국가의 대사를 종종 똥통 속에 내팽개치기 쉬운데, 그것은 백성들의 잣대가 아니라 자신의 잣대에 맞추기 때문이지. 때문에 관리 된 자라면 마음속에 한 가지 잣대를 품고, 백성들과 나라가 동시에 좋아질 수 있는 최선의 한 수를 끊임없이 생각하지 않으면 안 되는 거라구. 알겠는가?"

"예. 대장의 말씀 명심하겠습니다."

"좋아. 가봐도 좋다. 관리가 열심히 일을 해야지."

하원길이 방문을 나가다가 고개를 돌려 웃으며 말했다.

"대장께서 그렇게 머리를 밀고 설법을 펼치시니 이름 높은 대사님 같습니다."

"뭐라고? 그걸 말이라고 하느냐? 나는 영곡사의 생불 목존자님이란 말이다."

"하하하. 알아모시겠습니다. 그럼."

하원길이 꾸벅 인사를 하고 나갔다.

목풍아는 머리맡에 있는 거울을 끌어당겨 자신의 얼굴을 바라보았다. 반짝거리는 대머리에 눈썹이 지워져 바보 같은 얼굴이 바라보고 있었다.

"빌어먹을……."

이런 모습으로 공주들과 강민을 만나러 갈 것을 생각하니 아찔하기만 하다. 공주와 강민이 자신의 모습을 보고 얼마나 웃을 것인가.

'아! 신은 어째서 이런 시련을 내리시는 것인가?'

거울 아래 서랍을 열어 화장 붓을 꺼내었다.

"빌어먹을…… 천하의 목풍아가 털 때문에 나갈 때마다 화장을 해야 하다니……."

붓을 들어 눈썹을 그리니 눈썹이 삐뚤삐뚤하다.

"제길……."

들었던 붓을 바닥에 내팽개치고 두 손으로 두 볼을 잡았다. 멍청한 중대가리 하나가 거울 속에서 뚫어지게 자신을 바라보고 있었다.

회색 승복을 입고 빛나는 대머리가 반짝거리는 것이 영락없는 승려이다. 본래 잘생긴 사람도 자신의 얼굴에 만족을 하지 못하는 법인데, 대머리에 눈썹이 망가진 몰골을 보니 처량한 마음이 샘물처럼 솟았다.

길게 한숨을 쉬다가 주먹을 불끈 쥐고 거울을 노려보았다.

화난 듯 눈을 부릅뜨고 스님이 노려보고 있었다.

"이 자식아, 네가 언제부터 아녀자처럼 낯짝에 신경 쓰고 살았느냐? 소인배 같은 생각 말고 내 여자를 만나러 가자."

목풍아는 거울을 구석 자리에 밀쳐 버리곤 자리에서 벌떡 일어나 방문을 힘차게 열며 소리쳤다.

“일도야.”

정자 앞 소나무에 일도가 땀을 뻘뻘 흘리며 물구나무를 서고 있었다. 그 앞에 오괴와 독돈이 불량배마냥 팔짱을 끼고 꺼덕거리고 있는 것을 봐서 무예 수련을 시키고 있는 것이 틀림없었다.

오괴가 고개를 돌려 말했다.

“대장, 무슨 일입니까?”

“아, 아니다.”

두 부하가 일도를 수련시키는데, 일도를 위해서라도 방해할 수는 없는 노릇이다.

“영곡사에 잠시 다녀올 것이니, 그리 알아라.”

독돈이 말했다.

“제가 따라갈까요, 대장?”

“됐다. 제기들이 너를 알아보면 어떡하려구?”

오괴가 말했다.

“제가 따라갈까요?”

“너는 얼굴이 시퍼렇고 흉악하게 생겨서 군사들이 경계할 테니 안 돼.”

일도가 부들부들 떨면서 말했다.

“대, 대장, 그럼 제가 따라가겠습니다.”

“니도 만만찮아. 얼굴의 칼자국 때문에 인상으로 밥은 먹는 놈이 무슨……..”

일도는 독돈과 오괴의 구박을 피하고 싶어서 시뻘겋게 변한 얼굴을 찡그려 신호를 보내었다.

목풍아가 그것을 모르는 바가 아니나, 그렇게 하면 일도를 키울 수 없기에 웃으며 말했다.

"이 자식아, 그렇게 얼굴을 찡그리니 더 흉악하다. 얼굴 펴라."

목풍아는 금란가사를 입고 미리 준비한 근사한 선장(禪杖) 하나를 들고 근엄하게 영곡사를 향해 내려가다가 문득 고개를 돌려 일도에게 말했다.

"차가운 겨울바람을 이겨내야 다음 해의 열매가 실한 법이니라."

이내 고개를 돌려 천천히 영곡사로 내려가기 시작하였다.

"힉. 힉. 무슨 소리야? 대장, 나 좀 살려주지. 학"

"시끄러워. 다 큰 놈이 우는 소리나 하고 지랄이야."

오괴가 일도에게 한소리를 하곤 멀어져 가는 목풍아를 바라보다가 일도에게 말했다.

"쳇. 고승처럼 차려입고 여자 만나러 가는군. 신이 났군, 신이 났어."

독돈이 고개를 젖혀 웃으며 말했다.

"으허허허. 부러우면 너도 여자나 만나러 가보지 그래. 조기의 주루에 가면 미녀들이 널렸을 텐데……. 이 참에 가서 동정을 버리고 오라구. 불자가 되었으니 세상 인연을 다 버려야 할 거 아냐? 으허허허."

"빌어먹을 놈."

오괴는 콧방귀를 뀌며 고개를 돌렸다.

"으허허허. 그나저나 대장이 쉽게 만날 수 있으려나?"

"흥. 너는 아직도 대장을 모르느냐? 우리가 모르는 그물을 쳐 놓았는지 모를 일이지. 머리 속에 이중삼중으로 계교가 가득한 사람인데……."

"으허허허. 그건 그렇지. 으허허허. 아무튼 대장은 좋겠네. 꽃도 품고 말이야. 그렇지 않냐? 쓸모없는 사타구니."

"홍. 바보 소리 마라, 돼지 녀석아."

"이 까마귀 자식, 대장도 없는데 한번 해볼 테냐?"

"좋아. 기다리던 바다."

두 사람이 번개처럼 엉키어 주먹과 발을 교차하며 맹호처럼 싸우기 시작하였다.

펑— 펑—

와지끈—

"끄앗— 핫—"

장력이 교차하는 소리, 나무가 부러지는 소리, 호랑이 같은 기합 소리 사이로 일도의 애처로운 소리가 메아리치고 있었다.

"대장, 일도 살류~~"

한편 목풍아는 계곡을 내려가 사람들로 시끌벅적한 영곡사 산문을 근엄하게 들어갔다. 화려한 금란가사에 방울이 달랑거리는 선장을 들고 들어서는 목풍아의 모습이 고승의 모습과는 거리가 멀지만, 계곡 안 적연당에서 칩거하던 생불 목존자가 오셨다는 영곡사 스님들의 요란스러운 환대에 사람들도 목풍아에게 고개를 숙였다.

주지인 혜가와 주방장인 혜성이 목풍아의 손을 잡아 무량수전에 들이가니 목풍아가 때 아닌 생불(生佛)이 되어버렸다.

이렇게 되고 나니 도리어 목풍아의 눈썹 없는 웃긴 얼굴이 기이한 관상을 가진 사람이 되어버려 못생긴 달마대사를 비유하는 자까지 있었다.

무수한 사람들이 목풍아 앞에서 절을 하고 향을 피우는데, 목풍아는 원래 낯짝이 두꺼운 사람이라 위축되는 기색도 없이 '착하게 살아라', '바르게 살아라', '욕심내지 마라' 같은 덕담도 넙죽넙죽 잘한다.

겨울 초입이라 한동안 무량수전에서 생불 노릇을 하고 있으니 벌써 하늘이 거뭇거뭇하다.

저녁 공양을 하고 주지 혜가와 차 한 잔을 하고 있으려니 시녀 하나가 찾아와 인사를 여쭈었다.

"주지스님, 이 절에 생불이 계시다 해서 이렇게 찾아왔습니다."

은그릇에 옥구슬 굴러가는 아리따운 목소리다. 왠지 낯이 익은 목소리 같아 목풍아가 차를 마시다가 슬쩍 눈을 들어보니 초롱을 들고 혜가의 뒤편에 서 있는 것이 다름 아닌 강민이 아닌가.

목풍아는 차를 마시는 척하면서 강민을 훔쳐보았다. 흰 비단옷을 차려입은 강민은 몰라볼 정도로 예뻐졌다. 이 년 전보다 키도 훌쩍 자라 성숙한 여인의 티가 물씬 풍겼다. 초롱의 불빛에 비친 얼굴은 청초함을 더하여 백합 같은데, 머리에 반짝이는 노리개가 목풍아의 시선을 끌었다. 작은 구슬이 알알이 박힌 은으로 만든 머리꽂이는 목풍아가 남경으로 가기 전 강민에게 주었던 바로 그것이다.

'나를 잊지 않고 있었구나.'

차를 마시던 목풍아의 입가에 미소가 흘렀다. 강민의 마음은 아직도 목풍아를 잊지 못하고 있는 것이다.

그때 혜가가 고개를 돌려 강민에게 말했다.

"내 앞에 있는 분이 그대가 찾는 분이오만, 무슨 일이오?"

"심부름을 왔습니다, 저희 공주님께서 여쭐 것이 있다고⋯⋯."

목풍아가 몸을 돌렸다.

"공주가 나를 찾아올 줄 알았다오. 첫째 공주님께서 보내셨구려."

"그, 그걸 어떻게 아셨습니까?"

강민이 혜가를 바라보며 놀란 표정을 지었다.

"허허허. 생불이시니 그 정도야 알고 있지 않겠습니까?"

혜가가 빙그레 웃으며 고개를 끄덕였다.

강민은 주소천의 시녀이니 뻔한 것이다. 목풍아는 이왕 이렇게 된 것 생불 노릇이나 하자 싶어 돌아앉은 채로 입을 열었다.

"그대의 성이 강(姜)씨 아니오?"

"마, 맞습니다."

"그대의 이름은 민(敏)이구려."

"네. 그걸 어떻게 아셨습니까?"

"정신을 집중하면 보이지 않는 것이 없지요."

혜가는 목풍아의 신통력에 놀라 합장을 하며 불호를 외웠다.

강민 역시 보지 않고도 자신의 이름을 맞추는 목존자의 신통력이 놀라워 다소곳이 무릎을 꿇고 앉았다.

목풍아가 말했다.

"주지스님, 죄송하지만 스님께서 자리를 비켜주서야겠습니다. 황실의 비밀 이야기가 될 것 같아 송구스럽습니다."

"제가 눈치도 없이 큰 실례를 할 뻔했습니다."

혜가가 얼른 자리에서 일어나 무량수전을 나갔다. 황실의 비밀 이야기를 엿들을 수는 없는 일이었다.

혜가가 나가고 나자 무량수전이 조용하다. 불상 앞을 밝히는 촛불이 여인의 허리마냥 살랑거린다. 불빛에 반사된 금동 불상은 은은한 빛을 일으키며 미소 띤 얼굴로 두 사람을 바라보는 것 같았다.

　한동안 두 사람은 말없이 앉아 있었다. 선정에 든 사람처럼 조용한 목풍아의 뒷모습을 바라보던 강민이 먼저 입을 열었다.

“저… 대사님.”

“첫째 공주에게 근심이 있는 모양이지?”

“네.”

“너와 같은 근심인가?”

“그, 그건 잘…….”

“한 남자가 있군. 허허. 공주와 시녀가 한 남자를 좋아했구나. 목(木)씨 성의 사내였군.”

　강민이 흠칫 놀라 큰 눈을 뜨고 돌아앉은 스님을 바라보았다. 생불이라는 말은 들었지만, 이렇게 신통할 수 있단 말인가? 목풍아가 암행어사의 임무를 수행하다가 비명횡사했다는 소식을 듣고 주소천과 강민은 상심에 잠기었다. 목풍아에게 마음이 빼앗겨 남경에서 그와 만날 날만 손꼽아 기다리고 있던 두 사람에게 목풍아의 비보는 충격이 아닐 수 없었다. 이루어지지 못한 슬픈 사랑의 이야기가 아녀자들의 마음을 빼앗아 슬픈 낭만 속으로 젖어들게 하는 것처럼, 구중궁궐에서 꿈처럼 짜릿한 사랑을 나누었던 목풍아는 그들에게 있어서 잊혀질 수 없는 존재였던 것이다.

　기질이 강한 주소천은 첫사랑의 사내가 죽었다는 것을 믿지 못했다. 이경륭의 삼십만 대군도 코를 후비며 물리칠 정도의 사내가 허망하게 죽을 리 없다는 믿음을 가지고 있었다. 자신의 혼례 이야기가 무르익고 있는 이 마당에 몸을 섞은 첫사랑의 사내가 더욱 생각나는 것은 당연한 일이다.

　성불대제 때문에 어머니와 함께 개선사에 도착한 주소천은 영험하다는 생불의 이야기를 듣고 목풍아를 떠올렸다.

신통방통한 생불이라면 법력을 발휘하여 목풍아의 생사 여부를 알아낼 수 있으리라 생각했기 때문이다.

강민 역시 목풍아를 마음에 두었던 여인인지라 주소천의 이야기를 듣고 설레는 것은 마찬가지였다. 주소천 앞에 드러내 놓고 말할 수 없는 입장이었지만, 마음을 주었던 목풍아의 소식을 알고 싶은 것은 한 가지. 강민은 주소천의 명을 받아 생불을 찾아온 것이다. 그런데 생불이 귀신처럼 자신과 주소천의 속마음을 알아내고 있으니 놀라운 일이지 않은가.

"흠. 목풍아라는 사내로군."

강민은 어안이 벙벙하였다. 실로 모르는 것이 없는 생불이 틀림없었다.

"그, 그가 죽었습니까?"

조심스럽게 떨리는 말투에 긴장감이 흘렀다.

목풍아는 손을 들어 육십갑자를 세는 듯 손가락을 요란하게 교차시켰다.

"보자, 보자. 목풍아의 운세가 어찌 되는가?"

갑자기 갑자를 세던 손가락이 멈추었다.

"어허. 천하를 호령할 운세이군. 인물이야. 영웅이로군. 이런 인물이 있었더니 늘라울 따름이야. 인중용(人中龍)이라 하더니 바로 이 사람이로군."

자기 자랑을 마구 떠들어대기 시작하는 목풍아였다.

"어린 나이에 큰공을 많이 세웠군. 전생에 하늘의 신관이었는데, 너무 잘나서 옥황상제의 애첩들과 눈이 맞았군. 어허. 한두 사람이 아니야. 옥황상제가 노할 만도 하군. 벌을 받았어. 신선이 사람으로 환생하였으니 어찌 사람 사이에서 두각을 나타내지 않을 수 있겠는가."

이야기를 듣던 강민의 눈빛이 반짝거렸다. 몽롱한 구름 속에 뜬 것만 같은 기분이 들었다. 전생에 신선이었던 사람과 다정한 시간을 보내었다니 꿈만 같았다. 믿을 수 없는 이야기지만 생불이 그렇게 이야기하는데 믿지 않을 수 없는 노릇이었다. 더구나 옥황상제의 애첩을 건드렸던 바람기는 사람이 되어서도 여전하니 생불의 말이 더욱 용하게만 생각되었다.

"어떻게 되었나요, 그 사람?"

"그전에…… 그전에 물어볼 말이 있소. 내 말에 사실대로 대답하지 않으면 쾌가 나오질 않으니 사실대로 말해야만 하오."

"예. 사실대로 말하겠습니다."

"좋아. 그대는 목풍아를 좋아하였소?"

잠시 말이 없던 강민이 입을 열었다.

"예."

"얼마나 좋아하였소?"

"그분만 생각하면 가슴이 울렁거리고 눈물이 나옵니다. 매일 저녁 잠이 들기 전 그분을 생각하고 눈물로 밤을 샐 정도로요. 저는 그분이 돌아가셨다면 살고 싶은 희망이 없습니다."

강민의 눈가에 눈물이 고였다. 목풍아는 가슴이 찡하였다. 누군가가 자신을 그토록 생각해 주는 것만큼 고마운 일이 있으랴. 목풍아는 강민에게 연민을 느끼며 다시 물었다.

"첫째 공주님도 그렇습니까?"

“첫째 공주님은 그분께 거울을 받았는데, 항상 소중하게 가지고 다니시지요. 그분께 몸을…… 죄송하지만 더는 말씀드릴 수 없습니다. 하지만 공주님께서도 그분을 깊게 사랑하고 계시다는 것은 말씀드릴 수 있습니다.”

“어허. 이거 큰일이군. 목풍아의 생사에 두 사람의 목숨이 걸려 있으니 내가 어찌 말해야 하나?”

“주저하지 말고 말씀해 주세요. 저는 각오가 되어 있습니다.”

“무슨 각오 말이오? 자살이라도 할 생각이오?”

“그분이 없는 세상에서 살기는 싫습니다. 이제 공주님께서 혼인을 하시게 되면 저는 공주님과 함께 부마의 집으로 끌려가 좋아하지도 않는 사람과 혼인하며 살게 될 것인데, 그렇게 살기는 싫습니다.”

“인명(人命)은 재천(在天)이오. 살다 보면 옛일은 다 잊기 마련이거니와 삶이란 그렇게 덧없는 것이 아니오.”

“목 대인과 같은 인물도 덧없이 가는 세상. 저 같은 천한 것이 무엇을 바라고 세상에 미련을 두겠습니까? 대사는 여자의 마음을 모릅니다.”

목풍아는 가슴이 벅찼다. 이렇게까지 강민이 자신에게 마음을 가지고 있으리라 생각지 못했던 목풍아였기에 벅차오르는 감동은 더 하였다.

“이미, 제가 대사님께 무슨 말을 하는 서시!”

코를 훌쩍거리는 것으로 보아 눈물을 흘리는 것 같았다.

목풍아는 가슴이 누그러져 입을 열었다.

“만약 그 사람의 모습이 바뀌어도 괜찮겠소?”

“네? 그렇다면 그 사람이 살아 있는 거예요? 그런 거예요?”

목풍아가 고개를 끄덕였다.

"그는 거짓으로 죽은 척한 거요. 천자의 명으로 그렇게 한 거지요."

강민은 멍하니 목존자를 바라보았다. 어두운 불빛에 붉은 금란가사와 반질반질한 머리가 반짝거렸다. 처음 보는 사람이지만 왠지 낯설게 느껴지지 않았다. 그때 목존자의 음성이 들려왔다.

"그동안 예뻐졌군. 머리에 끼고 있는 노리개가 예쁜걸."

강민은 심장이 덜컥 멎어버리는 것 같았다. 그동안 예뻐졌다는 말은 벌써 예전부터 알고 있었다는 말이다. 더구나 머리에 있는 노리개는 목풍아가 주었던 선물로 궁녀들과 주소천도 모르는 혼자만의 비밀이다.

떨리는 음성으로 강민은 물었다.

"호, 혹시 대사께서……."

"으흐흐흐. 맞았다. 생불 목존자가 바로 목 대인 목풍아란다."

목풍아가 천천히 몸을 돌렸다.

강민은 눈물로 범벅이 된 얼굴로 까까머리 목존자를 뚫어지게 바라보았다. 못 본 사이에 몰라볼 정도로 변하였지만, 까맣고 장난기 어린 눈과 입매가 꿈에도 그리던 목풍아가 틀림없었다.

"히이잉~"

강민은 바닥에 털썩 주저앉아 울음을 터뜨렸다.

"귀여운 것, 한번 안아볼까?"

목풍아가 팔을 벌려 강민을 껴안았다.

"대인, 살아 계시면서 이렇게 놀리시는 법이 어디 있어요."

"천자의 명이니 할 수 없었단다."

목풍아는 강민의 눈물을 닦아주다가 복숭아 같은 뺨에 가볍게 입을 맞추었다.

"아잉~"

강민의 얼굴이 붉게 물들었다.

"못 본 사이에 우리 민이가 많이 예뻐졌는걸. 와하하하."

강민은 목풍아의 머리를 바라보며 말했다.

"머리도 천자가 시켜서 그런 건가요?"

"아니, 나는 비밀 임무를 맡고 있는데 민이가 너무 보고 싶어 견딜 수 있어야지? 그래서 국법을 어기고 이렇게 머리를 깎고 찾아왔단다."

하는 짓이 예전이나 지금이나 변함없었다. 외줄타기를 하는 사람마냥 여전히 국법을 어기는 것을 즐기고 있는 듯하다. 하지만 이런 비밀스러운 관계가 짜릿하고 행복하게만 느껴지는 이유를 알 수 없었다.

"와하하하. 갈보 계집은 잘 있지?"

호탕하게 웃는 목소리 하며 갈보라고 공주에게 대놓고 욕을 하는 것까지 그대로이다. 강민은 목풍아의 품에 안긴 것이 구름 속에 올라선 것처럼 황홀하였다.

"공주님을 갈보라고 부르지 않는다고 약속하시고선……."

"와하하하. 내가 그랬지. 버릇이 되어서 쉽게 떨어지지가 않네."

목풍아는 분위기를 잡기 위해 갑자기 상기된 얼굴로 강민의 얼굴을 바라보았다.

'스흐흐흐. 이 다음은 입술이나.'

갑자기 강민이 입을 막고 웃음을 터뜨렸다.

"민아, 왜 그러느냐?"

"대인께서 그렇게 인상을 쓰시니 정말 우스워요. 머리가 없어서 그런가 눈썹도 이상해요."

달아오르던 연정에 찬물을 끼얹었다. 그렇지 않아도 머리와 눈썹 때문에 불만이 심한 목풍아가 강민에게 그러한 소리를 듣고 나니 사지의 힘이 갑자기 빠졌다.

한숨이 절로 나왔다.

"휘유유유~ 민이에게 그런 소릴 들으니 가슴이 찢어지는 것 같구나."

"대, 대인, 저는 그냥……."

힐끔 고개를 들어보니 강민의 얼굴이 애처롭다. 공주의 시녀로 눈치만 보며 살아온 탓이리라. 불쌍한 소녀의 마음을 상하게 해서는 목풍아답지 못하다.

"네 실수를 인정한다면 용서받을 수 있는 기회를 주마."

목풍아는 눈을 감고 입술을 오리처럼 내밀었다. 강민의 얼굴에 미소가 피어올랐다. 연왕부 안에서도 언제나 이런 식으로 자신의 입술을 가져갔던 목풍아이기에 그 모습이 더욱 사랑스럽게 느껴지는 것이다.

"대인, 정말 보고 싶었답니다."

강민은 살포시 눈을 감고 목풍아의 입술에 입을 맞추었다. 찌릿한 무엇인가가 입술을 타고 온몸을 엄습하는 것을 두 사람은 느끼었다. 뭐라 말할 수 없을 만치 황홀한 기분. 그것은 따뜻한 열기가 되어 두 사람의 온몸을 따뜻하게 만들었다. 호흡이 가빠지며 저절로 두 손이 서로를 맞잡았다.

목풍아는 자연스럽게 바닥으로 강민을 눕히었다. 이제 강민의 나이 십팔 세. 물오른 버드나무처럼 한창 피어나는 나이의 소녀. 가슴에 연정이 불꽃처럼 타오르는 순간 목풍아는 가벼운 손놀림으로 웃옷의 끈을 풀었다. 그때였다.

"대사, 이제 끝나셨습니까?"

바깥에서 혜가의 목소리가 들려왔다.

강민의 웃옷을 벗기려던 목풍아가 자리에서 벌떡 일어났다.

'빌어먹을 늙은이, 이런 찰나에…….'

강민 역시 붉게 상기된 얼굴로 몸을 일으켜 웃옷을 입었다. 얼굴이 화끈거렸다. 두 사람 모두 부끄러운 마음에 얼굴을 들지 못하고 앉아 있으니 문이 열리며 혜가가 불전 안으로 들어와 합장을 하였다.

"대사님, 저녁 예불 시간입니다."

잘못하다가는 영곡사의 수많은 스님들 앞에서 개망신을 당할 뻔하였다. 본능이 시킨 대로 한 것이지만 부처님 부끄럽게 불사 안에서 무슨 짓이란 말인가. 짐짓 근엄한 목소리로 목풍아가 말했다.

"잘 오셨습니다. 그렇지 않아도 여시주의 근심을 모두 풀어준 터라 거처하는 곳으로 갈 생각이었습니다."

"아! 그러시군요."

목풍아는 강민에게 고개를 돌렸다.

"새털같이 많은 날이 남았으니 무슨 걱정입니까? 이제 걱정일랑 묻어버리고 즐겁게 살아보십시오."

목풍아가 합장을 하며 눈을 찡긋하였다.

"대사님의 금과옥조 같은 말씀을 듣고 나니 기운이 나는 것 같습니다."

강민이 미소를 지으며 합장을 하며 일어났다.

"그럼 저는 이만 물러가 보겠습니다. 그런데 공주마마께 말씀드려야겠지요."

"큰공주마마 성격에 거짓말이라 알게 된다면 반드시 후환이 있을 것이니 사실대로 말하세요. 저는 절 뒤편 계곡 안에 있는 적연당이라는 곳에 칩거하고 있다고 말이에요."

"알겠습니다, 대사님."

강민이 합장을 하였다.

"참, 둘째 공주님께 전해 드릴 서신이 있으니 잠깐만 기다려 주세요."

목풍아는 불전 앞에 있는 지필묵을 들어 무어라 적은 뒤 봉투에 넣어주었다.

"이건 내일 저녁 첫째 공주님 몰래 둘째 공주님에게 전해주세요. 첫째 공주님이 알아서는 안 된답니다."

강민이 생긋 웃으며 서신을 품속에 집어넣었다.

"네, 대사님. 그럼."

강민이 합장을 하곤 불전을 나갔다.

황후와 공주가 머무는 곳은 임시로 지어진 집이지만, 그 둘레를 지키는 군사들은 황궁의 최정예 군사들로 구성되어 있으니 들어갈래야 들어갈 수가 없다.

영곡사를 나와 적연당으로 돌아가는 목풍아는 쓴 입맛을 다실 뿐이었다. 아름다운 여인이 된 강민을 그냥 돌려보내는 것이 못내 아쉬웠지만, 새털같이 많은 날이 남았는데 무슨 걱정인가.

"와하하하……"

한바탕 크게 웃다가 강민의 부드러운 입술과 향기로운 체취를 생각하며 계곡 길을 걷노라니 문득 몸이 으스스하게 떨리었다.

어두운 계곡 좌우편에서 느껴지는 기분 나쁜 느낌, 목풍아는 슬쩍 좌우를 바라보았다.

계곡 좌우편 노송나무 뒤에서 기분 나쁜 움직임이 느껴졌다. 나무 사이로 반짝이는 은빛 검신이 보였다.

'자객들이구나.'

짧은 순간 여러 가지 생각들이 머리 속을 오고 갔다.

'직접 찾아와 마음을 놓게 하곤 도연이 배신을 했단 말인가?'

그렇게 된다면 목풍아는 꼼짝없이 함정에 빠진 꼴이다. 오괴와 독돈이 없는 지금 목풍아는 꼼짝없이 당할 판이다. 그러나 도연이 그렇게 바보는 아니다. 목풍아가 나쁜 일을 당하면 곧바로 그 화가 도연에게 미칠 것을 알고 있는 도연이 미친 짓을 할 리 없는 것이다. 목풍아는 황자와 긴밀한 관계를 유지하고 있다는 것을 그날 독돈이 왕보를 만나 보여주었지 않은가.

그렇다면 무엇 때문에 기분 나쁜 자객들이 기다리고 있는 것인가. 짐작할 수가 없었다. 이럴 때 어째서 오괴와 독돈은 나타나 주지 않는 것인가? 머뭇거릴 수 없다.

"제길. 갑자기 뒤가 급해졌다."

목풍아는 몸을 돌려 왔던 길을 돌아가기 시작하였다. 노송나무 뒤편에서 검은 옷을 입은 자객들이 뛰어나와 장검을 휘둘렀다.

"제길."

목풍아는 자신도 모르게 추룡보를 밟았다. 목풍아의 신형이 미끄러지듯 길닐들을 피하여 자객들의 포위망을 빠져나와 숲실을 뛰어 내려가기 시작하였다. 실로 미꾸라지 같은 신법이 따로 없었다.

핑— 피핑—

암기가 바람을 가르는 소리가 들려왔다. 목풍아는 진각을 밟으며 몸을 좌우편으로 움직였다. 암기가 덧없이 지나갔다. 다행스러운 것은 추룡보가 운신이 자유자재로 가능한 보법이라는 것이었다. 큰 소나무 뒤편으로 숨은 목풍아가 빼꼼히 얼굴을 내밀었다. 십여 명의 자객이 달려오고 있었다.

"빌어먹을……."

지금으로서는 무인들이 많은 영곡사로 도망치는 수밖에 없었다. 황후의 어가를 호위하는 무사들이 많은 영곡사로 도망쳐 들어간다면 자객들도 쫓아오지 못하리라.

목풍아는 숨을 깊이 들이마시고는 나무를 차고 계곡 아래로 달리기 시작하였다.

"저기 있다."

자객들의 암기가 좌우편으로 지나갔다.

'빌어먹을 오괴, 빌어먹을 독돈. 이럴 때 나타나지 않고 뭐 하는 거야?'

깜깜한 숲길을 번개처럼 내달린 목풍아는 계곡에 걸린 다리를 향해 달렸다. 이 다리를 건너 송림을 지나면 군사들이 있는 영곡사로 들어갈 수 있는 것이다.

그때였다. 목풍아의 시야에 검붉은 옷을 입은 네 명의 사내가 나타났다. 제기의 복장이었다. 다리 위에 서 있던 네 제기가 들고 있던 칼을 빼 들었다. 그리고 질풍처럼 달려오기 시작하였다.

"이런 빌어먹을…… 도연이 나를 배신했구나."

도연을 믿었던 것이 실수였다. 그러나 아직 창창한 나이에 죽기는 억울하다.

앞에는 네 명의 제기, 뒤에는 자객, 이렇게 된 바에는 죽기 살기로 싸워보는 수밖에 방법이 없다.

목풍아는 가까이 다가오는 제기들과의 일전을 생각하였다. 추룡보를 늦추어 추룡신권으로 변화시키려 진각을 밟는 순간 눈앞까지 달려든 제기들의 신형이 좌우로 갈라져 버렸다.

"뭐, 뭐냐?"

목풍아가 맥없이 빈 땅을 밟으며 그 반동으로 허공으로 훌쩍 날아올라 바닥으로 착지를 하였다. 고개를 돌려보니 제기들과 자객들이 치열한 싸움을 하고 있다.

"이게 어떻게 된 일이지?"

목풍아는 자신의 머리를 쓰다듬었다.

도대체 어찌 된 영문인지 알 수 없었다. 제기들이 자신을 돕는 것을 보면 도연이 자신을 돕고 있다는 의미이다. 그렇다면 자객들은 무엇인가? 알 수가 없었다.

머리를 갸웃거리며 싸우는 모습을 바라보니 제기 네 사람의 실력이 탁월하다. 양 떼를 희롱하는 호랑이처럼 검은 옷을 입은 자객들을 베기 시작하는데, 실로 놀라운 실력이었다. 잠시 만에 한때의 자객들은 넋없는 시신이 되고 말았다.

칼을 집어넣은 제기 네 사람이 목풍아에게 다가왔다. 자객들로부터 목숨을 건지게 되었지만, 검붉은 옷을 입은 제기들은 언제나 기분이 나쁘다. 빠른 신법으로 삽시간에 다가온 제기들이 목풍아의 앞에 둘러섰다.

제기들에게 목숨을 살려주었다면 살의는 없는 것이리라.

"도연이 보내었나?"

목풍아의 물음에 눈앞에 있던 제기가 입을 열었다.

"아닙니다. 월랑님께서 보내셨습니다."

　아닌 밤중에 홍두깨라더니 이건 또 무슨 말인가? 백련교의 월랑이 무슨 재주로 제기들을 지휘한단 말인가. 백련교의 세력이 금의위까지 파고들어 갔단 말인가.

　영민한 목풍아도 짐작 못했던 일이라 어안이 벙벙하다. 모두 네 명. 어둠 속이라 얼굴을 알아볼 수 없지만 눈빛에서 불길 같은 안광이 번득이는 것이 보통 인물들은 아니다. 하긴 십여 명이 넘는 자객을 순식간에 해치워 버린 사나이들이니 그럴 만도 하였다.

　"누구지?"

　물음이 나오기 무섭게 목풍아 가까이로 다가온 제기 네 사람이 갑자기 무릎을 꿇었다.

　"백련교의 사대호법이 교주님을 뵙습니다."

　목풍아가 눈을 데굴데굴 굴렸다. 백연(白蓮), 흑수(黑樹), 청호(靑虎), 홍경(紅鏡) 네 사람의 백련교 사대호법이 제기의 모습으로 변장을 하고 나타난 것이다. 삽시간에 자객들을 쓸어버릴 정도로 무공이 강했던 것이 이해가 되었다.

　"무슨 일로 네 사람이 여기까지 왔는가?"

　얼굴이 희고 창백한 백연이 말했다.

　"월랑님께서 저희를 보내셨습니다. 교주님의 옥체를 안전하게 지키라는 엄명을 받고 왔습니다."

　"월랑이?"

　"예. 월랑님은 두 분 장로님이 미덥지 못하다고 저희를 보내셨습니다. 두 분 장로님은 오랫동안 교주님과 함께 다니신 까닭에 아는 사람이 많을 것이라고 하시며 정적에 노출되는 것을 주의하라는 말씀과 함께 저희를 보내었습니다."

과연 월랑이었다. 자신 못지않은 명석한 머리를 가진 여인. 오랜 경험에 미루어 목풍아가 생각하지 못하는 부분까지 치밀하게 고려한 것이 틀림없었다. 마교의 고수들이 충심으로 목풍아를 호위하는 것을 보니 백련교주가 된 보람이 있었다.

목풍아의 시선은 다시금 시신이 된 자객들에게 향하였다.

"모두 다 죽였는가?"

검은 얼굴에 가시수염을 가진 흑수가 말했다.

"예. 감히 교주님을 노리는 놈을 살려둘 수는 없습니다."

무뚝뚝한 얼굴에 충성심이 철철 흐르는 것 같았다. 가차없는 살상을 자랑스럽게 생각하는 것 같았다. 세상 사람들이 마교(魔敎)라고 부르는 이유를 짐작할 수 있었다.

입맛을 다시며 천천히 시신들에게 다가갔다.

목풍아가 아쉬운 것은 배후를 밝히지 못한 것이다. 살아 있는 자가 있다면 배후를 짐작할 수도 있을 텐데, 안타까운 일이었다.

하지만 목풍아는 모든 사건을 그대로 묻어 흘려 버리는 사람이 아니다. 피비린내를 풍기는 시신 앞에 다가가 사대호법에게 말했다.

"모두 모아서 복면을 벗겨봐."

"옛."

사대호법들이 시신을 한군데로 모은 후 복면을 벗겼다. 그동안에도 쉴 새 없이 목풍아의 머리는 시신을 노릴 만한 사람을 찾아낸다. 자신이 연경에 와 있다는 사실은 도연밖에는 모른다. 그러나 목풍아를 죽이면 도연의 입장이 곤란해지기 때문에 도연은 그런 짓을 할 수 없다. 그렇다면 도대체 누구란 말인가?

생각하는 동안 시신들의 복면이 하나둘 벗겨졌다. 평범한 얼굴들이다. 흐릿한 동공이 먹장 같은 하늘을 바라보고 있었다. 아무런 생각도 없고, 아무런 근심도 없다. 넋이 사라진 다음 이들은 쓸모없는 고깃덩이일 따름이다.

'무엇을 얻자고 나를 노렸단 말인가.'

한 사람씩 살피던 목풍아의 시선이 마지막 열 번째 시신의 얼굴에서 멈추었다.

중년이 되어 보이는 사내가 수염이 없다.

흑수에게 말했다.

"이자의 사타구니를 확인해 봐."

"존명."

찡그리는 기색도 없이 흑수는 사내의 사타구니를 만져 보았다.

"알이 있나?"

"없습니다."

목풍아가 고개를 끄덕였다.

"제길. 사타구니가 허전한 놈의 짓이군."

사대호법들은 무슨 이야기인지 알지 못하고 서로의 얼굴을 바라볼 뿐이다.

"그놈 몸을 뒤져 봐라."

흑수가 한동안 시신의 몸을 뒤지다가 말했다.

"아무것도 없습니다."

치밀한 정화가 실패를 대비해서 단서를 남길 리 없었다. 하지만 정화는 모르는 것이 있다. 목풍아의 머리가 비상하다는 사실이다. 거세힌 지를 부릴 수 있는 것은 조정 내부에 힘이 있는 거세한 자뿐이다.

거세한 자에게는 환관이라는 벼슬을, 참가한 자들에게는 상금을 미끼로 걸었을 것이다. 이런 일은 의리 때문에 이루어지지 않기 때문이다.

정화에게 뒤통수를 맞은 꼴이었다.

"이 자식들을 모두 묻어버려라. 흔적을 남기지 말고……."

"존명."

백연 혼자만 목풍아의 곁에 남겨두고 세 사나이가 시신을 두 개씩 들고 어둠 속으로 뛰어들어 갔다. 잠시 후 사나이들이 다시 돌아와 남은 시신을 들고 사라져 버렸다.

목풍아는 돌다리 난간에 기대 생각에 잠기었다.

'정화를 너무 우습게 보았다.'

방심이 가장 큰 패착이라 하였던가. 목풍아는 금의위의 수장인 도연을 생각하였지, 실체를 숨긴 정화의 존재는 미처 생각하지 못하였다. 조정 내부에서 황제와 조정 각료들의 마음을 잡아 차근차근 실권을 잡아가는 정화였다. 목풍아는 정화가 조정 내부에서 평판이 좋은 이유를 익히 짐작한다. 인물은 인물이 알아보는 법이다.

정화는 목풍아의 시야 바깥에서 보이지 않게 일을 꾸미고 있는 것이 틀림없었다. 자객들 사이에 내시가 끼어 있다는 것은 환관의 입김이 작용했다는 것이다. 환관의 중심부에는 정화가 있으니 십중팔구 정화의 계교일 것이다.

목풍아가 완선히 제거되면 도연도 위험에 빠뜨릴 수 있으니 정화로서도 일석이조의 효과인 셈이다.

도연이 없어진다면 도연의 자리는 공석으로 비워지게 될 것이니 목풍아가 없는 마당에 정화가 원하는 사람으로 채울 수 있게 되는 것이다.

'이거 생각보다 무서운 놈이다.'

목풍아는 환관의 발호가 나라를 망치는 고사를 많이 보아왔다. 진(秦), 한(漢), 당(唐), 송(宋), 원(元), 내시들의 발호로 신음하다가 멸망에 이르렀다. 일찍이 명을 건국한 태조 홍무제도 이런 문제로 환관의 정치 참여를 제한하지 않았던가.

홍무제가 죽고 천하가 바뀌고 나자, 다시 환관이 머리를 내밀고 있는 것이다.

다행스러운 것은 영락제가 정화를 마음대로 움직일 만큼 힘이 있다는 것이다. 만약 어리숙한 황제가 나타난다면 세상은 다시 혼란 속으로 빠질 수 있다. 십상시(十常侍)를 보면 알 수 있지 않은가.

'이 자식, 내가 가만 놔두면 안 되겠다.'

명나라의 국운을 생각할 때에도 정화를 견제하지 않으면 안 된다. 자객들을 동원하여 자신을 죽이고 도연을 궁지에 몰아넣으려 한 것을 보면 금의위를 넘보고 있는지도 모름이다.

'이거 머지않아 금의위 제기들이 모두 정화의 손아귀로 넘어가는 것 아니야?'

공신인 도연이 몰락할 것 같은 예감이 드는 것은 무엇 때문인가.

씁쓸한 입맛을 다시고 있으려니 어둠 속에서 세 호법이 다가왔다.

"시신을 모두 치웠습니다."

"좋아. 나와 함께 가자."

"존명."

목풍아는 사대호법과 함께 적연당으로 올라왔다.

어두운 적연당 앞마당에는 오괴와 독독의 호통 소리가 가득하다.

"이 자식아, 자세를 바로 해야지. 그따위 빌어먹을 자세로 뭘 할 수 있겠어. 엉?”

“힉. 힉. 형님, 이것밖에 안 되는데 어떡해요?”

“빌어먹을 놈, 뺀질거리지 말고 다시 해. 못하면 오늘 잠은 다 잔 줄 알아.”

“힉. 힉⋯⋯.”

일도가 우는 소리로 미루어 혹독한 수련을 하고 있는 것이 틀림없었다. 그때였다.

“누구야?”

눈앞에 오괴와 독돈이 서 있었다.

목풍아가 퉁명스럽게 말했다.

“빠르기도 하다.”

“대장이군요. 오늘은 계집을 품고 자고 올 줄 알았더니 빨리도 오셨습니다. 공주님들은 잘 만나고 오셨습니까?”

“헛물만 켜다 왔다.”

“으허허허. 대장이 헛물을 켤 때도 있네요. 으허허허.”

오괴가 말했다.

“뒤에 있는 자들은 뭡니까?”

목풍아가 퉁명스럽게 말했다.

“사대호법들이다.”

독돈이 한 걸음 나서며 말했다.

“예? 사대호법이 제기 옷을 입고 무슨 일로?”

사대호법들이 한 걸음 나아가 포권을 취하였다.

“사대호법이 장로님들을 뵙습니다. 월랑님의 명을 받아 교주님을 호위하러 왔습니다.”

독돈이 웃으며 말했다.

"으허허허. 나와 오괴가 있는데 호위는 무슨 호위. 쓸데없는 짓이지. 으허허허."

목풍아가 콧방귀를 뀌며 말했다.

"흥. 빌어먹을 늙은이들 때문에 대장이 황천에 갈 뻔한 것은 아느냐?"

"그게 무슨 말씀입니까?"

백연이 말했다.

"계곡 아래에서 교주님을 노리는 자객들이 있었습니다. 저희가 마침 그 앞을 지키고 있다가 처치하였습니다만 교주님이 큰일 날 뻔했습니다."

독돈이 눈치를 살피며 말했다.

"대장, 괜찮습니까?"

"그럼 내가 괜찮지 않았으면 좋겠나?"

"그건 아니죠. 저희는 대장이 공주들과 놀다가 내일이나 올 줄 알았죠. 오늘 밤에 오실 줄 알았다면 저희가 모시러 갔을 텐데요."

일도를 사람 만드느라고 자신을 잠시 신경 쓰지 못한 것이리라. 부하들을 탓할 수만도 없는 노릇이라 암자 안으로 들어가 생각에 잠기었다. 당장 내일 적연당에서 주소천과 만나기로 하였는데, 이곳이 표적이 되었다면 큰 문제가 아닐 수 없었다.

'정화가 내 거처를 알고 있다는 말인데…… 사타구니가 허전한 자식을 어떻게 골려주지?'

목풍아는 마당에 우두커니 서 있는 일곱 명의 부하를 바라보았다.

다음날은 성불대제가 열리는 날이라 이른 아침부터 영곡사가 떠나

갈 정도로 요란스러웠다. 이른 아침 행자 스님이 찾아와 목풍아를 찾았을 때, 목풍아는 간 곳이 없고 방 안 회벽에서 한 구의 시를 발견할 수 있었다.

사람 사이가 허하고 허하고 허하여[人間虛虛虛]
허한 몸 사이를 욕심으로 채우고자 하는가[虛體欲慾慾].
찰나의 순간 큰 깨달음 이루나니[刹那大悟成]
그대 알 깨어질 때 이미 속세를 벗어났네[君破卵脫俗].

부귀는 뜬구름과 같고[富貴等浮煙]
명예는 파리와 같은 것임을[名譽如飛蠅].
억겁의 오랜 시간 권력과 욕심 허망했나니[億劫妄權慾]
그대 잊지 말지어다. 잊지 말지어다[君不忘不忘].

혜가는 생불이라고 불리는 목존자에게 성불대제에서 설법을 청하려던 참이었다. 그런데 갑자기 사라져 버렸으니 이것이 어찌 된 일인가. 행자가 사방팔방을 돌아다니며 목풍아를 찾아보았지만 끝내 찾을 수 없었다.

허탕을 치고 돌아와 혜가에게 목존자가 벽에 글을 남기고 사라져 버렸다고 하니, 혜가는 시를 보고 목존자가 떠나 버렸다고 생각하였다.

큰 불사를 지내는 까닭에 스님들의 말이 씨가 되어 영험한 생불이 사라져 버렸다는 소문이 입에서 입으로 날개 달린 듯 퍼져 정오가 되기도 전에 사람들에게도 파다하게 퍼져 버렸다.

영곡사의 스님들은 목존자를 관음보살의 현신으로, 그 옆을 따르는 험상궂게 생긴 오괴와 독돈을 금강역사로 생각하였으니 모두 목풍아가 이적을 보인 까닭이었다.

이날 정오에 혜가는 목존자가 남긴 시로써 설법을 하였으니 대략 이러하였다.

"옛부터 불가에서는 욕심을 버리라고 하였습니다. 사람마다 자기 그릇이 있고 몫이 있으니, 그 그릇에 그 몫을 채우는 것으로 만족해야 할 것입니다. 만족이란 바로 그런 것입니다. 위를 보지 말고 아래를 보십시오. 찰나의 순간에 큰 깨달음을 발견할 수 있을 것입니다. 병아리는 알을 깨고 나와야만 새로운 세상을 만날 수 있는 것입니다. 부귀는 뜬구름과 같고, 명예는 허망한 하루살이 같은 파리에 지나지 않습니다. 오랜 시간 우리 인간들은 권력과 욕심 때문에 얼마나 큰 어려움을 겪었습니까? 찰나의 순간 큰 깨달음을 발견할 수 있습니다. 만족함을 알아야 합니다. 행복의 척도는 많은 것을 가진 것이 아니라, 자신이 가진 것에서 얼마나 삶의 기쁨과 순수성을 찾을 수 있는가입니다. 그럴 수 있을 때 병아리가 알을 깨고 나오듯 새로운 자신을 발견하실 수 있는 것입니다. 목존자는 여러 시주님들께 그러한 말씀을 하고 싶었던 것입니다."

혜가가 나름대로 목풍아의 시를 인용하여 그럴듯한 설법을 하였으니 황후는 물론이거니와 사람들도 더욱 생불이라는 목존자를 만나지 못한 것을 아쉽게 생각하였다.

한편 텅 빈 적연당을 찾아온 두 무리가 목풍아가 벽에 남긴 시를 가지고 돌아갔으니 한편은 도연이고, 또 한편은 정화의 무리이다.

도연은 이른 아침 금의위의 비밀 장원 앞에 가시나무 한 짐을 험상 굿게 생긴 스님이 두고 갔다는 말을 듣고 이상하게 생각하던 참이었다.

한참을 생각하던 도연이 크게 웃으며 목풍아의 거처로 사람을 보내었으니 제기가 가져온 글을 보고 더욱 크게 웃었다.

가시나무를 들고 온 것은 염피(廉頗)와 인상여(藺相如)의 고사를 빗댄 것이다. 목풍아와 도연이 힘을 합쳐 같은 길을 가보자는 의미였다.

이른 아침에 갑작스럽게 부형청죄(負荊請罪)의 의미가 담긴 가시나무를 도연에게 보냈다는 것은 욕심을 버리겠다는 의미인 것이다.

도연은 목풍아가 황성에 찾아온 것이 공주를 만나기 위해서가 아니라 자신의 배후 세력인 황후를 만나러 오는 것이라 생각한다. 도연은 목풍아가 공주들과 깊은 관계에 있다는 것은 꿈에도 상상하지 못하고 있었으므로 목풍아가 황후에게 청을 놓아 자신의 황실 복귀를 꽤하는 것이라 생각하였다. 황실로 복귀하게 되면 왕자와 황후를 설득하여 부마가 되려는 수단을 꾸밀 수 있는 것이다.

도연은 목풍아가 황성으로 들어온 이유를 그렇게 생각하였다. 갑자기 자신의 잘못을 인정하며 함께 손을 잡자고 저자세로 나오는 이유를 생각하곤 적연당으로 부하를 보낸 도연은 목풍아가 남긴 시를 보고 그 이유를 알 수 있었던 것이다.

사람 사이가 허하고 허하다는 것은 남자의 다리 사이에 뭔가가 없다는 것을 의미하는 것이다. 사구의 알 떨어질 때라는 말이 일구를 받쳐 줘서 고자라는 것을 말하고 있는 것이다.

고자가 누구인가? 목풍아가 시에서 말하고 있는 자는 환관 정화이다. 시를 읽으면서 도연은 전날 밤 목풍아와 정화 사이에 어떤 일이 있었음을 짐작하였다. 그 일이 원인이 되어 목풍아가 자신에게 청죄와 협력을 의미하는 가시나무를 보냈음을 알아낼 수 있었다.

'정화……'

목풍아가 자신에게 도움을 청했다는 것이 마냥 좋은 것은 아니었다. 목풍아의 위치를 알아낼 정도라면 정화 역시 비밀스러운 집단을 운용하고 있다는 의미가 되는 것이다. 능구렁이 같은 존재가 두 사람 사이를 주시하고 있다는 것은 기분 나쁜 일이다. 더구나 자신이 모르는 사이에 세력을 키우고 있는 정화를 생각할 때 목풍아보다는 정화에게 신경이 쓰이는 것은 어쩔 수 없는 일이었다.

"목존자의 행방은?"

"그러잖아도 가시나무를 놓고 간 승려를 몰래 따라가 보았습니다. 그 승려 외에도 성밖에 세 명의 승려가 기다리고 있었는데, 장강을 건너는 배를 타고 떠나 버리는 것을 확인하였습니다. 피부가 뽀얀 사람은 금란가사를 입고 있었는데, 한 사나이는 얼마 전 이곳을 찾아왔던 덩치 좋은 사나이였고, 칼자국이 난 사내도 있었습니다."

"네 명이라……."

인상착의가 맞아떨어지는 것을 보니 목풍아와 그 심복 세 사람이었다. 완전히 황성을 떠나 버린 것이 틀림없었다. 정화의 칼날을 피해 도망하는 입장이니 자신을 지켜줄 심복도 없이 무공도 없는 목풍아가 황성에 남아 있을 리는 만무하였다.

목풍아는 떠나 버렸지만 신경 쓸 일이 늘어난 기분이었다.

'정화, 정화.'

도연은 탁자를 두드리며 생각에 잠기었다.

한편 황궁 안 정화의 집무실에서는 정화가 적연당에서 목풍아가 남긴 시를 보고 있었다.

창백한 정화의 얼굴이 일그러지며 손이 부들부들 떨리더니 들고 있던 종이를 갈가리 찢기 시작하였다. 대놓고 자신을 희롱한 시를 모를 리 없는 정화였다.

'불알이 없어 허한 몸을 욕심으로 채운다고? 권력에 대해 욕심 부리지 말라고? 감히 나에게 경고를 하는 거냐? 괘씸한 놈.'

붓으로 회벽에 다 글을 쓰고 통쾌하게 웃고 있는 모습을 생각하니 다시금 화끈거리며 화가 치솟았다.

"이, 이 미꾸라지 같은 놈."

정화는 주먹을 불끈 쥐며 이를 우두둑 갈았다. 다 잡은 먹이를 놓친 기분이었다.

목존자가 시녀를 만난 후였으니 비밀스럽게 황후와 연통이 되었을 것이다. 그때 목풍아를 죽여 버리면 도연은 황후의 미움을 받을 것이요, 결국 두 사람의 정적이 한꺼번에 제거되는 효과를 거두게 되는 것이다. 그런 절호의 기회를 놓쳐 버리고 목풍아에게 희롱시를 들었으니 어찌 속이 끓지 않겠는가.

"왕진, 그놈의 행방은 어찌 되었나?"

왕진시리는 힌껀이 머리를 굽히며 말했다.

"황성을 떠나 버린 것 같습니다."

"그놈이… 그럴 리 없는데?"

"배를 타고 황성을 떠난 것을 확인하였다 합니다."

"그래? 혹시 혼자 가지 않았나?"

“항상 붙어 다니는 부하 세 놈과 함께 배에 올랐다 합니다.”

“음…… 다른 일은?”

“이상한 것은 이른 아침 황성을 떠나기 전 그놈의 심복이 금의위의 비밀 장원 앞에 가시나무를 한 짐 가져다 두었다고 합니다.”

“가시나무를?”

“예.”

잠시 생각하던 정화가 코웃음을 쳤다.

“후후후. 불리하다 싶으니까 도연에게 도움을 청하였구나.”

정화 역시 염파와 인상여의 고사를 모르는 것이 아니다. 환관이지만 학식이 한림학사 못지않은 정화였다. 그 역시 천자가 정화를 신임하는 이유 가운데에 하나이다.

“역시 목풍아는 용의주도한 놈이다. 상황이 여의치 않으니 도마뱀처럼 도망가 버렸구나.”

“어제 자객을 보냈다고 다음날 아침에 도망쳐 버리다니. 목풍아라는 자는 너무 겁이 많은 것 같습니다.”

“하하하. 목풍아는 겁이 많은 것이 아니라 민첩한 거다. 천자의 기름 가마솥 앞에서도 떨지 않는 놈이 자객에게 목숨을 위협받았다고 도망치지는 않는다.”

“그놈이 도망가지 않고 인근에 숨어 있을 수도 있지 않을까요?”

“닥쳐라. 내가 두 번 속을 사람 같아 보이는가? 그놈은 예전에 묘탑산에서 나를 속인 일이 있었다. 지금 그놈은 적연당에 희롱시를 지어 놓고 내가 허탕치는 것을 기다리고 있을 게다. 내 정보망이 금의위 깊숙한 곳까지 미치고 있다는 것은 생각지도 못하고 말이다. 아마 그놈은 어제 시녀에게 일러 황후마마로 하여금 황실로의 복귀를 꾀하는 서신을 보냈을 것이다. 오늘 아침 협력하기로 한 도연에게 뒤를 부탁하곤 미련없이 떠나 버린 거지. 할 일을 마쳤는데 황성에 남아 있을 이유가 있는가?"

"그, 그렇군요."

"목풍아가 황성을 떠나 버렸으니 이제는 도연이 문제다. 그자의 일거수 일투족을 자세히 살펴라. 그자가 목풍아와 손을 잡은 이상, 반드시 목풍아를 돕기 위해 무슨 수를 쓸 테니까 말이다. 황실에 목풍아를 불러들이면 안 돼. 황후마마와 황자 전하와 친분이 깊고, 황제 폐하가 총애하는 놈이다. 만에 하나 공론이 일어나 목풍아가 부마가 되어버린다면 건드릴 수가 없게 되니 빠른 시일 내에 부마를 결정해 버려야겠다."

정화는 탁자 앞에 앉아 생각에 잠기었다.

정화의 생각과는 다르게 이날 저녁 목풍아가 텅 빈 적연당에 슬그머니 자리를 잡았다. 일도와 오괴, 독돈 세 사람과 얼굴이 뽀얀 백연의 머리를 깎아 장강을 건너게 하곤 목풍아는 남은 세 명의 호법과 함께 제기의 옷을 입고 영곡사 일대를 어슬렁거리며 돌아다녔다. 검붉은 모자를 쓰고 제기의 옷을 입고 네 명이 짝을 지어 영곡사 변두리를 돌아다녔으니 알아보는 사람도 없었다.

저녁 무렵 적연당으로 올라오니 감시하던 사람들이 보이지 않았다. 목존자의 부재를 확인하곤 철수한 것이 틀림없었다. 설령 감시의 눈길이 있을지라도 목풍아 일행은 금의위 제기의 복장을 입었으니 문제 될 것이 없었다.

"세 사람은 이곳을 지켜라."

목풍아는 세 호법에게 명령을 하곤 방 안으로 들어갔다.

회벽에 쓰여진 시를 보고 목풍아는 히쭉 웃음을 지었다.

"허전한 놈이 화를 벼락처럼 내겠군. 목표가 없어졌으니 이제 두 사람 열심히 싸워보라구."

바닥에 누워 길게 기지개를 켰다.

도연과 정화는 목풍아가 두 공주와 밀회를 즐기리라곤 상상도 하지 못할 것이다.

일류모사들의 생각을 벗어나 노는 것은 목풍아에게 짜릿한 즐거움을 주는 것이다.

목풍아는 주소천을 생각하였다.

'어제저녁 강민에게 살아 있는 목풍아의 이야기를 들었으니 하루가 일 년 같았을 것이다. 오늘 때 아닌 목존자가 사라져 버렸다는 이야기를 들었을 것이니 또 얼마나 상심이 클 것인가?

정화가 끼어들지 않았다면 느긋하게 만남을 기다릴 수 있을 것이지만 이런 기다림도 나쁘지는 않다. 주소천의 성격상 반드시 이곳을 찾아올 것이라 목풍아는 생각했기 때문이다.

"주소천, 얼마나 변했을까?"

주소천과 만날 때부터 그녀의 방 침대 안에서 나누었던 옛일을 생각하곤 빙그레 미소를 지었다. 어찌 되었든 주소천은 목풍아의 첫 여자이다. 주소천을 생각하면 가슴이 두근거리는 것은 어쩔 수 없는 일이다.

차가운 시냇물소리가 졸졸졸 들려오는 적막한 밤이 찾아왔다. 어두운 방 안에서 한참을 뒹굴고 있다가 얼른 화섭자를 당겨 방 안에 불을 켰다.

적연당에 불빛이 없다면 주소천이 그냥 돌아가 버릴지도 모를 일이었기 때문이다. 과연 불을 켠 보람이 있었다.

잠시 후 방 바깥에서 여인의 목소리가 들려왔다.

"이봐, 너희는 뭐지?"

강하고 억센 발음. 주소천과 비슷한 목소리다.

"적연당을 지키는 제기들이다."

호법의 목소리였다.

"여기가 목존자가 있던 적연당인가?"

예의를 모르는 듯한 말투는 주소천이 틀림없었다.

"그 사람이 사라져 버렸다는 말을 들었는데, 이곳에 없는가?"

목풍아가 방 안에서 말했다.

"목존자를 노리는 사람이 있어서 오늘 아침 멀리 떠나 버렸소."

"너는 누구냐?"

목풍아가 방문을 활짝 열었다. 마당 가운데에 시녀 차림의 여인이 초롱 하나를 들고 있었는데, 그 좌우로 세 명의 호법이 막아서고 있었다. 가운데 있는 여인은 키가 크고 늘씬하다. 시녀의 옷을 입은 것을 보니 강민과 옷을 바꿔 입고 목풍아를 만나러 온 것이 틀림없었다.

"보아하니 시녀 같은데 언제 봤다고 반말이냐?"

"뭐라구? 네놈 직책이 뭐야?"

"이런 빌어먹을 세십, 공수님을 능에 업었다고 보이는 것이 없는 모양이지? 내가 누군지 말해 줄까?"

"말해 봐. 도대체 누구냐?"

"미쳤냐? 내가 말해 주게."

"뭐라구?"

“대신 내가 네 정체를 맞춰볼까? 목존자를 만나러 온 것을 보니 갈보 계집이 분명하구나. 그렇지?”

여인이 멍하니 목풍아를 바라보았다. 이 세상에서 자신에게 갈보라고 말할 사람이 누구인가. 떨리는 음성으로 물었다.

“그, 그대는 누구요?”

목풍아는 고개를 젖혀 웃으며 말했다.

“와하하하. 내가 누구긴 누구야? 갈보 계집의 지아비 아니냐? 너는 이 년 사이에 서방님의 얼굴도 몰라보는 파렴치한 계집이 되었느냐?”

“그, 그럼 목풍아?”

목풍아가 고개를 끄덕끄덕하였다.

“호호호. 이제야 알아보는군.”

“미워, 미워. 또 나를 놀리다니…….”

주소천이 등롱을 내던지고는 뛰어가 목풍아의 품에 안기었다.

이 년 만의 만남이었다.

주소천에게는 이 년 동안의 기다림이었으며, 목풍아에게는 첫 여자와의 만남이었다.

문을 닫기 무섭게 두 사람은 서로를 부둥켜안고 뜨겁게 사랑을 나누었다. 그동안의 부재를 보답이라도 받겠다는 듯 주소천은 목풍아에게 찰거머리처럼 달라붙었다. 목풍아 역시 무당보환 대단환을 먹고 매일매일 추룡보로 몸을 단련한 탓에 절륜한 힘을 과시하였다.

몇 차례 뜨거운 바람이 지나간 후 두 사람은 적연당 방 안에 드러누웠다.

주소천이 목풍아의 가슴을 껴안으며 파고들었다. 목풍아 옆에 있는 것이 마냥 좋은 듯 바라보는 눈빛이 반짝거리고 있었다.

"호호호. 서방님, 나를 만나고 싶어서 생불 노릇을 했다더니 정말 머리를 깨끗하게 미셨군요."

강민이 그렇게 말했으리라.

목풍아는 주소천의 뺨을 꼬집으며 말했다.

"그래, 이 갈보 계집아. 그동안 보고 싶어 죽는 줄 알았다."

주소천은 황홀하다. 황녀가 된 자신을 갈보라고 부르는 것은 세상에 목풍아 한 사람뿐이다. 세상 사람들이 모르는 은밀한 둘만의 비밀이 있다는 것은 짜릿하고 즐거운 일이다. 또한 주소천은 악의가 있는 욕이 아님을 안다. 그렇기 때문에 주소천은 목풍아가 자신에게 아무렇게나 욕을 하는 것이 즐거울 따름이다.

여자는 천성적으로 누군가를 사랑하지 않으면 안 되는 운명을 가지고 태어났다 했던가? 주소천은 목풍아에게 순결을 주었으며, 목풍아에게 마음을 빼앗겼으며, 목풍아를 사랑하기에 목풍아가 어떤 말을 하든 사랑스럽기만 하다.

"몇 달 전에 암행어사로 나갔다가 죽었다는 이야기를 들었어요. 그때 내가 얼마나 울었는지 알아요?"

"말도 말아라. 정화가 천자를 꼬드겨 내가 너를 만나지 못하도록 하기 위해 나를 암행어사로 만들어놓았지 뭐냐? 천하인들의 동정을 끌기 위해 내가 암살당한 것으로 하자 해놓고는 내가 죽었다는 소문이 나기 무섭게 너희 혼사를 치를 생각을 하였다니 참. 나도 어리석었지."

"그럼, 그것이 정화가 꾸민 일이라고요?"

"내 생각은 그렇단 말이다. 네 혼례 이야기를 듣고 부랴부랴 올라와 성불대제를 꾸미느라고 고생한 것을 생각하면…… 호호호. 그래도 우리 소천이를 만났으니 정말 다행이구나."

목풍아는 주소천의 가슴을 어루만졌다. 무예를 좋아하여 만지는 살결마다 단단한 것이 무공을 좋아하는 천자의 맏딸다웠다. 목풍아의 손마디마디가 녹아나는 듯하다.

"나와의 첫 만남이 생각나느냐?"

"호호홋. 그 이야기라면 하지 말아요."

주소천이 목풍아에게 모욕을 주었다가 방 안에서 망신을 당한 것을 생각하면 부끄럽기만 하다.

"그럼 우리 두 번째 만남은 생각나느냐?"

주소천은 얼굴을 붉히며 목풍아의 가슴으로 파고들었다. 첫 번째 만남에서의 망신을 복수하기 위해 황실 안에서 목풍아를 납치한 후 고자로 만들기 위해 빨가벗겨 침대에 묶어놓았던 주소천이다. 은밀한 그 부분을 떠올리자 주소천은 얼굴이 화끈 달아올랐다.

목풍아가 빙그레 웃으며 말했다.

"첫 번째는 내가 너를 망신 주었고, 두 번째는 네가 나를 망신 주었더랬지? 그런 괴상망측한 만남을 가진 사람은 이 세상에 우리 두 사람밖에는 없을걸, 아마. 우리 인연은 전생부터 부부가 되기로 정해진 모양이다."

주소천은 황홀하였다. 생각하니 첫 만남부터 예사롭지 않았다. 전생부터 이어져 내려오는 뗄 수 없는 인연이라 생각하니 주소천은 구름 위에 둥실 떠오른 기분이었다.

"서방님, 저를 안아주세요."

떨리는 목소리에 색기가 배어 있다.

목풍아는 냉큼 주소천을 껴안고 또다시 운우의 정을 나누었다. 남녀가 부르짖는 열락의 소리가 적연당 암자에 울리었다.

한참 후 다시금 적연당은 적막한 고요에 잠기었다. 먹장 같은 하늘이 뿌옇게 밝아오고 있었다.

이마에 땀방울이 송송하게 맺힌 주소천이 창밖이 밝아오는 것을 보곤 자리에서 일어나 옷을 입고 머리를 다듬으며 말했다.

"어머님께서도 서방님을 제 배필로 생각하고는 계셨어요. 이제 서방님이 살아 돌아오셨으니 제가 말씀드리면 우리는 부부로 맺어질 수 있을 거예요."

"내가 살아 있다는 것을 황후마마께 말씀드려서는 안 돼."

"어째서죠?"

"황후마마의 성격에 내가 너와 관계를 맺었다는 것을 아신다면 나를 어떻게 생각하시겠나? 그리고 황후마마는 내가 죽은 것으로 아신단 말이다."

"서방님이 죽지도 않았는데 어떻게 죽었다고 말해요?"

"답답한 것 같으니. 나는 여전히 비밀 임무를 띠고 암행어사의 임무를 수행하고 있는 관원이란 말이다. 국법대로라면 나는 황성 안으로 들어올 수 없단 말이다. 나중에라도 이 이야기를 아시게 된다면 나를 어떻게 보시겠느냔 말이다."

주소천이 고개를 끄덕끄덕하였다. 책도 많이 읽고 교양이 풍부한 황후는 사리에 밝아 티끌만한 부정도 용납하지 않는 사람이다. 연경 방비의 공과 뛰어난 시재(詩才) 때문에 이세가시 목풍아를 좋게 보았던 것은 사실이지만 혼인도 올리기 전에 공주를 범하고, 국법을 어겼다는 이야기를 듣는다면 황후의 성격상 목풍아에 대한 시각이 달라질 것이 뻔하였다.

"그럼 어떡하죠?"

“내가 다 생각해 두었으니 너는 내 말대로만 하거라.”

목풍아는 주소천의 귓가에 한참 동안 소곤거렸다.

“서방님, 설마 저더러 다른 사람에게 시집을 가라는 것은 아니겠지요?”

“천하의 목 대인께서 너를 다른 사람에게 시집보내리라 생각하느냐?”

“그건 아니지만…….”

“그렇다면 너는 나를 믿고 내가 시키는 대로 하란 말이다. 알겠느냐?”

주소천이 다소곳하게 대답하였다.

“예.”

“좋아, 좋아. 그렇게 되면 우리는 마음껏 만날 수 있단 말이다. 나중 일은 내가 모두 처리할 테니 너는 그렇게 알고 있으라구, 알겠지?”

“예.”

“좋아. 날이 밝기 전에 어서 돌아가거라.”

“오늘 밤 다시 찾아올까요?”

오늘 밤은 둘째 주소희가 찾아오기로 예정이 되어 있는데, 자칫 일이 꼬이면 아니 된다. 목풍아는 손을 내저었다.

“그럴 일 없다. 나는 아침에 임지로 떠나야 하니까 말이다. 너는 돌아가서 내가 시킨 일이나 잘하거라.”

주소천이 눈물 맺힌 눈망울로 목풍아를 바라보았다. 억센 여자도 사랑 앞에서는 약해지는 것이 여자의 마음인 모양이다.

“주소처, 나를 믿느냐?”

“네.”

“그렇다면 증거를 보이고 떠나거라.”

목풍아는 오리처럼 입을 쭉 내밀었다.

주소천의 입술에 미소가 감돌았다. 예나 지금이나 변함없는 장난스러운 목풍아의 모습이 주소천은 사랑스러운 것이다.

주소천은 목풍아의 입에 입술을 맞추고는 방문을 나갔다.

“내 말대로만 하면 첫날밤 신방에서 나를 만날 수 있으리라.”

문을 열다 말고 등 뒤로 들리는 소리에 고개를 돌려보니 빨가벗은 스님 목풍아가 가부좌를 틀고 근엄하게 앉아 있다.

“호호호. 저는 생불 스님만 믿겠습니다.”

주소천이 합장을 하며 빙그레 웃었다.

사대호법 하나를 딸려 주소천을 영곡사로 돌려보낸 후 목풍아는 늘어지게 잠을 자고 일어났다. 새소리에 눈을 떠보니 창문이 환하다. 던져 놓은 옷을 주섬주섬 입고, 문을 열어보니 햇살이 환하게 눈이 부시다.

“교주님, 일어나셨습니까?”

적연당 마당 앞에서 세 명의 호법이 깍듯하게 인사를 하였다. 밤새 잠도 자지 못하고 적연당을 지켰을 것이다. 무표정한 얼굴이지만 왠지 신뢰가 갔다.

“수고들하는군. 오늘이 성불대제 누 번째 날인가?”

“예.”

“그동안 이곳을 정탐한 사람은 없었나?”

말대가리처럼 긴 얼굴의 홍경이 말했다.

“영곡사의 행자승이 왔다가 그냥 돌아갔으며, 금의위의 제기 두 사

람이 있었습니다만, 교주께서 말씀하신 대로 저희 복장을 보고 말없이
돌아갔습니다."

"초록은 동색이라 같은 편이 감시하는 줄 알았겠지. 그건 그렇고, 식
사는 했는가?"

"아직······."

홍경이 얼른 적연당 부엌으로 들어가더니 한 상을 차려 가지고 왔
다.

"교주님, 식사입니다."

목풍아가 식탁을 바라보니 오리고기와 돼지고기 수육, 소채와 술 한
병이 정갈하게 차려져 있다.

"언제 이런 식사를 준비했지?"

시커먼 가시수염의 흑수가 말했다.

"아침에 홍경(紅鏡)이 황성 안에 있는 주루에 다녀왔습니다."

"모두 식사를 하지 않았을 테니까 이리 와서 같이 먹자."

세 호법이 한 걸음 물러나며 말했다.

"교주님과 함께 먹을 수는 없는 일입니다. 저희는 따로 먹을 것이
있습니다."

"이거 왜 이래? 어서 이리 다가오라. 명령이다."

세 호법이 서로의 얼굴을 바라보았다. 푸른빛 얼굴에 구레나룻이 있
는 청호(青虎)라는 호법이 말했다.

"교주, 저희는 교주님과 함께 한상에서 먹을 수 없습니다. 이것은 기
강의 문제입니다. 저희 호법들이 교주님과 한밥상에서 먹는다면 부하
들의 정신이 해이해지고 교만해질 수 있습니다."

목풍아는 고개를 끄덕이며 말했다.

"네 말이 맞다. 기강과 질서란 무시할 수 없는 일이지. 내가 잘못 생각하였다. 너희도 알아서 든든히 자신을 챙기기 바란다."

"존명."

"좋아. 이만 흩어져도 좋다."

세 사나이가 꾸벅 인사를 하고 사방으로 흩어져 버렸다.

목풍아는 든든한 마음이 들었다. 무인다운 세 호법이었다. 생각보다 월랑이 백련교를 잘 만들어놓았다.

식사를 한 후 언제나처럼 추룡보를 연습하였다. 어젯밤 주소천을 상대로 절륜한 힘을 쓸 수 있었던 것은 무당의 대단환과 매일 연마하는 추룡보 때문이라 생각하였다.

온몸에 땀이 날 정도로 마당을 뛰어다니던 목풍아가 호흡을 고르며 고개를 들어보니 햇살이 서산으로 기울고 있다. 문득 시 한 수가 생각이 났다.

들어간 것과 나온 것이 서로 만나 오고 가면 즐거운 소리가 생겨난대[凹凸 相面 交生快樂之聲]

"호호호. 밤이 다가오는구나. 주소희가 내 서신을 보고 어떤 표정을 지을까?"

목풍아는 널리 수림 사이로 보이는 영복사를 바라보며 미소를 지었다.

한참 호기심이 많고 끓는 피를 가진 소녀들에게 스님들이 염불을 외우며 착한 일을 권장하는 설법을 해대는 불사는 마냥 심심하기만 한 것들이다. 목풍아처럼 재미있는 상대도 없고 황녀가 된 생활은 예전처럼 재미도 없다.

황궁 바깥에서 벌어지는 큰 불사라 하여 기대하였건만, 주소희에게는 황궁 안에서처럼 재미없고 따분한 일일 뿐이다.

주소희는 높다란 장막 가운데 제단에 앉아 누이와 어머니의 모습을 바라보았다.

황후 서씨는 맑은 미소를 지으며 혜가의 법화경 설법을 듣고 있는데, 누이 주소천은 꾸벅꾸벅 고개를 떨구며 몽롱하게 낮잠에 빠져 있다. 본래 움직이는 것을 좋아하고, 공부나 설법을 듣는 일과는 거리가 먼 주소천임을 알기에 그녀는 목풍아와 주소천이 전날 밤을 함께 보낸 것을 모른다 주소희는 코웃음을 치며 찻잔을 들었다. 차나 마시는 것이 제일이다. 그런데 찻잔 옆에 작은 쪽지가 들어왔다.

"이게 뭐지?"

호기심이 일었다. 고개를 돌려보니 졸고 있는 주소천의 뒤편에 강민이 정신없이 설법을 듣고 있을 뿐이다.

주소희가 쪽지를 펴 보니 시 한 수가 적혀 있다.

사람이 큰 절간을 지나는데[人過大佛寺]

절의 부처가 사람보다 훨씬 크나니[寺佛大過人]

사람이 영곡사에서 찾으려는 것이 있으니[人審靈谷寺]

영곡사의 계곡에서 그 사람을 찾을 수 있으리라[寺谷靈審人].

갑자기 가슴이 뛰었다. 이럴 수가 있단 말인가? 첫 구절과 두 번째는 자신이 옛날 만원정의 시회(詩會)에게 목풍아에게 낸 문제와 한 글자도 다르지 않는 시이다. 셋째, 넷째 구절 역시 글자의 앞뒤가 바뀌어져 한 편의 시가 되는 교묘한 시로 마치 죽었던 목풍아가 다시 살아난 것 같은 착각을 주었다.

쪽지를 주먹 안에 꼭 쥐고 다시 고개를 돌려보니 찻잔 근처에 서 있는 사람은 강민밖에 없다.

"민아, 이리 와보거라."

강민이 다가왔다.

"민아, 찻잔 옆에 있던 쪽지 네가 가져다 놓은 것이냐?"

"예. 목존자라는 생불이 공주님에게 주라고 하더군요."

"목존자? 어제 사라져 버린 생불 말이냐?"

"예."

주소희는 다시 시를 읽어보았다. 다시 읽어보니 예전에 썼던 시가 기이하게도 지금과 딱 들어맞는다. 사람이라 하면 자신을 말함이다. 큰 절간이라 하면 영곡사를 일컫는 말이니 자신이 영곡사에서 무엇인가 찾는 것이 있다는 말이다.

주소희는 품속에서 은장도를 꺼내었다. 목풍아가 연경을 떠나기 전 자신에게 주었던 사랑의 징표. 여자는 첫사랑을 잊지 않는다. 아니, 궁중에서 자란 여인이기에 그녀는 목풍아 이외에 남자를 모른다. 그래서 첫사랑의 남자가 주고 간 은장도는 무엇보다 소중한 보물이 되어 주소희의 몸을 떠나지 않는 것이나.

'생불에게 물어보면 그 사람의 행방을 알 수 있지 않을까? 그처럼 대단한 사람이 쉽게 죽을 리 없어. 생불이 사라진 것도 사실이 아닐 게야. 이 시를 보면 그렇게 쓰여 있거든.'

"민아, 영곡사 계곡에 생불이 살던 곳이 있느냐?"

"적연당이라고 있다 하던데요."

"적연당."

주소희는 떨리는 가슴을 안고 은장도를 굳게 쥐었다.

그날 밤, 주소희는 주소천과 마찬가지로 시녀를 자기 대신 자는 척
시키곤 시녀의 옷으로 갈아입고 등롱 하나를 들고 영곡사를 나왔다.
영곡사는 하늘에 무수한 연등(燃燈)을 달고, 곳곳에 환하게 횃불을 밝
히고 있었으므로 대낮처럼 밝았다.

호위무사들의 눈치를 살피며 도둑고양이처럼 적연당으로 통하는 북
문으로 다가가니 제기 한 사람이 그 문을 막아서고 있다.

"어딜 가십니까?"

"……."

호위무사를 생각지 못했던 것이 불찰이었다. 이렇게 감시가 철통
같은데 어떻게 적연당으로 갈 수 있겠는가? 주소희가 변명거리를 생
각하려고 등롱을 든 채 주저하고 있으려니, 그 제기가 조용히 말했
다.

"적연당에 가시는 길입니까?"

주소희가 살짝 고개를 드니 긴 얼굴의 말상인 사내가 꾸벅 인사를
하였다.

"생불께서 모셔오라고 하셨습니다. 여자 혼자 다니기엔 밤길이 어둡
고 무섭습니다."

주소희는 마음을 놓았다. 미리 부하를 심어 자신이 쉽게 찾아올 수
있도록 수를 쓴 것이리라.

"안내하세요."

"예."

말상의 사내 홍경이 좌우를 두리번거리며 살피다가 주소희와 함께 문을 나섰다. 문 바깥에 또 한 사람의 제기가 파수를 보고 있었는데, 주소희를 보고 꾸벅 인사를 하는 것을 보니 목풍아의 부하가 틀림없다 생각하였다. 금의위의 호위무사들은 영곡사의 북문을 같은 편이 파수를 서고 있다고 생각할 것이다.

'치밀한 목풍아.'

소희는 등롱의 불을 끄고 두 제기를 따랐다. 꼬불꼬불한 산길을 한참 동안 올라가니 계곡물 소리가 들려오고 멀리에 불빛 하나가 어둠 속에서 깜빡거렸다. 적연당이었다.

주소희는 가슴이 뛰었다. 적연당 앞에서 제기 복장을 한 사내 하나가 앞을 가로막았으나 이내 주소희에게 꾸벅 인사를 하곤 사립문을 비켜섰다.

주소희가 마당으로 들어갔다. 불빛이 비치는 방의 창에서 한 사람의 그림자가 비치었다. 주소희는 반가운 마음에 당장 뛰어들어 가고 싶었지만 그녀는 주소천과 다른 성품을 가지고 있다.

방 안에 들어가지 않고 마당에 한동안 서 있으니 방 안에서 귀에 익은 목소리가 들려왔다.

"찾아왔으면 들어오지 않고 무얼 하는가?"

주소희가 코웃음을 치며 말했다.

"남녀가 유별한데 늦은 밤 한방에서 무얼 하려고?"

방 안에서 웃음소리가 들려왔다.

"와하하하. 한방에서 무얼 하긴…… 계집과 사내가 어깨를 나란히 하여, 합하여 인간의 좋은 것을 만들지. 와하하하."

언젠가 동궁에서 주소희가 목풍아에게 내었던 시구(女子比肩 合作人

間之好)를 그대로 말하는 것이다. 방 안에 있는 생불이라는 자가 목풍아가 틀림없다는 것은 사실이지만 공주 체면에 펄렁거리며 달려가기에는 자존심이 상한다.

방 안에서 목풍아의 목소리가 들려왔다.

"주저하는 것을 보니 자존심은 그대로군."

"흥."

주소희가 방문을 열고 들어갔다.

향긋한 묵향이 코를 자극하였다. 방 안 한가운데 제기 복장의 목풍아가 앉아 있는데, 그 앞에 지필묵이 마련되어 있다.

주소희의 눈빛이 반짝이며 입가에 미소가 피어올랐다.

어려운 시를 문제 내기 좋아하는 주소희는 목풍아가 사라진 후 사는 재미를 잃었다. 자신이 내는 문제를 알아맞히는 사람이 없었으니 그럴 수밖에 없었다. 주소희는 목풍아를 지기(知己)와 같이 생각한다. 그녀는 목풍아 이외에는 아무도 자신의 마음을 알 수 없다 생각하였다. 또한 목풍아 이외에는 누구도 자신의 짝이라 생각하지 않는다. 그만큼 주소희는 자존심이 강한 여자였다.

목풍아가 비명횡사했다는 이야기를 전해 듣고 주소희는 삶의 활력을 잃었다. 자신과 죽이 맞는 지기가 없어져 버렸으니 주소희는 사는 것이 무미건조할 뿐이다. 그런데 갑자기 목풍아가 나타났다. 더구나 자신의 마음을 아는 것처럼 지필묵을 꺼내놓고 말이다.

주소희는 자리에 앉았다.

"그동안 어려운 문제를 많이 만들어두었나?"

목풍아는 눈앞에 앉아 있는 주소희를 바라보았다. 주소희 역시 언니처럼 키가 크고 더욱 예뻐졌다. 반짝이는 두 눈빛과 백설 같은 피부,

오똑하게 솟은 코와 얇은 입술이 불빛에 비쳐 영리한 얼굴이 돋보였다.

주소희는 말없이 붓을 들어 종이에 문제를 쓰기 시작하였다. 그리고 목풍아는 웃으며 문제의 대구를 써넣었다.

몇 장의 종이가 글자로 가득 차기 시작하면서 주소희의 얼굴에 미소가 피어나기 시작하더니 마침내 방 안이 두 사람의 웃음소리로 가득 차기 시작하였다. 그런 점에서 보면 목풍아는 사람의 심리를 간파하는 묘한 재주가 있었다.

목풍아에게 마음을 주었지만 자존심 때문에 꽁해 있던 주소희가 어느 사이에 목풍아에게 마음을 열고 있었다. 향긋한 먹향 속에서 말이다.

"호호호. 좋아. 이번 문제는 마지막 문제야."

목풍아가 손가락을 내저으며 말했다.

"흥. 아무리 해도 내게는 안 될걸?"

"호호호. 이 문제는 아무도 풀지 못한 문제라고. 한림원의 문장가들도 풀지 못한 문제란 말이야."

"와하하하. 준비를 굉장히 한 모양이군."

"그걸 말이라고 해?"

"좋아. 그렇다면 내기를 할까?"

"어떤 내기?"

"알면서 그래? 게집과 사내가 어깨를 나란히 하는 거지."

주소희가 얼굴을 붉히며 웃었다.

"호호호. 아마 그렇게 할 수 없을걸?"

"그건 해봐야 아는 문제지."

"좋아. 그럼 내가 이기면 내일 나와 함께 황후마마를 만나는 것으로 하지. 그때 어머니께 나와 혼인하자고 말해 줘."

황후마마를 만나자는 것은 스스로 목을 조이는 결과가 된다. 더구나 주소천, 그 성질에 주소희와 일이 있었다는 것을 알게 된다면 목풍아는 갈 곳이 없어진다.

모든 일이 탄로난다면 황제가 자신을 가만둘 리 없는 것이다. 주소천과 주소희를 건들고, 천룡패주 임무를 팽개치고 황성으로 돌아와 놀아난 것을 알게 되면 철권이고 뭐고 목숨이 날아갈 판이다.

주소희가 목풍아의 사정을 알지 못하고 하는 말이지만, 이번 내기는 목풍아의 목숨이 달린 내기가 되고 말았다.

"어때? 자신있어?"

주소희가 되물었다.

"좋아. 하지."

여기까지 왔는데 물러설 수 없는 목풍아였다. 주소희를 가지기 위해서 무엇인들 못하랴. 자신감도 있었고, 얼마나 어려운 문제이기에 주소희가 저렇게 자신이 있을까 하는 호기심도 있었기에 목풍아는 흔쾌히 허락하였다.

"호호호. 좋아."

주소희가 빙그레 웃으며 붓을 들어 하얀 종이에 이렇게 썼다.

烟鎖池塘柳 연기는 지당의 버들을 삼키다.

목풍아가 가만히 문제를 살펴보다가 두 눈이 휘둥그레졌다.

"이, 이건 정말로 보통 문제가 아닌걸? 오행이 갖추어져 있다니……."

주소희가 웃으며 말했다.

"호호호. 역시 목풍아는 뭔가 달라도 다르군. 한림학사들이 한 달을 고심했지만 풀 수 없던 문제였어. 아무리 시재가 뛰어나다 하더라도 이 시의 대구는 풀 수 없을걸?"

주소희는 자신만만이다. 목풍아는 턱을 쓰다듬으며 생각에 잠기었다. 별것 아닌 문장 같은데 실상은 엄청나게 어려운 문제이다. 글자 다섯 개에 화금수목토(火金水木土) 오행(五行)을 갖추고 있으니 대구 역시 화금수목토 오행을 갖춘 문장이어야 한다. 그렇다고 문장이 되지 않는 것을 마구 만들어서는 주소희에게 지는 것이 되는 것이다.

'주소희, 정말 쉬운 계집이 아니군.'

세상 사는 일이 뭔들 쉬운 일이 있으랴. 문장을 바라보다가 슬쩍 고개를 들어보니 주소희의 얼굴에 승리자의 미소가 감돌고 있었다. 그동안 수십 가지 문제를 지고서도 여유만만하였던 이유가 바로 이 비장의 문제를 가지고 있었기 때문이다.

이 문제에 관해서만은 목풍아도 난감하기 그지없었다. 한림학사들도 손을 든 문장다웠다. 문장 안에 오행을 갖추며 순서에 맞추어 문장을 만들어야 하는 것이니, 한림원이 주소희 때문에 한동안 골머리를 썩었을 것은 보지 않아도 알 만하였다.

목풍아가 끙끙거리며 시를 궁리하고 있는 동안 회벽에 써 있는 시를 읽던 주소희가 웃으며 말했다.

"호호호. 저 시는 혜가의 설법 내용과 비슷한데 누가 쓴 거지?"

"내가."

"호호호. 과연 목 대인답군. 내용을 보니 환관들을 빗댄 것 같은데, 맞나?"

목풍아는 고개를 끄덕였다.

"호호호. 그렇다면 첫 구의 인간(人間)이라는 말을 바꾸면 좋겠는데?"

"어떻게 바꾸면 좋겠니?"

주소희가 붓을 들고 일어나 사람 인(人)을 발 족(足)으로 바꾸어놓았다.

"호호호. 다리 사이가 허하고, 허하고, 허하다 해야 네 번째 구절과 맞지 않을까?"

목풍아는 크게 웃었다.

"와하하하. 내 생각을 그대로 짚었군. 과연 주소희군. 그 문장은 그렇게 고쳐야 제대로 된 문장이 되는 거야. 와하하하."

주소희는 빙그레 웃으며 붓을 내려놓았다.

"많이 기다려 줬는데 아직도 답을 찾지 못한 모양이군."

"답을 만든 사람이 있었나?"

"아니. 대구를 지은 사람이 아무도 없었어. 물론 나도 짓지 못했고 말이야."

"흠……."

주소희가 자리에서 일어났다.

"나는 이만 가봐야겠어. 답을 만들지 못했으니 약속대로 내일 영곡사로 내려와 줘."

주소희가 방문고리를 잡았다. 순간 목풍아의 손이 주소희의 손목을 잡았다.

"아직 끝난 것이 아니야."

주소희가 고개를 돌려보니 목풍아가 씨익 웃고 있다.

목풍아는 오른손으로 붓을 들어 종이에 글을 써서 보여주었다.

시를 바라보던 주소희의 눈이 동그랗게 변하였다.

燈鏡淨土樹(등불은 정토의 보리수를 비춘다).

완벽하게 대구가 되는 문장이었다. 화금수목토(火金水木土), 오행을 완벽하게 갖추고 깊은 뜻까지 담고 있다. 마치 연등을 환하게 밝힌 영곡사의 불사를 이야기하는 듯 은은한 불심까지 비치는 문장이었다.

"이제 내가 이겼지?"

목풍아는 주소희의 손목을 끌어당겼다. 이내 두 사람은 한 덩어리로 엉키었다. 목풍아는 폭풍처럼 주소희를 삼키었으며, 주소희는 기꺼이 목풍아를 맞아들였다. 자신보다 뛰어난 사람과 함께 꿈같은 시간을 함께 보낼 수 있다는 것만으로 주소희는 구름 위를 걷는 것 같았다. .

폭풍이 한차례 지나간 후 알몸으로 목풍아의 품에 안겨 있던 주소희가 입을 열었다.

"목 대인, 도대체 몇 명의 여자를 이렇게 한 거지?"

목풍아는 뜨끔하였으나 시치미를 뚝 떼고 말했다.

"나는 한 사람밖에 모르는 사람이라구. 머리를 이렇게 민 사람을 누가 좋아하겠어."

주소희는 뒤늦게 반질반질한 목풍아의 머리를 발견하곤 웃으며 말했디.

"흥. 그렇게 머리를 깎고 나를 속이려구?"

"하긴 나같이 잘난 남자에게 여자들이 달라붙는 것은 당연한 일이겠지."

"피. 그대가 연경을 떠난 후 얼마 안 되어서 용하다는 점쟁이가 연경을 찾아왔을 때 내가 시녀를 시켜 물어보았지.”

“점쟁이에게 뭘?”

“호호호. 이 바람둥이.”

“내가 바람둥이라구? 그런 말도 안 되는…….”

말은 된다. 하지만 목풍아는 버틸 수밖에 없다. 주소희는 심중밖에 없지 않은가.

“호호호. 내가 거기에서 들은 재미있는 점괘를 보여주지요.”

주소희이 자리에서 일어나 옷을 입고 방구석에 밀어놓은 지필묵을 가져왔다.

“그 점쟁이는 글자점을 잘 치는 사람이었는데, 내가 그대의 이름으로 점을 쳐 보게 하였지요.”

주소희는 종이에 목풍아(木風兒) 세 글자를 써넣었다.

“점쟁이가 대뜸 하는 말이 세상을 바꿀 큰 인물인데 한 가지 문제는 바람기가 심하다 하는 것 아니겠어요?”

“어째서?”

“여기 큰 사람이 있어요.”

주소희는 큰대(大) 자를 썼다. 그리고 그 가운데 커다랗게 일자를 그으며 말했다.

“사타구니 사이에 큰 물건이 달려 있는 사람의 형상이 되잖아요. 큰 물건이 달린 사람이 바람을 만났으니, 어떻게 바람둥이가 안 되겠어요.”

묘하게 들어맞는 글자점이었다. 웃음이 절로 나왔다.

“아차차차. 맞긴 맞는 말이구 그 점쟁이 용한데?”

“뭐라구요?”

주소희의 눈썹이 꿈틀거렸다.

"맞는 말이잖아. 나는 주소희에게는 엄청난 바람둥이가 될 거니까. 와하하하."

목풍아는 다시금 주소희의 몸을 파고들었다. 지금은 자신의 진면목을 숨기는 것이 관건이다. 예전에는 주소천이 껄끄러웠지만 지금은 머리가 좋은 주소희를 구워삶는 것이 더 어렵다고 생각하는 목풍아였다.

"소희야."

"네?"

순식간에 고분고분해진 주소희의 목소리에 목풍아는 미소를 지었다.

"그런데 어떻게 된 거죠? 죽었다는 이야기를 들었는데?"

목풍아는 그동안의 이야기를 해주었다. 건문제의 문제와 민심 수습을 위해 암행어사로 파견되어 선정을 베풀던 중 건문제의 무리에게 일부러 암살당한 것처럼 꾸며 동정 여론을 이끌어내려는 술책이었음을. 여전히 천룡패주로 암행어사와 같은 임무를 수행하고 있던 중 공주들의 혼례 이야기를 듣고 부랴부랴 황성으로 올라와 성불대제를 꾸몄다고 이야기해 주었다.

"그럼 나를 만나기 위해서 성불대제를 꾸미고 생불 노릇을 한 건가요?"

"그럼, 그럼. 그래서 남스러운 내 머리가 대머리가 되지 않았느냐?"

능청스럽게 거짓말도 잘하는 목풍아이다.

주소희는 목풍아의 머리를 바라보다가 말했다.

"그럼 어제 갑자기 사라졌다는 말은 뭔가요?"

"도연과 정화가 눈치를 채고 내가 너를 만나지 못하게 하기에 어쩔 수 없었지."

"도연과 정화가 왜?"

"그들은 나를 두려워하고 있어. 내가 첫째 황자님과 가까운 것을 시기하고 있는 거지."

주소희는 총명한 여자이다. 이미 세 사람 사이에 말없이 벌어지고 있는 권력의 역학 관계를 생각한다.

영락제는 아직도 황태자를 정하지 않았다. 표면적인 이유는 아직 천자가 젊다는 것이지만, 그것이 의미하는 바는 크다. 첫째와 둘째를 견주어보고 있는 것이다.

첫째 황자 주고치는 목풍아와 함께 이경륭의 삼십만 대군을 북평에서 물리친 공이 있다. 하지만 주고치는 영락제의 눈에 들어오지 않는다. 첫째로, 영락제처럼 날렵한 체구가 아니라 비만한 큰 체구이다. 평생을 전장에서 살아온 무장인, 활동적인 천자는 책이나 읽고 시를 즐기는 첫째가 기질적으로 마음에 들지 않는 것이다.

영락제는 성격이 급하지만 활동적이고 자신과 기질이 닮은 둘째 주고구가 마음에 드는지도 모른다. 정난군이 일어났을 때 용맹과 무력으로 천자의 목숨을 구한 주고구는 무장인 천자와 많은 부분 닮았다. 무인이 무인을 좋아하듯 문인 같은 첫째보다는 무인다운 둘째를 마음에 두고 있는지 모를 일이다. 하지만 주고구는 둘째 황자라는 약점이 있었다. 황태자의 부재는 주고치와 주고구 사이에 기묘한 기류를 만들고 있었다. 그 기류 가운데 도연과 정화, 목풍아가 있는 것이다.

이번에 공주들의 혼사도 정략적인 의도가 짙었다. 그렇지 않아도 주소희는 정략의 희생물이 되는 것이 싫은 참이다. 목풍아가 그 가운데에 끼어든 것과 도연과 정화가 그것을 막으려 하는 것이 심상치 않게 생각되었다.

"도연과 정화의 의도는 무엇인가요?"

"그대를 무신들의 집으로 시집보내서 둘째 황자님을 황태자로 복위시키려는 거지. 엄연히 공주들의 배필이 버젓이 살아 있는 것도 모르고 말이야."

목풍아는 순간적으로 뜨끔하였다. 주소천과 주고희를 동시에 들먹인 것이다. 다행히 주소희는 깊은 생각에 빠져 목풍아의 한마디를 놓쳐 버리고 말았다. 천만다행한 일이었다.

"목 대인은 어떡하실 거죠? 목 대인이 부마가 될 수 있나요?"

"부마가 되어야지."

"어떻게 부마가 된단 말이죠? 황성에 들어올 수 없는데 무슨 수로……"

"내가 시키는 대로만 하라구. 그럼 첫날밤에 나를 만날 수 있을 테니 말이야."

목풍아는 주소희의 귓가에 뭐라고 소곤거렸다.

"그렇게만 하면 될까요?"

"내 말대로 하면 될 거야."

바깥에서 아침 예불을 알리는 종소리가 은은하게 울리고 있었다. 모르는 사이에 시간이 벌써 이렇게 흘렀다.

"그럼 저는 시빙님만 믿겠어요."

"조심해서 가거라."

주소희는 옷을 입고 미소를 지으며 적연당을 떠났다. 목풍아는 적연당 문을 열었다. 차가운 바람이 온몸을 엄습하여 얼른 옷을 입고 앉아 멀리 동녘 하늘을 바라보았다.

"길은 멀기도 하다."

홀로 중얼거리며 동녘 산허리를 바라보노라니 어둑어둑한 동녘 하늘 저편이 은은하게 밝아오더니 목풍아의 대머리 같은 노란 태양이 천천히 떠오르고 있었다.

"오늘이 마지막 날이로구나."

말이 끝나기 무섭게 눈을 감고 그 자리에 드러누워 코를 골기 시작하는 목풍아였다.

그날 아침, 출궁하여 장앙태감의 집무실로 들어온 정화는 정청 가운데에서 서성거리고 있는 환관 왕진을 발견하였다.

"이른 아침부터 무슨 일인가?"

왕진이 머리를 숙이며 말했다.

"영곡사에서 이상한 보고가 들어왔는데, 아무래도 개운치가 않아서 보고를 드리려고 찾아왔습니다."

"영곡사에 무슨?"

"이른 아침에 영곡사 골짜기에서 돌아오는 시녀를 발견했다는 전갈입니다. 영곡사 골짜기에는 생불이 거처했다는 적연당이 있습니다."

"적연당은 제기들이 감시하고 있다면서……."

"제기 하나의 호위를 받으며 돌아왔다는 소문입니다."

"제기의 호위를 받으며 돌아왔다고?"

"예. 새벽에 무슨 일로 시녀가 그곳에서 내려왔을까요?"

정화는 생각에 잠기었다.

'시녀가 새벽 무렵 적연당에서 돌아왔다면 밤에 적연당으로 올라갔다는 말인가? 왜? 무엇 때문에?'

정화의 머리는 여러 가지 상황을 머리 속에 그리고 있었다. 황후마마와 도연이 무언가를 도모한다는 것은 있을 수도 없는 일이다. 그렇지만 적연당은 제기들의 감시 하에 있다. 그렇다고 태평스럽게 황궁의 시녀와 눈이 맞아 연애나 즐길 만한 상황도 아니다. 황궁의 궁녀들은 천자의 것이니 궁녀를 건드리는 것은 구족을 멸할 대역죄이다. 철저하게 교육을 받는 제기들이 이를 모를 리 없다. 그런데 제기의 호위 하에 궁녀가 적연당을 오갔다면 이는 내막이 반드시 있다는 것이다.

'영악스러운 목풍아가 황후와 밀서를 교환한 후 도성을 떠났다고 생각하였는데, 아직까지 영곡사에 숨어 있었던 말인가? 무슨 이유로?'

정화는 손가락으로 탁자를 두드리며 궁리하였다.

"목풍아, 빌어먹을……."

무엇 때문에 목풍아가 적연당에 머무르는 것인가? 목풍아가 무슨 노림 수를 가지고 도연의 도움을 받아 적연당에 머무르는 것인가? 정화는 짐작할 수 없었다. 생각의 끝에 주소천이 떠올랐다.

'혹시 목풍아가 공주와?'

그럴 리 없다 생각하다가 문득 과거 목풍아가 주소천을 처음 만났던 사건이 떠올랐다. 호위무사들을 속여 주소천을 희롱하였던 목풍아. 그 때문에 천자가 지명 수배를 걸고 찾게 하였으며 결국 목풍아를 만날 수 있지 않았던가.

연경에서 시회를 핑계로 자주 어울렸다는 이야기가 있으니, 주소천 공주와 깊은 관계를 맺을 수도 있다 생각되었다. 더구나 공주들의 혼례 이야기가 떠도는 이때에…….

"빌어먹을……. 목풍아는 황후를 만나러 온 것이 아니라 공주를 만나러 온 것이었어. 공주를 자기 것으로 만드려고? 흥. 어림없는 소리.

두 놈이 작당을 하고 나를 속이다니……."

정화는 목풍아의 머리에 놀아난 것을 생각하니 화가 치밀었다. 탁자를 치고 벌떡 자리에서 일어나 왕진에게 말했다.

"오늘이 성불대제 마지막 날이다. 아직도 적연당에 목풍아가 숨어 있을 것이니, 너는 당장 내시부의 환군(宦軍)들을 데리고 적연당을 들이쳐라. 내금위의 군사들 모르게 움직여라."

"옛."

"황후마마가 모르게 조용히 일을 수행해야 한다."

"옛."

왕진은 명을 받고 즉시 환군 백여 명을 동원하여 영곡사로 향하였다. 한 떼의 무리가 불사가 열리는 영곡사 계곡을 따라 조용히 올라가 작은 암자를 들이쳤다. 그러나 텅 빈 적연당은 인적 하나 발견할 수 없었다. 방 안 회벽에 주소희가 바꾸어놓은 시가 덩그러니 쓰여 있다.

환관들이 망연자실 적연당에서 쓴맛을 다시고 있으려니 때 아닌 환군들의 소식을 듣고 금의위의 제기들이 달려왔다.

"여기 책임자가 누구요?"

왕진이 말했다.

"나요."

"무슨 일로 성불대제가 열리는 이곳을 아무 통보도 없이 수색하고 있는 거요?"

"장앙태감의 분부를 받고 왔소."

"어쨌든 황후마마께서 그대들이 무장하고 적연당을 수색하고 있다는 말씀을 들으시고 책임자를 불러오라 하셨소. 같이 가십시다."

"황후마마께서요?"

"예. 어서 내려가십시다."

왕진의 얼굴이 창백하게 변하였다.

왕진은 환군들을 이끌고 계곡을 내려가 영곡사 바깥에 환군들을 도열한 후 단신으로 황후 앞에 불려갔다.

사방의 경계가 철통같고 흰 비단으로 장막을 친 황후의 거처로 불려간 왕진은 보드라운 발이 쳐진 바닥에 부복하였다.

"신, 왕진 대령했습니다."

서 황후의 부드러운 음성이 들려왔다.

"아침부터 무기를 든 부하들을 데리고 영곡사 계곡을 수색하였다면서?"

부드러운 음성이 더욱 왕진의 간담을 서늘하게 한다.

"예, 옙."

"무엇 때문에?"

"불칙한 자가 적연당에 기거한다는 이야기를 듣고……."

"이런 어리석은 것. 성불대제가 열리는 신성한 곳에 무기를 들고 오다니? 네놈들이 제정신들이냐? 그 무기로 우리를 해치려는 것이 아니냐?"

"천부당만부당한 말씀입니다. 저희가 어찌 감히?"

"그럼 무엇 때문에 무기를 들고 불세가 열리는 냉곡사 계곡을 부단으로 침입했단 말이냐?"

"……."

왕진은 시녀들이 밤이슬을 밟았기 때문에, 목풍아라는 자를 찾아왔다고 변명하지 못한다. 부덕(婦德)을 숭상하는 서 황후를 자극하는 말이고, 죽은 자를 찾아다닌다는 말도 안 되는 이야기라고 도리어 화를 입을까 두렵기 때문이다.

"천자께서 개국하신 것이 얼마 되지 않아 반심을 가진 무리가 도처에서 무슨 짓을 저지를지 모르니 안심이 되지 않는다고 장앙태감께서 보내셨습니다. 성불대제의 마지막 날이니 더욱 안전에 만전을 기해야 한다면서 말입니다. 저희는 오직 충심으로 명령에 따를 뿐입니다."

"흥. 정화에게 가서 전하라. 장앙태감이 되더니 보이는 것이 없느냐고 말이다. 금의위에 이야기해도 될 일을 굳이 나설 일이 무엇이냐고 말이다. 가서 자중하라 전하거라."

"예, 옙."

왕진은 가슴이 벌벌 떨려 바닥에 머리를 박으며 바닥에 길 듯이 황후의 거처를 물러나 정화에게 돌아갔다.

떨리는 가슴을 안고 황궁으로 돌아온 왕진이 황후의 이야기를 전하니 정화는 자신의 머리를 두드리며 의자에 털썩 앉았다.

"또 속았어. 그놈에게 또 속았어."

목풍아를 생각하면 이가 갈리는 정화였다. 정화는 목풍아의 행보를 짐작할 수 없었다. 실로 바람 같은 행보였다. 때 아닌 일로 갑자기 고민이 늘었다. 도연과 목풍아가 손을 잡았으며, 황후가 정화를 바라보는 시각이 전과는 달라지게 생겼다.

"실수다. 적연당을 수색하는 것이 아니었어……."

한 번의 실수로 잘 나가던 정화가 수세에 몰리게 되었다. 단 한 수만에 세 명의 적을 두게 되었으니 정화는 가슴이 답답하였다.

길게 숨을 들이쉬다가 문득 생각이 나서 왕진에게 물었다.

"그놈이 뭔가 남긴 것이 없더냐?"

뭔가 교묘한 흔적을 남겨 상대방의 호기심을 불러일으키는 목풍아의 특징을 아는 까닭이다.

"얼마 전 적연당 회벽에 남겼던 시가……."

왕진은 주저하였다. 환관인 자신도 말하고 싶지 않은 이야기였기 때문이다.

"그 시가 어쨌단 말이냐? 어서 말해 봐."

"그 시가 바뀌었습니다. 이렇게……."

왕진은 품속에서 바뀐 시를 적은 종이를 내밀었다.

종이를 빼앗다시피 낚아채 글을 읽던 정화가 허탈하게 웃기 시작하였다.

"허허허허허허—"

정화의 손을 떠난 종이가 팔랑거리며 바닥에 떨어졌다.

다리 사이가 허하고 허하고 허하여[足間虛虛虛]

허한 몸 사이를 욕심으로 채우고자 하는가[虛體欲慾慾]

찰나의 순간 큰 깨달음 이루나니[刹那大悟成]

그대 알 깨어질 때 이미 나는 속세를 벗어났네[君破卵脫俗].

다리 사이가 허하다는 것은 환관을 놀리는 구문이지만 어짐이 많나는 의미가 되는 것이다. 고자 주제에 목풍아를 죽여 욕심을 채우려는가 물어보는 것이며, 찰나의 순간이란 목풍아가 적연당에 있다고 눈치채게 되는 순간을 말하는 것이다. 알이 깨어진다는 것은 왕진과 정화가 황후에게 호되게 꾸지람을 당하는 것을 의미하는 것이고, 속세를 벗어났다는 것은 그때 목풍아는 이미 그곳을 떠났노라는 의미가 되는 것이다.

말없이 허탈하게 웃는 정화의 모습을 보고 왕진이 얼굴을 찡그리며 말했다.

"지금 그자는 어디에 있을까요?"

"허허허허. 시를 보고도 모르느냐? 그놈은 벌써 황성을 벗어났구나. 이틀 전에 이런 의미가 담겨 있다는 것을 왜 몰랐던고. 바보가 된 기분이다, 바보가. 허허허허."

장앙태감의 집무실에 허탈한 웃음소리가 그치지 않았다.

한편 이 무렵 장강을 떠나가는 배 위에서 목풍아는 멀어져 가는 남경성을 바라보고 있었다.

그 뒤편에 이대장로와 사대호법, 그리고 일도가 우두커니 서서 불어오는 강바람을 맞고 있었다.

오괴가 말했다.

"대장, 저희가 조금만 늦게 갔어도 큰일 날 뻔했습니다. 그런데 정화가 환군을 끌어들일 것을 어떻게 아셨습니까?"

오괴와 독돈, 일도는 성불대제의 마지막 날 아침 배를 가지고 돌아오기로 약속이 되어 있었다. 목풍아가 영곡사를 빠져나오기 무섭게 환군들이 들이치는 것을 보았기에 궁금한 오괴가 물어보는 것이다.

"머리로 흥한 자는 머리로 망하게 마련이지."

다른 답 같지만 목풍아가 말하기에 굉장히 심오한 의미가 있는 것 같다. 더 이상은 물어볼 엄두가 나지 않아 입을 다물고 있으려니 사람들 사이에서 눈치를 보던 일도가 재빨리 말했다.

"헤헤헤. 그럼 대장도 조심해야겠습니다."

목풍아 외 이대장로 사대호법이 일제히 일도를 노려보았다. 일도의 시선이 슬그머니 넓은 장강으로 향한다.

"강바람이 오늘 따라 왜 이렇게 따갑지."

목풍아가 피식 웃으며 말했다.

"정화는 머지않아 도연을 제거하고 금의위를 자기 수중으로 넣을 것이다. 그런 자가 금의위에 끄나풀을 두지 않을 리 있나? 공주들이 두 번이나 밤이슬을 밟았다면 이상하게 생각하는 자가 있기 마련이지. 내명부의 일이라 바깥으로 샐 일은 없겠지만, 정보는 어디까지나 정보. 수상하게 생각하는 자가 있을 거라구."

"그렇다면 도연이 알고 그 시녀를 만나게 해준 건가요?"

"내가 공주와 만난 것은 도연도 모를 거야. 시녀들을 만난다는 이야기를 듣고 내가 강민이라는 시녀를 좋아하는 것이라 생각하고 아침 예불 시간에 만나게 해준 것이지. 내 체면을 세워줄 요량으로 말이야. 하긴 가시나무를 한 짐이나 받았는데, 그 정도는 해줘야 하는 것이 아닌가?"

독돈이 웃으며 말했다.

"흐흐흐. 대장, 그 시녀와 즐거운 시간을 보내셨습니까?"

목풍아는 강민과 불당 뒤편에서 진하게 입맞춤을 했던 것을 떠올렸다. 아직도 따뜻하고 부드러운 강민의 입술 감촉이 남아 있는 것 같아서 목풍아는 입술을 어루만지며 말했다.

"소중한 것은 쉽게 건드리지 않는 법. 머잖아 정식으로 내 사람이 될 테니, 그때 즐거운 시간을 보내도 늦지 않아. 소중한 것을 기다리는 것도 즐거움의 하나니까 말이야."

오괴가 말했다.

"대장, 이제 어디로 가실 겁니까?"

"자운곡으로 가야지. 혼례식 날 스님 모양으로 갈 수는 없으니 먼저 내 사라진 털에 대해 심각하게 궁리를 해보고, 시간이 남으면 무당산에 가서 장 진인께 좋은 선물을 드릴 생각이다."

"예?"

"나에게 큰 힘이 되는 한 팔을 주시고, 또 절륜한 힘을 주신 장 진인께 감사의 선물이라도 해야 할 것이 아닌가?"

목풍아는 오괴를 향해 빙그레 웃으며 눈을 깜빡거렸다.

『목풍아』 5권에 계속…

청어람 신무협 판타지 소설

2005년 고무판(WWW.GOMUFAN.COM) 「장르문학 대상」 최고의 영예, 대상(大賞) 수상작!

한칼에 세상이 갈라지고,
한걸음에 무림이 격동친다!

『좌검우도전』
(左劍右刀傳)

좌검우도전(左劍右刀傳) / 이령 지음

강한 자(强漢者)가 뿜어내는 거대한 힘과
강인한 매력에 빠져든다!

"너는 반드시 힘을 가져야 한다, 네 의지로… 세상을 뒤엎어 버려라."

"강자를 약자로 만들고, 명예를 똥칠하고, 돈을 빼앗아라.
협의도(俠義道)가, 마도(魔道)가 얼마나 더러운 것인지 알려주어라."

"오냐, 아무것에도 얽매이지 말고 네 마음대로 세상을 휘저어라.
너의 이름은 수강호(讐江湖)가 아니더냐? 강호를 향해 마음껏 복수하거라!
유오독존(唯吾獨尊)! 그것이 나의 소원이다."

청 어 람 신 무 협 판 타 지 소 설

토탈 조회수 200만의 새로운 신화 창조!
최고의 신무협 작가 『한성수』의 최신작!

태극검해(太極劍解) / 한성수 지음

"반보붕권이 천하를
위진하리라!"

『태극검해』
(太極劍解)

장르 사이트 전체 조회수 1위! 토탈 조회수 200만! 편당 조회수 2만!

진자운!
누가 그를 무당의 제자라 할 것인가?
누가 그를 무당의 제자가 아니라 할 것인가?

반보무적(半步無敵) 일보단천(一步斷天)!
정마(正魔)의 경계를 뛰어넘은
진자운의 무림을 향한 일보가 시작되었다!

반보에 천하가 떨고 일보에 전하가 부뜰 끓는나!

괄시받던 무당파 속가제자 진가운의 신화 창조의 비밀을 파헤쳐라!

FANTASTIC
ORIENTAL
HEROES